dtv

Fanø, eine der schönsten Inseln an der dänischen Küste. Unzählige Ferien hat Klara in ihrer Kindheit dort verbracht. Aber das ist lange her. Seltsam, dass ihre Mutter nun wieder mit ihr dorthin will. Eigentlich hat die 37-Jährige wenig Lust auf diesen Urlaub, denn die Beziehung ist sehr angespannt, andererseits ist sie froh, dem Alltag, schwierigen Jobentscheidungen und ihrer kriselnden Ehe für eine Woche zu entfliehen. Kaum sind sie auf der Insel, kommt es jedoch zu einem Autounfall mit unerwarteten Folgen …

Anette Beckmann, 1974 geboren und in Hamburg aufgewachsen, arbeitet als Art-Direktorin in einem Verlag und schreibt für Kinder und Erwachsene. Sie lebt mit ihrer Familie in Berlin. Mit ›Wann, wenn nicht morgen‹ hat sie ihr viel beachtetes Romandebüt vorgelegt.

ANETTE BECKMANN

Wann, wenn nicht morgen

ROMAN

dtv

Ausführliche Informationen über unsere Autoren und Bücher
www.dtv.de

MIX
Papier aus verantwortungsvollen Quellen
FSC® C019821
FSC
www.fsc.org

Ungekürzte Ausgabe 2018

Dieses Werk wurde vermittelt durch die
Literarische Agentur Michael Gaeb
Textauszug auf S. 45 und S. 68 aus: Max Frisch, ›Homo faber. Ein Bericht.‹

Umschlaggestaltung: Wildes Blut, Atelier für Gestaltung,
Stephanie Weischer unter Verwendung von Motiven
von plainpicture und gettyimages
Satz: Fotosatz Amann, Memmingen
Druck und Bindung: Druckerei C.H.Beck, Nördlingen
Gedruckt auf säurefreiem, chlorfrei gebleichtem Papier
Printed in Germany • ISBN 978-3-423-21719-4

KAPITEL 1

Nichts deutete an diesem Morgen darauf hin, dass ihr Leben sehr bald eine Wendung nehmen würde und alles, was bisher war, in Frage gestellt werden musste.

Er biss in sein Brot, während er die Zeitung las. Ab und an schaute er auf sein Handy, das neben seinem Kaffeebecher lag. Der Honig, den er großzügig auf seiner Scheibe Toast verteilt hatte, drohte herunterzutropfen, was sie gleichermaßen genervt wie belustigt beobachtete.

Gleich würde ihm nichts anderes übrig bleiben als aufzustehen, um das Hemd oder die Hose zu wechseln, je nachdem, welche Stelle der Honig treffen würde. Er würde sich ärgern über die verlorene Zeit. Trotzdem wies sie ihn nicht auf die Gefahr hin, sondern richtete den Blick aus dem Fenster.

Sie konnte nicht genau erkennen, ob es regnete, es war grau und diesig. Von den Kränen im Hafen sah man von hier aus nur die Füße, die Hälse verschwanden im Nebel.

Sie kniff die Augen zusammen, um zu sehen, ob es nieselte. Aber um sicherzugehen, hätte sie aufstehen und nach unten auf die Straße schauen müssen.

»So eine Scheiße!«, schimpfte er, warf die Zeitung auf den Stuhl neben sich und sprang auf. Laut schimpfend ging er in die Küche, nahm das frisch gewaschene Geschirrtuch und rieb den Honig noch tiefer in sein Hemd.

»Nimm warmes Wasser«, sagte sie.

Da war er schon auf dem Weg ins Schlafzimmer. Sie sah ihm nach und beobachtete, wie er die Knöpfe öffnete, während er den langen Flur nach hinten ging. Dann hörte sie das Hemd zu Boden fallen.

Sie hörte, wie er die Schranktür öffnete, die Bügel über der Stange im Schrank hin- und hergeschoben wurden und es schließlich ruhig wurde.

Sie saß noch auf ihrem Stuhl, als er kurz darauf zurückkam. Von hinten legte er ihr eine Hand auf die Schulter und gab ihr einen Kuss auf die noch nassen Haare.

Dann griff er nach seiner Tasche, stellte sie auf den Tisch und wühlte nach etwas, was er nicht zu finden schien.

»Wo ist mein Schlüssel?«

»Weiß ich nicht. Vielleicht in der Jacke von gestern? Wo hast du ihn denn das letzte Mal gesehen?«

»Wenn ich das wüsste, würde ich dich nicht fragen«, antwortete er ungeduldig und warf im gleichen Moment einen Ordner herunter, den er vorher aus seiner Tasche geholt hatte.

Ein paar Blätter mit Bebauungsplänen fielen heraus und flogen kreuz und quer über das glatte Holz.

»Kannst du mal aufhören, so genervt zu sein?« Sie verdrehte die Augen und nahm einen Schluck Espresso, der mittlerweile kalt geworden war. Trotzdem war sie froh, etwas zu tun zu haben.

»Ich ärgere mich! Ein beschissener Morgen ist das. Ich muss jetzt los.«

Er verließ den Raum in die andere Richtung und kramte in der Schale am Eingang. Sie mochte diese Schale. Er hasste sie. Sie war groß genug für alles, was nirgends Platz hatte und auch keinen haben sollte.

Manchmal wunderte sie sich, was sie darin fand, wenn sie den Inhalt umschichtete. Ihr Portemonnaie lag obenauf, das wusste sie. Darunter befand sich ihr Autoschlüssel, eine angebrochene Packung Vitamin-C-Tabletten, zwei Ersatzknöpfe ihres vor zwei Monaten gekauften Mantels, verpackt in einer kleinen Plastiktüte, vermutlich einige Kassenbons, Kopfhörer, Pflaster, ein Aufladekabel ihres Telefons, einige Visitenkarten, ein einzelner Handschuh und mehrere Haargummis. Seinen Schlüssel vermutete sie nicht darin.

»Wann räumst du endlich deinen Kram hier weg?«, rief er von vorne. »Hier kann man ja überhaupt nichts finden.«

Sie antwortete nicht und stand von ihrem Stuhl auf. Schnell nahm sie die beiden Teller, die Messer, seinen Löffel und das Glas Honig und stellte alles auf die Arbeitsplatte neben der Küchenspüle. Sie griff sich den Lappen, der über dem Hahn hing, ging zurück und wischte über den Tisch.

Sein Ordner und die Papiere lagen noch auf dem Boden. Sie riss sich zusammen, nicht auch noch dort aufzuräumen.

Als er wieder vor ihr stand, hatte er seinen Mantel an. In der linken Hand hielt er den Schlüssel.

»Wo war er?«, fragte sie.

Er ignorierte ihre Frage, ging zu seinen Papieren und sammelte die Blätter ein.

»Ich komme heute später.«

»Warum?«

»Habe ich dir letzte Woche schon gesagt. Ich treffe mich mit Tom, er ist nur noch heute in Hamburg.«

»Hab ich vergessen.«

»Ja.« Er sah genervt von unten zu ihr auf und verdrehte die Augen.

»Was, ja?«

»Ja, das hast du eben vergessen! Willst du dich jetzt deshalb streiten?«

»Ich streite mich nicht! Ich bin nur nicht sicher, ob du mir das wirklich gesagt hast.« Sie faltete die Zeitung zusammen, die noch auf dem Stuhl lag. Ihr Blick fiel auf einen Artikel über einen Autor, von dem sie vor langer Zeit ein Buch gelesen hatte.

»Ich habe dir Bescheid gesagt. Letzte Woche. Aber ist ja jetzt auch egal. Oder hattest du mich für irgendwas eingeplant?«

»Darum geht es nicht! Ich fände es nur schön, wenn wir so was vorab besprechen würden.«

»Soll ich dich um Erlaubnis fragen oder was?«

»Quatsch. Aber du warst die letzten Abende nie vor Mitternacht zu Hause. Es wäre einfach nett, wenn wir mal wieder ein bisschen Zeit für uns hätten. Und es gibt wirklich einiges, was wir mal besprechen sollten.«

Er klappte schwungvoll seine Tasche zu und schaute sie wütend an. »Ich habe gerade verdammt viel um die Ohren. Kannst du mich nicht mal in Ruhe lassen? Außerdem muss ich jetzt los! Also, bis morgen.«

»Wieso bis morgen?«

»Na, weil du doch sicher schon schläfst, wenn ich komme …!«

Es klingelte. Es war 8 Uhr 15. Das konnte um diese Uhrzeit nur sein Vater sein, der den morgendlichen Hundespaziergang an der Isar des Öfteren nutzte, um seinen Sohn anzurufen.

»Ich geh schon ran«, sagte sie genervt und verschwand

in Richtung Telefon. Sie hörte, wie die Tür ins Schloss fiel, ohne ein Tschüss, ohne Kuss.

Es war alles wie immer.

»Hallo?«

»Guten Morgen, Klara«, hörte sie ihre Mutter sagen.

»Mama? Ist alles okay?«

»Alles in Ordnung! Mal abgesehen vom Wetter, das muss ja nun langsam ein Ende haben. Seit vier Wochen regnet es und es wird gar nicht mehr hell. Dabei ist der April ja schon längst vorbei. Lass uns mal hoffen, dass wir zur Hochzeit deines Bruders besseres Wetter haben. Das wäre ja eine ziemliche Katastrophe, wenn wir für alle Gäste Zelte organisieren müssten.«

Was sollte sie dazu sagen? Ihre Mutter redete immer gern über das Wetter, die anstehende Hochzeit von Benjamin war momentan aber das Wichtigste. Sie stürzte sich – sehr zum Ärger der Brauteltern – in die Organisation und hatte scheinbar alles im Griff, worüber die anderen noch nicht mal nachgedacht hatten.

»Wieso Zelte?«

»Sollen etwa alle nass werden? Die Räumlichkeiten lassen nun mal sehr zu wünschen übrig, das einzig Schöne ist der Garten. Aber Nina wollte ja unbedingt in dieser alten Scheune heiraten. Und gutes Wetter kann man eben nicht bestellen.«

Sie hörte ihre Mutter am anderen Ende der Leitung durch die Nase schnaufen und konnte sich ihr Gesicht dabei genau vorstellen.

»Ich weiß überhaupt nicht, warum ich das alles organisieren soll!«

»Haben dich Ben und Nina denn darum gebeten?«

»Nein, aber bis die sich mal überlegen, was sie wollen, vergehen noch einige Wochen, und dann bleibt nicht mehr viel Zeit, um sich um alles zu kümmern. Du weißt doch, wie das ist. So war dein Bruder schon immer. Und Nina soll sich um ihr Kleid kümmern. Das wird sie ja wohl gerade noch schaffen. Meinst du, es wird einigermaßen akzeptabel aussehen? Wir müssen auch noch einen Anzug kaufen, sollte ja schon zusammenpassen. Wer bezahlt das Kleid eigentlich?«

Sie wusste nicht, ob sie antworten sollte. Ihre Mutter wollte ihre Meinung nicht wirklich hören.

»Aber eigentlich rufe ich wegen was anderem an: Hast du nächste Woche schon etwas vor?«

»Wann, nächste Woche?«

»Die ganze Woche!«

»Wieso?«

Ihre Mutter gab ein Geräusch von sich, das sie nicht richtig deuten konnte. Eine Mischung aus Lachen und genervtem Schnauben, aber vielleicht täuschte sie sich auch. Sie ging mit dem Telefon am Ohr ins Bad und schaute in den großen Spiegel. Sie sah sich an, legte den Kopf schief, strich sich mit der freien Hand die Haare aus der Stirn, die sie gleich noch würde föhnen müssen, und griff nach einem Wattestäbchen.

Langsam drehend verschwand es in ihrem linken Ohr, was beruhigend auf sie wirkte.

»Dein Vater ist seit einer Woche in Heidelberg und gibt ein Seminar an der Uniklinik. Er kommt erst in vierzehn Tagen zurück.«

»Aha … und?«

»Das Haus am Landevejen ist seit letztem Herbst reserviert und bezahlt. Ich kann es nicht mehr umbuchen.«

»Ich wusste gar nicht, dass ihr wegfahren wollt. Und dann ausgerechnet nach Fanø? Da seid ihr doch sicher seit fünfzehn Jahren nicht mehr gewesen, oder?«

Ihre Mutter antwortete nicht auf ihre Frage, sondern erklärte, wie wichtig das Seminar für ihren Vater sei und dass er es unmöglich hatte absagen können.

Sie hatten fast alle ihre Ferien am Landevejen verbracht. Jedes Jahr waren sie nach Dänemark gefahren, nach Fanø, auf die kleine Insel in der Nordsee, immer in dasselbe Haus, in der Straße, die den Namen Landevejen trug.

Sofort waren sie da, die Erinnerungsbilder aus den unzähligen Urlauben in immer demselben Ort. Mal schöner, mal weniger schön … Je älter sie wurde, umso mehr hasste sie es, dorthin zu fahren. Ein Ort für kleine, süße Kinder, die in den hübschen Vorgärten der idyllischen Reetdachhäuser spielten.

Es war eine ganze Weile her, seit sie das letzte Mal am Landevejen gewesen war. An den letzten Urlaub mit ihren Eltern und ihrem Bruder hatte sie keine guten Erinnerungen. Sie war damals siebzehn, Benjamin vierzehn und mitten in einer schwierigen Phase, in der er nicht mehr als ein knappes »Okay« oder ein »Nee« herausbrachte. Er vermied jegliche Kommunikation, hing gelangweilt in dem kleinen Dachzimmer, das schon immer das Kinderzimmer gewesen war, und hörte eine der vier mitgebrachten Kassetten auf seinem Walkman. Er hatte nicht viel Auswahl. An Queen konnte sie sich erinnern. Es war die Aufnahme gewesen, die sie von ihrem zweiten Freund Tim zum fünfzehnten Geburtstag geschenkt bekommen hatte. Die Kassette war beschriftet mit »Für meine Queen, für immer!«. Die Beziehung, wenn man sie denn so nennen wollte, hielt gerade mal sechs Wochen.

Die Kinder in den umliegenden Häusern, die ebenfalls Urlaub mit ihren Eltern machten, waren jünger, zu jung, als dass sie sich mit ihnen abgeben wollte.

Es passierte nie viel in den Wochen, die sie auf Fanø verbrachten.

Ihre Eltern machten ausgedehnte Spaziergänge, legten sich aber ungern an den Strand in die Sonne. Manchmal setzten sie sich in die Dünen, die selbst bei Flut weit vom Wasser entfernt waren. Klara dachte daran, wie sehr sie die Kinder beneidet hatte, die unbeschwert mit ihren Vätern riesige Sandburgen bauten oder im Wasser Fangen und Ball spielten.

War so etwas tatsächlich nie bei ihnen vorgekommen? Auch nicht, als sie und Ben noch kleiner waren? Klara versuchte sich die Bilder in den Kopf zu holen, aber alles, was ihr einfiel, waren die nicht enden wollenden Tage in einer Umgebung, in der alles so schön hätte sein können.

Wie oft war sie allein durch das kleine verschlafene Dorf gegangen, nur um nicht mit ihren Eltern zusammen sein zu müssen. Dabei war es nie einfach, allein zu sein. Jeder Schritt wurde kommentiert und bedurfte einer Rechtfertigung.

Als sie das letzte Mal auf Fanø war, fühlte sie sich sehr erwachsen, viel zu alt, um die Ferien mit ihren Eltern zu verbringen. Widerwillig war sie mitgekommen. Und das auch nur, weil ihre Freundin, mit der eigentlich ein Flug nach Kreta gebucht war, sich das Bein gebrochen hatte und nicht wegkonnte. Aus Mangel an Alternativen hatte sie sich von ihrer Mutter zu einem gemeinsamen Urlaub breitschlagen lassen.

Sie versuchte sich an die gewollt intellektuellen Gespräche mit ihrem Vater zu erinnern, die abends, wenn Benjamin seine Musik hörte oder sich in Comics vergrub und ihre Mutter nach dem Essen die Küche blitzblank putzte, stattgefunden hatten. Jeden Morgen sah das hübsche, alte Häuschen mit seinen graublauen Dielen und Türen wieder so ordentlich aus, als hätten sie es gerade erst bezogen und sich noch nicht darin ausgebreitet. Nur der gefüllte Kühlschrank verriet, dass sich eine Familie dort eingenistet hatte, die sehr gut organisiert war.

Es fehlte an nichts. Von der selbst gekochten Marmelade für das Frühstück bis hin zu einer Auswahl an verschiedenen guten Weinen für die Abende hatte ihre Mutter alles mitgebracht.

Es war der erste Sommer, in dem Klara betrunken war. Keine wilde Party, keine Nacht im *Le Clochard* auf der Reeperbahn mit ihrer Freundin Maja, kein Abend mit dem ersten Freund … ein langweiliger, trister Tag ohne Sonne mit ihren Eltern, ein erzwungener Spaziergang durch die Dünen, ein Streit zwischen Benjamin und ihrer Mutter über seine schulischen Leistungen, eine Auseinandersetzung unter den Eltern über die fehlenden Aktivitäten ihres Vaters im Haushalt.

Sie hatten auf der Terrasse gegessen, zum Abend hin war es heller und wärmer geworden. Sie erinnerte sich an Kartoffelsalat, vermutlich mit Fisch, frisch paniert und in viel Butter gebraten.

Ihre Mutter war an diesem Abend vor ihnen ins Bett gegangen und ihr Vater schien froh darüber. Es gab außerhalb der Ferien selten die Gelegenheit, ihn ein paar Stunden für sich allein zu haben. Meistens wachte ihre Mutter über jede Situation und kommentierte ihre Unterhaltungen. Sie hatte die Gabe, alles an sich zu binden. Drohte ihr das Gespräch zu entgleiten, warf sie ein anderes Thema in die Runde, eines, bei dem sie sich auskannte. Notfalls redete sie eine Person direkt an und holte sie aus der Unterhaltung, um die Aufmerksamkeit wieder an sich zu reißen. Diese eine Person war meistens ihre Tochter.

Aber dieser Abend war anders, ihr Vater erzählte von seiner Kindheit auf dem Land, und sie erdachte sich eine Welt, in der sie einmal würde leben wollen. Das Fantasieren gelang mit jedem Schluck Rotwein besser, und sie und ihr Vater genossen das beschwingte Zusammensein.

Die Nacht wurde zu einer Katastrophe. Sie musste sich mehrfach übergeben, schlief schlecht und wachte mit Kopfschmerzen auf, die sie bis dahin nicht gekannt hatte. Viel Verständnis von ihrer Mutter war nicht zu erwarten. Der Abend wurde nicht thematisiert und schlecht gehen durfte es sowieso keinem.

Zwei Tage später bekam Ben eine Salmonellenvergiftung, möglicherweise vom Softeis, das er kiloweise in sich hineingestopft hatte. Sie mussten den Urlaub abbrechen und nach Hamburg zurückfahren. Benjamin lag acht Tage in der Uniklinik zur Beobachtung.

»Klara.«

»Ja?«

»Was ist jetzt mit nächster Woche?«

»Du willst, dass ich mitkomme?«

Das Angebot überraschte und beunruhigte sie gleichermaßen.

»Ja, vielleicht haben wir an der Nordsee mehr Glück mit dem Wetter.«

Ihre Mutter ging davon aus, dass sie nicht Nein sagen

würde. Der Ton, in dem sie fragte, ließ gar nichts anderes zu. Klara kannte ihn gut.

Sie legte das Wattestäbchen auf die Ablage unter dem Spiegel und zupfte an ihrer rechten Augenbraue, die ein wenig aus der Form geraten war.

»Ich weiß nicht, ob ich so spontan wegkann. Wir haben am Dienstag eine wichtige Besprechung im Verlag, und hier liegt ein Berg an Texten, den ich bis Juli fertig haben muss.«

»Bis Juli ist ja noch ein bisschen Zeit. Nimm dir doch etwas mit zum Arbeiten. Du kannst dich schön auf die Terrasse setzen und lesen.«

Lesen, wenn es nur das wäre. Aber das wusste ihre Mutter nicht so genau, und es interessierte sie auch nicht wirklich.

Klara fühlte sich unter Druck gesetzt. Dass sie sie morgens anrief und verlangte, ein paar Tage später mit ihr eine Woche im Landevejen zu verbringen, war typisch für ihre Mutter. Aber vielleicht sollte sie wirklich mitfahren. Es gab vieles, über das sie gern mit ihr sprechen würde. Sie fürchtete nur, und ihre Erfahrungen gaben ihr da immer wieder recht, dass es zu diesen Themen nicht kommen würde.

»Kann ich dir morgen Bescheid geben? Ich muss im Verlag klären, ob das irgendwie machbar wäre.«

»Ja, überleg es dir. Dabei hast du doch neulich erst gesagt, dass du endlich mal wieder wegfahren willst.«

»Stimmt. Aber ich muss meine Urlaubstage vorher genehmigen lassen. Ich melde mich morgen, okay?«

»Mach das! Übrigens, hast du zufällig mit deinem Bruder gesprochen? Ich frage mich, bis wann er gedenkt, mir zu sagen, was er und Nina sich für das Buffet vorgestellt haben. Ein gesetztes Essen wäre ja deutlich schöner, aber ich wage zu bezweifeln, dass die dort in der Lage sind, das vernünftig hinzubekommen.«

»Mama, ruf Ben doch an und besprich das selber mit ihm, ja?«

Wieder ein Schnaufen durch die Nase am anderen Ende der Leitung.

»Wir telefonieren dann morgen, okay?«

»Gut, dann bis morgen, und grüß Johann!«

Sie legte das Telefon auf das Fensterbrett im Badezimmer und nahm den Föhn aus dem Schrank. Ihre Haare waren mittlerweile schon fast trocken. Sie ließ die heiße Luft über ihren Kopf pusten und merkte auf einmal, wie kalt ihr war. Mit einer Haarklammer steckte sie die Locken hoch und ging zurück in die Küche. 8 Uhr 47. Der Himmel kam ein wenig zwischen den grauen Wolken zum Vorschein, es schien aufzuklaren, und so entschied sie sich spontan, mit dem Fahrrad in den Verlag zu fahren.

Als sie auf die Straße trat, sah sie, dass es vorher tatsächlich noch geregnet haben musste. Der Bürgersteig glänzte nass, hier und da fand sich eine Pfütze.

KAPITEL 2

Sie hörte den Ton einer eingehenden SMS durch ihre Tasche. Bestimmt war es Maja, die sich verspätete und auf die sie nun würde warten müssen. Sie blickte unwillkürlich nach oben.

Das »R« von »Ristorante« war an der unteren Ecke links abgebrochen, das »a« fehlte komplett. Die Holzbuchstaben hingen vermutlich seit mehr als vierzig Jahren an dieser Hauswand, und alles schien ein wenig schäbig und alt. Sie stand bereits vor der Tür und ärgerte sich, dass sie sich so beeilt hatte.

Dann ging sie hinein, grüßte Franco, der gerade mit dem Koch etwas besprach, mit einem Winken und setzte sich auf die alte dunkle Holzbank links am Fenster, dorthin, wo sie immer saß. Sie kramte nach ihrem Handy, um zu lesen, was Maja schrieb. Die SMS war von Johann.

Sie hatte den ganzen Tag nicht mehr an ihn gedacht. Das Telefonat mit ihrer Mutter hatte sie die angespannte Stimmung zwischen ihnen am Morgen vergessen lassen.

»Wollen wir nächsten Mittwoch ins Theater gehen?«, las sie und wusste im gleichen Moment, dass es dazu nicht würde kommen können. Sie würde ihre Mutter in den Landevejen begleiten, das hatte sie auf dem Weg vom Verlag hierher beschlossen. Ob diese Entscheidung richtig war, würde sie erst nach der Reise wissen.

Die Tür öffnete sich und Maja kam herein. Sie sah ein wenig gestresst aus, müde. Aber das konnte auch am Dämmerlicht in diesem kneipenähnlichen Restaurant liegen.

»Oh Mann, so typisch, ich habe gesagt, ich muss um Punkt 19 Uhr los. Und wann kommt Andreas? Um zwanzig nach und tut auch noch so, als ob ich mich unnötig aufregen würde.«

Klara merkte, wie Maja sich allmählich in Rage redete. So war sie. Wenn sie sich über etwas ärgerte, dann brach es heftig aus ihr heraus.

»Na toll, und dann musste ich auch noch die Kinder baden. Lotte hat das ganze Badezimmer unter Wasser gesetzt, und Henri hat wild rumgeschrien, weil er die Badefarbe in die Wanne rühren wollte. Dabei ist die Tüte zerrissen und das scheiß rote Pulver hat sich im ganzen Bad verteilt, und nun sieht es so aus, als hätte ich jemanden geschlachtet. Puh …«

Klara legte ihr Handy zurück in die Tasche, die sie unter dem Tisch verstaute.

»Oje! Aber jetzt bist du ja hier. Wie schön.« Sie stand auf, um Maja zu umarmen und ihr einen Kuss auf die Wange zu geben. Maja roch nach Penatencreme. Ein Geruch, der Klara sofort an Babys denken ließ und ein bedrückendes Gefühl in ihr hervorrief.

Schnell griff sie nach der Weinkarte, die Franco ihnen auf den Tisch gelegt hatte.

»Ja, schön dich zu sehen! Hast du schon einen Wein ausgesucht? Ich brauche jetzt sofort ein Glas. Ich sag dir, ich bin so genervt! Es ist ja nicht so, dass ich mich den ganzen Tag nur langweile. Ich hab mit der Arbeit wirklich genug am Hals. Entschuldige, ich höre gleich auf zu meckern! Rotwein oder Weißwein?«

»Roten, oder? Mir ist den ganzen Tag schon so kalt.«

Klara legte ihren Mantel ein wenig näher an sich heran und überlegte, ob sie noch schnell eine Antwort-SMS an Johann schicken sollte. Aber da kam Franco, um ihnen die Tafel mit der Tageskarte an den Tisch zu stellen.

Wie fast immer entschied sie sich für die *Penne all' arrabiata* und einen kleinen Salat vorweg. Maja nahm ein *Vitello tonnato* und eine *Parmigiana* mit Auberginen, dazu bestellten sie eine Flasche *Primitivo* und Wasser.

Nachdem der Kellner alles auf seinem kleinen Block, der etwas zerfleddert aussah, notiert hatte, lachte er sie an und verschwand hinter der Bar, die für seine Größe ein wenig überdimensional wirkte. Franco war klein und rundlich, aber er lief mit so viel Elan zwischen den Tischen hin und her, dass sie sich nicht vorstellen konnte, dass er jemals etwas anderes tat.

Seit mehr als zehn Jahren trafen sie sich hier. Sie kannten sich noch deutlich länger.

Maja kam in der dritten Klasse und wurde gleich neben sie gesetzt. Sie erinnerte sich noch genau an dieses allererste Aufeinandertreffen. Es war der erste Schultag nach den Sommerferien und neben Klara befand sich der einzige freie Platz. Frau Sonntag, ihre Klassenlehrerin, brachte das neue Mädchen nach hinten zu ihr in die letzte Reihe und sagte so etwas wie »Ihr werdet sicher gute Freundinnen«. Sie sollte recht behalten.

Maja mit ihren dicken, braunen Zöpfen, in einer orangefarbenen Frotteehose und einem gestreiften T-Shirt, das ihr eigentlich zu klein war. Maja, ein pummeliges Mädchen mit leicht abstehenden Ohren, einer hohen Stirn und einer lauten Lache. Klara mochte Maja sofort. Die anderen Mädchen mochten sie nicht besonders. Das lag auch daran, dass Maja sehr klug war, auf fast alles eine Antwort wusste und ihre Meinung meist ungefragt kundtat.

Maja war die ersten zwei Jahre in Lübeck zur Schule gegangen. Ihre Eltern hatten sich getrennt, und ihre Mutter wohnte nun in Eppendorf im Erdgeschoss eines etwas heruntergekommenen Altbaus, aber mit kleinem Garten, und das mitten in der Stadt. Klara liebte diese Wohnung und war so oft wie möglich bei Maja. Unzählige Nachmittage, Abende und Wochenenden verbrachten sie dort zu zweit, während Majas Mutter arbeitete. Als Neunjährige saßen sie in der Hollywoodschaukel, überlegten, wer wohl in wen aus der Klasse verliebt war, tranken Fanta und hörten laut Nena, bis sich die alte Nachbarin von obendrüber beschwerte. Aber das war ihnen egal, und als Maja am Abend ihrer Mutter davon erzählte, lachte die nur und sagte: »Ach, die alte Schmidt. Nächstes Mal ladet ihr sie einfach ein, sich dazuzusetzen.« Klara war fasziniert von Majas Mutter und wünschte sich, dass auch ihre eigene so wäre wie sie.

Sie trank ihren Rotwein und bemühte sich Maja zu folgen, während diese nicht aufhörte, über ihren Mann, die Kinder, die Arbeit und ihre ständigen Kopfschmerzen zu klagen. Klara dachte unterdessen weiter an die gemeinsame Kindheit, an die Zeit, in der noch nichts vorhersehbar gewesen war, und an all das, was später seinen Weg nahm. Sie vermisste diese Unbeschwertheit, auch wenn sie ihr damals nicht als eine solche vorgekommen war.

»Du, ich kann nächste Woche leider doch nicht mit dir nach Elmschenhagen fahren und den Schrank abholen …«, unterbrach sie Maja. Sie wusste, dass sie den Satz besser anders angefangen hätte. Aber sie war genervt von dem Gejammere und dem permanenten Selbstmitleid. Maja hatte fast alles, was sie sich selbst so sehr wünschte. Einen charmanten, interessierten Mann, zwei Kinder und eine tolle Wohnung. Sie gönnte es ihr, trotzdem kam sie manchmal nicht umhin, sie zu beneiden. Maja hatte Architektur studiert, über sie hatte Klara Johann kennengelernt, die beiden wohnten zeitweise in einer WG. Heute führte Maja einen Laden für Antiquitäten in Eimsbüttel und, seitdem sie Mutter war, auch für Kindersachen, die so teuer waren, dass Klara sich nicht vorstellen konnte, wer dort einkaufte. Aber die Leute kauften und kauften, und Maja kannte inzwischen jeden von der Osterstraße bis zum Eidelstädter Weg. Andreas war Chirurg mit einer eigenen Praxis, die so gut lief, dass die riesige Wohnung, die sie vor drei Jahren am Weiher gekauft hatten, so gut wie abbezahlt war und das Kindermädchen mittlerweile zweimal die Woche kam.

Aber das war es nicht, was Klara beneidete. Bei ihr im Verlag lief es schließlich gut, man hatte ihr gerade die Programmleitung für das Taschenbuch angeboten. Und Johann hatte in den letzten vier Jahren mit seinem Büro so viele Wettbewerbe gewonnen, dass er sich vor interessanten Aufträgen kaum noch retten konnte. Aber das mit Johann – das fühlte sich schon seit Langem nicht mehr richtig an.

Oft hatte sie im letzten Jahr darüber nachgedacht, ob eine Trennung nicht das Beste wäre, aber immer wieder hatte sie diese Möglichkeit weit von sich weggeschoben. Gab es in ihrer Beziehung nicht auch noch schöne Momente? Konnte das Ganze nicht eine schlechte Phase sein, die irgendwann vorbei sein würde? Das Thema Kinder hatte sie seit einer Ewigkeit nicht mehr angesprochen, dabei dachte sie jeden Tag daran. Und ihr war klar, dass es nicht einfacher werden würde, mit ihm darüber zu reden, je länger sie damit wartete.

Johann hatte sich sehr verändert. Sie fragte sich, ob ein Zurück möglich war, hatte darauf aber keine Antwort.

»Was? Warum denn nicht?«, holte Maja, die gerade bei Franco noch Brot bestellt hatte, sie aus ihren Gedanken. »Ich dachte, wir machen das zusammen, du wolltest dir doch extra den Tag freinehmen, und außerdem mag ich diesen Laster nicht allein fahren, das weißt du doch! Komm, das kannst du jetzt nicht machen, Klara!«

»Tut mir leid. Ich fahre mit meiner Mutter eine Woche in den Landevejen und …«

»Was? Mit deiner Mutter? Bist du wahnsinnig? Du wirst durchdrehen! Eine ganze Woche? Warum das denn?« Maja sah sie entsetzt an und schenkte sich Wein nach.

»Sie hat mich eingeladen mitzukommen. Vielleicht ist das endlich mal die Gelegenheit, ein paar Dinge zu besprechen. Ich war eine Ewigkeit nicht mit ihr allein.«

»Das glaubst du doch selbst nicht! Bestimmt will sie dich nur für die letzten Hochzeitsvorbereitungen einspannen und dich gegen Nina aufbringen. Vielleicht hofft sie ja, dass du Ben doch noch von der Hochzeit abhältst. Meinst du wirklich, dass das eine gute Idee ist? Du wirst nur die ganze Woche in diesem winzigen Haus festsitzen und vergeblich darauf warten, dass sie sich endlich dafür entschuldigt, wie sie in den letzten fünfunddreißig Jahren mit dir umgegangen ist. Tu dir das bloß nicht an!«

Klara drehte an dem oberen Knopf ihrer Bluse. Sie

merkte, wie er sich lockerte, dennoch ließ sie nicht von ihm ab.

»Nein, ich will keine Entschuldigung. Darauf warte ich schon lange nicht mehr. Aber ich möchte mit ihr reden, um sie endlich zu verstehen. Vielleicht will sie das ja auch und hat mich deshalb gefragt, ob ich mitfahren möchte.«

Maja schüttelte ungläubig den Kopf. »Ich weiß nicht. Ich kann mir bei deiner Mutter wirklich nicht vorstellen, dass sie einfach mal nett zu dir ist und dich ohne Hintergedanken zu einer Reise einlädt ...«

»Vielleicht hast du ja recht. Aber ich werde es nicht herausfinden, wenn ich hierbleibe. Und weißt du, wie auch immer ich zu ihr stehe, sie ist und bleibt meine Mutter!«

Etwa zwei Stunden später stand sie wieder draußen auf der Straße. Der nächtliche Himmel war klar und die Luft roch frisch und sauber.

Nach Hause nahm sie den Umweg über die Hafenstraße. Sie sah hinüber zu den Docks, wo die Kräne laute Verladegeräusche von sich gaben, und fragte sich, in welchen Schichten die Menschen dort in den Werften und im Containerhafen wohl arbeiteten. Ein Leben, von dem sie nicht die geringste Ahnung hatte und für das sie bisher auch kein großes Interesse aufgebracht hatte. Nun schämte sie sich dafür, wohnte sie doch gegenüber.

Die Hafencity gefiel ihr nicht. Gleichförmig und unpersönlich ragten die großen Architektenhäuser empor. Hier hatten sich wohl einige verausgabt, einen Plan hatten sie nicht verfolgt. Von außen war nicht erkennbar, ob sich Büros oder Wohnungen in den Gebäuden befanden, zumindest nicht tagsüber. Aber jetzt konnte sie genau sehen, wo Gäste mit Hafenblick empfangen wurden und wo sich eine schicke *Bulthaupt*-Küche befand. Wenigstens eine Sache, mit der man für einen kurzen Moment angeben konnte.

Sie vermisste ihre Altbauwohnung in Altona, die schönen kleinen Läden und das Kino, die Bars und die vielen Leute, die ständig durch die Straßen liefen, auf denen es nie leise war.

Sie stand im Fahrstuhl und drückte auf die Drei. Keine fünf Sekunden später schloss sie ihre Wohnungstür auf. Alles war dunkel.

Wo war Johann?

Johann war mit Tom unterwegs, fiel ihr wieder ein.

Erleichtert über die Tatsache, an diesem Abend nicht mehr sprechen zu müssen, machte sie sich auf ins Bad. Ihren Schlüssel ließ sie in die Schale am Eingang fallen.

KAPITEL 3

»Mama?« Klara hatte gerade noch die Nummer ihrer Mutter erkannt, bevor sie die Annahmetaste des Telefons drückte und es sich, aus Mangel an einer freien Hand, zwischen Schulter und Kinn klemmte. Sie hievte die schwere Reisetasche, die vor allem mit ausgedruckten Manuskripten gefüllt war, durch die Tür. In der anderen Hand hielt sie die volle Mülltüte, die seit zwei Tagen im Flur stand und die Johann nicht entsorgt hatte, ihre Handtasche und die verwelkten Lilien, die nun mit ihren dunkelroten Pollen drohten, ihr T-Shirt zu verschmutzen. Also versuchte sie, die Blüten möglichst weit von sich wegzuhalten, was in diesem Moment alles etwas erschwerte. Sicher, es wäre besser gewesen, zweimal zu gehen, aber das Taxi wartete bereits, und ihre Mutter sollte sie besser nicht warten lassen.

»Bist du unterwegs?«

»Ja, ich musste noch auf das Taxi warten, ich denke, ich bin in zwanzig Minuten da.«

»Das wirst du kaum schaffen. Die Stadt ist auch sonntags um diese Zeit voll. Und wir wollten ja eigentlich um elf Uhr starten, oder?«

Ihre Mutter klang wütend, aber sie bemühte sich, es zu ignorieren.

»Ja, tut mir leid«, sagte sie beschwichtigend, »hier kam noch ein Anruf und ich musste zwei Manuskripte ausdrucken …«

Klara ärgerte sich über ihre Rechtfertigung.

»Hast du die nicht im Computer?«

»Ja, aber ich lese sie lieber auf Papier und mache mir Notizen … Mama, ich muss jetzt runter! Wir sehen uns ja gleich – ich freu mich!« Dass sie das so sagte, wunderte sie im gleichen Moment. Und sie meinte es auch nicht wirklich.

Sie hatte in den letzten Tagen versucht, möglichst viel zu erledigen, um auf Fanø nicht die ganze Zeit an ihren Texten sitzen zu müssen. Ihre Mutter würde wenig Verständnis dafür aufbringen, wenn sie sich schon morgens an den Schreibtisch setzen und nur Pausen zum Essen einlegen würde. Leider hatte sie immer noch einen Stapel vor sich, und wahrscheinlich war sie jetzt nur deshalb so freundlich, damit ihre Mutter nicht von vornherein in eine ungute Stimmung geriet. Aber die war von vielen Faktoren abhängig, und sie hatte bis heute nicht ganz verstanden, nach welchen Prinzipien sich der Gemütszustand ihrer Mutter richtete.

Als sie endlich im Taxi saß und die Adresse ihrer Eltern als Ziel genannt hatte, bemerkte sie, dass sie das Telefon mitgenommen hatte. Es war der Festnetzapparat. Johann würde ihn suchen, die Nummer von seinem Handy aus anrufen und es trotzdem nicht finden. Irgendwann würde er sich dann genervt bei ihr melden und fragen, wo sie es hingelegt habe. Sie könnte ihm im Vorfeld noch Bescheid geben, aber das hatte sie im nächsten Moment schon wieder vergessen. Das Telefon landete weit unten in ihrer Handtasche, die die Größe einer *IKEA*-Tüte hatte.

Klara ging direkt durch den Garten und über die Terrasse in das Haus ihrer Eltern, konnte ihre Mutter aber weder sehen noch hören. Sie stellte ihre Tasche in den Flur, schaute kurz in den Spiegel und sah, dass sie einen Fleck auf ihrem Mantel hatte. Sie wollte gerade untersuchen, um welche Art von Schmutz es sich handelte, da hörte sie ihre Mutter die Kellertreppe hochkommen.

»Na, ich würde sagen, wir fahren nun endlich mal los, oder wolltest du lieber zwei Stunden vor der Fähre in der Schlange stehen?« Ihre Mutter klang nervös und lief hektisch zwischen Küche und Arbeitszimmer hin und her. Sie gab ein Lachen von sich, das sicher nicht als ein solches gemeint war.

»Hallo, Mama!«, sagte Klara und ignorierte ihre Bemerkung.

»Mein Gott, Mama, wir bleiben doch nur eine Woche, oder?«

Das Auto war bis obenhin mit Gepäck vollgestopft, und sie fragte sich, wie sie darin überhaupt noch Platz finden sollte. Denn auch auf dem Beifahrersitz standen ein Korb und darunter eine volle Tüte von *Schlemmermeyer*.

»Du glaubst doch nicht allen Ernstes, dass ich Lust habe, wenn wir ankommen, erst mal einkaufen zu gehen? Außerdem will ich nicht die ganze Woche auf den ollen Matratzen und unter Polyester schlafen! Und du sicher auch nicht, oder? Ich habe zwei Rollmatratzen und komplettes Bettzeug eingepackt. Handtücher und Bettwäsche … oder hast du das auch dabei?«

»Nein, aber das wusste ich ja auch nicht …«

»Wie, das wusstest du nicht? Das war in Dänemark schon immer so, und wir hatten früher doch auch immer alles dabei! Das kannst du doch nicht vergessen haben.«

Ihre Mutter sah sie mit blitzenden Augen an.

Klara wehrte sich. »Ehrlich gesagt, doch! Das hab ich vergessen! Und ich kann mich auch nicht daran erinnern, dass unser alter, kleiner Polo, in dem wir ja immerhin zu viert saßen, so voll gewesen ist.«

Sie fragte sich, wie sie die Fahrt bis nach Fanø überstehen sollte. Schlafen wäre wohl das Allerbeste, aber leider undenkbar.

Irgendwie war es ihr gelungen, ihre beiden Taschen im Auto zu verstauen und sich den Sitz neben ihrer Mutter freizumachen. Nicht ohne darauf zu achten, dass die Erdbeeren, die im Korb obenauf lagen, bloß nicht gequetscht wurden. Der panische Gesichtsausdruck, den sie sah, als sie eine Zeitschrift auf den Korb legen wollte, veranlasste sie dazu, auf Durchzug zu schalten. Zumindest für die kommenden vier Stunden. Anders würde es nicht gehen und sie war darin geübt.

Allerdings hatte sie vergessen, dass ihre Mutter beim Fahren immer Radio hörte. Und als sie endlich auf der Autobahn waren, begann auf dem Sender, der eingestellt war und den sie seit ihrem Auszug aus dem Elternhaus nicht mehr gehört hatte, eine Oldie-Hitparade. Die Musik war fröhlich, Elvis, die Beatles und Abba sangen sich um den Verstand, und Klara hätte das Radio gern lauter gedreht. Aber das war nicht möglich.

Ihre Mutter hörte Radio immer in einer Lautstärke, bei der man sich noch gut selbst hören konnte und, wie sie es sicher selbst erklären würde, wenn man sie danach fragte, noch alles vom Verkehr mitbekam und nicht Gefahr lief, einen Hörschaden zu erleiden. Sie hörte Musik nicht aus Spaß, weil sie Lust hatte mitzusingen oder um an alte Zeiten zu denken und darin zu schwelgen. Sie hörte Musik, weil sie es beim Autofahren schon immer so gemacht hatte. Klara fragte sich, ob ihre Mutter wohl früher, in der Zeit, an die sie keine Erinnerung mehr hatte, mitgesungen hatte. Was war passiert, dass sie jetzt so war, wie sie war? Oder war sie schon immer so gewesen? Hatte sich ihr Vater etwa so in sie verliebt? Auf einmal reihte sich eine Frage an die andere, und sie merkte, wie etwas in ihr aufstieg, das sich alles andere als gut anfühlte.

Sie schaute aus dem Fenster und sah die Felder und Äcker an ihnen vorüberziehen. Sie fuhren an keiner Stadt vorbei. Die Ausfahrtsschilder zeigten an, dass es nach Lübeck und Kiel noch etliche Kilometer waren. Hin und wieder eine Fabrik, ein paar Schornsteine, weite Felder, die eintönig aufeinanderfolgten. Klara fiel auf, dass kaum irgendwo Bäume standen. Weit hinten war ein Wald erkennbar. Mal ein *Aldi*, mal ein *Lidl*, nah an den Zufahrtsstraßen, ebenso *McDonald's* in regelmäßigen Abständen.

Als sie den Nord-Ostsee-Kanal überquerten, sang Agnetha Fältskog ›Waterloo‹, und Klara musste an den Artikel denken, den sie kurz zuvor über die Sängerin gelesen hatte und der von den zurückgezogenen Jahren nach dem Welterfolg erzählte. Von dem Selbstmord der Mutter war die Rede, von Einsamkeit und Depression.

Der Verkehr auf der Autobahn stockte, und es ging deutlich langsamer voran als vorher.

Es waren einige Schiffe auf dem Kanal unterwegs, die meisten fuhren voll beladen mit Containern in Richtung Nordsee. Die Sonne schien von oben auf das Wasser, und Klara bemerkte, wie sie die Augen zusammenkniff. Ihre Sonnenbrille befand sich im Koffer, an den sie nicht herankam.

»Hast du noch mal mit Benjamin gesprochen?«, holte ihre Mutter sie aus den Gedanken.

»Nein. Du?«

Ihre Mutter atmete heftig ein und es klang, als wäre sie angespannt.

»Ja, es ist alles etwas schwierig mit deinem Bruder. Der traut sich ja nichts zu sagen oder zu machen, ohne vorher seine Nina um Erlaubnis zu fragen.«

Dass ihrer Mutter das nicht bekannt vorkam und sie so ungeniert darüber urteilte, wunderte Klara. Ihre Mutter hatte komplett verlernt, sich selbst in Frage zu stellen, wenn sie es denn überhaupt jemals konnte.

»Wieso? Was war denn?«

»Es wird ja nun langsam eng mit der Zeit, und ich würde wenigstens gerne die Blumen bestellen. Dafür muss ich aber wissen, wie viele Tische es gibt, wie die stehen sollen und vor allem, was sich die beiden als Tischdeko vorstellen. Das weißt du auch nicht, oder?«

Klara starrte angestrengt aus dem Fenster, wusste aber, dass es kein Entkommen gab.

»Hm … nee, ich könnte sie mir eher schlicht vorstellen«, sagte sie widerwillig, »nicht zu opulent, vielleicht einzelne Blumen in vielen kleinen Vasen?«

»Dann müssten wir das ja alles vor Ort noch herrichten! Glaubst du, ich habe da nichts anderes zu tun?«

»Mama, ruf doch einfach mal bei Nina an und besprich das mit ihr.«

Ihre Mutter verzog verärgert das Gesicht. »Dein Bruder muss doch in der Lage sein, einmal mit seiner Frau darüber zu sprechen und mir dann alles weiterzugeben! Ich kann denen doch nicht ständig hinterherrennen, oder?«

»Ja, da hast du natürlich recht, aber dann lass es doch

einfach laufen! Im schlimmsten Fall gibt es eben keine Blumen. Ist ja nicht deine Hochzeit!«

Ihre Mutter schüttelte ungläubig den Kopf. »Klara! Das kann doch nicht dein Ernst sein? Dann sagen alle, dass die Bräutigameltern nicht mal den Blumenschmuck auf die Reihe bekommen haben …«

Das war so typisch! Alles musste perfekt sein, niemand sollte auf die Idee kommen können, dass sie nicht alles, was in ihrer Macht stand, getan hätte. Der äußere Schein musste zu hundertachtzig Prozent gewahrt werden, alles sollte so sein, dass man ihr am Ende auf die Schulter klopfen und Danke sagen musste. Ohne sie würde es nicht laufen, es würde alles aus dem Ruder geraten. Und genau das drohte nun zu passieren.

»Gut, aber dann wirst du nicht darum herumkommen, Nina anzurufen oder ihre Eltern …«

»Na, mit denen will ich ganz bestimmt nicht sprechen! Am Ende haben wir nur gelbe Nelken auf dem Tisch.«

»Mach, wie du denkst, Mama! Ich glaube nicht, dass ich dir irgendwie dabei helfen kann.«

Sie spürte, wie ihre Mutter sie aus dem Augenwinkel ansah. »Doch, ich denke schon. Vielleicht könntest du Nina mal anrufen?«, fragte sie zögernd. »Vielleicht geht sie ja ans Telefon, wenn du dran bist.«

»Okay, ich versuche es mal.«

Möglichst unhörbar atmete sie tief ein und wieder aus und schaute auf die Fahrbahn. Sie fuhren hinter einem Laster her, der gerade von einem Reisebus überholt wurde.

Sie hatten die Autobahn mittlerweile bei Aabenraa verlassen und fuhren über die leere Landstraße.

Es gab nun kein Zurück mehr. Sie hätte wissen können, was auf sie zukommen würde. Aber sie hatte gehofft, dass ihre Mutter wenigstens am ersten Tag etwas umgänglicher sein würde. Allerdings wirkte ihre Mutter auch ein wenig nervös.

Aber das konnte täuschen. Vielleicht hatte Maja mit ihren Befürchtungen ja recht gehabt und sie konnte sich die versöhnliche Aussprache mit ihrer Mutter tatsächlich abschminken.

»Ich wollte heute Abend einfach Spaghetti mit selbst gemachtem Pesto kochen. Das habe ich schon vorgestern vorbereitet und deinem Vater schmeckt es auch immer.«

Selbstverständlich hatte sie es selbst gemacht. Nie würde ihre Mutter etwas Fertiges aus dem Glas nehmen. Und nie würde ihr Vater zugeben, wenn ihm etwas nicht schmecken sollte. Nicht auszudenken, was dann passieren würde! Wahrscheinlich würde sie ihm zur Strafe eine Woche lang jeden Abend eine Tütensuppe servieren und behaupten, dass er den Unterschied zu etwas Selbstgemachtem ohnehin nicht schmecken könne. Sie würde ihn damit aufziehen, dass er selbst ja nicht mal in der Lage sei, ein Spiegelei zu braten, und dass so jemand wie er es nicht wagen dürfe, ihre Kochkünste in Frage zu stellen. Aber vermutlich hatte es ihrem Vater tatsächlich geschmeckt, denn ihre Mutter machte selten etwas nicht gut. Um nicht zu sagen: nie.

Sie fuhren an den ersten hübschen Reetdachhäusern vorbei, die weiß gekalkt waren und in der Sonne leuchteten. Keine Menschenseele war zu sehen.

»Ich kann in den nächsten Tagen auch gern mal kochen, Mama.«

»Na ja, das heute Abend ist ja kein richtiges Kochen. Oder meinst du etwa, dass ich es auch mal verdient habe, bekocht zu werden? Jetzt, wo ich ohne Georg unterwegs bin? Angeblich hat dein Vater ja früher in der WG mit Hans ständig gekocht. Aber kannst du dir das vorstellen? Hans behauptet ja immer noch, dass Georg ein Superkoch ist – gemerkt habe ich davon bis heute nichts!«

Dabei wollte ihre Mutter ihren Vater nie in der Küche dulden, weil die Gefahr bestand, dass er etwas anders machen könnte als sie. Dass das Thema heute immer noch aktuell war, fand sie einigermaßen verwunderlich.

An wie viele Fahrten nach Fanø erinnerte sie sich, bei denen ihre Eltern darüber stritten, wer wofür zuständig war. Da ihre Mutter nur halbtags arbeitete und das auch erst, als Ben und sie bereits aufs Gymnasium gingen, war die Rollenverteilung klar. Klara hatte sich schon als Kind darüber geärgert, dass ihre Mutter nicht aufhörte, auf ihrem Vater herumzuhacken, weil er nach zehn Stunden Arbeit in der Klinik nicht auch noch die Wäsche machte oder sich hinter den Herd stellte. Aber wenn sie für ihn Partei ergriff, wurde alles nur noch schlimmer. Darum ließ sie es irgendwann bleiben und hatte bis heute ein schlechtes Gewissen ihm gegenüber.

»Ach, Mama, ist es nicht langsam ein bisschen albern, sich noch darüber aufzuregen, dass Papa nichts im Haushalt übernimmt? Ihr seid seit achtunddreißig Jahren verheiratet, da kannst du doch nicht ernsthaft annehmen, dass sich noch grundlegend was ändern wird, oder?«

Mittlerweile hatten sie den Laster überholt und die Straße vor ihnen war frei. Am Himmel fanden sich nur wenige Wolken und die Sonne blitzte immer wieder auf, so dass es sie blendete. Klara ärgerte sich, dass sie ihre

Sonnenbrille hinten im Koffer hatte und nicht wie sonst in ihrer Handtasche.

»Ja, da hast du sicher recht. Dabei hat sich vieles nicht geändert.«

»Wie meinst du das?«

»Du kennst doch deinen Vater. So, jetzt sind wir gleich in Ribe.«

In der flachen Landschaft war der Dom bereits von Weitem zu sehen. Die drei Türme stachen wie Fremdkörper hervor.

Ihre Mutter war drauf und dran, das ungemütliche Thema zu beenden, noch bevor Klara eine befriedigende Antwort erhalten hatte.

»Wolltest du dich jemals scheiden lassen?«, fragte sie herausfordernd.

Ihre Mutter lachte bitter auf. »Wovon hätten wir denn leben sollen? Du weißt, wie viel man als Verkäuferin verdient, und vor allem, was für Arbeitszeiten man da hat! Wie hätte ich das allein schaffen sollen, mit zwei kleinen Kindern?«

Wie sehr sich die Zeiten doch geändert hatten! Einige von Klaras Freundinnen und Bekannten mit Kindern hatten sich von ihren Männern getrennt. Aber keine von ihnen wäre nur des Geldes wegen zurückgerudert.

Ihr Vater hatte sicher nicht alles richtig gemacht, das wusste sie. Er hatte ihrer Mutter so einiges überlassen, jede Entscheidung, was Benjamin und sie betraf, jede Weihnachtskarte und jeden Kindergeburtstag. Er hatte sich nicht eingebracht, auch nicht, wenn er da war, was tagsüber selten vorkam. Und auch an Samstagen war er mindestens den halben Tag in der Klinik gewesen. Zu Hause vergrub er sich hinter einer Zeitung, oder er arbeitete im Garten, eines der wenigen Dinge, die ihre Mutter ihm zugetraut hatte. Sie selbst war nur für die Blumenkübel auf der Terrasse verantwortlich.

Aber was dachte sie eigentlich über die Beziehung ihrer Eltern nach? Müsste sie sich nicht viel eher fragen, wie es mit ihr und Johann weitergehen sollte? Sie hatten sich seit dem vermaledeiten Morgen kaum gesprochen. Sie hatte vergessen, auf seine SMS zu reagieren, und er war zu beleidigt gewesen, einen weiteren Schritt auf sie zuzugehen. Am folgenden Abend war Victor, ein Nachbar und ebenfalls Architekt, spontan vorbeigekommen und hatte mit Johann ein paar Stunden fachsimpelnd auf dem Balkon unter dem teuren Heizstrahler gesessen. Die zwei leeren Weinflaschen und ein paar Stummel von Johanns Zigarillos fand sie samt den Gläsern und einer halb vollen, aber aufgeweichten Tüte Chips am nächsten Morgen vor der Terrassentür.

Wie sollte in dieses Leben ein Kind passen? Das Baby, das sie sich so sehr wünschte. Johann wollte nichts ändern, er war glücklich so, wie es war, abgesehen von der Tatsache, dass sie ihn störte, wenn sie ihren Kinderwunsch immer wieder äußerte. Er konnte oder wollte sie nicht verstehen, sie wusste es nicht so genau.

»Gleich sind wir an der Fähre! Es scheint auch gar nicht voll zu sein.« So etwas wie ein freudiges Lächeln huschte über das Gesicht ihrer Mutter, und es war schön, das zu sehen. Tatsächlich kamen sie gleich auf das nächste abfahrende Schiff. Kaum hatte ihre Mutter den Motor ausgestellt, stieg sie aus dem Wagen und lehnte sich an die Reling.

Klara blieb sitzen und betrachtete ihre Mutter von hinten. So wirkte sie viel jünger, als sie tatsächlich war. Sportlich sah sie aus. Der dunkelblaue Blazer betonte ihre Taille. Dazu trug sie eng geschnittene Jeans und relativ neu aussehende Ballerinas, ebenfalls in Blau, mit der klassischen kleinen Schleife.

Sie fragte sich, ob ihre Mutter sich wohl die Haare färbte. Es war nichts Graues zu erkennen, und das konnte mit achtundfünfzig wohl kaum der Wirklichkeit entsprechen.

Nun brachte der salzige Wind ihren ordentlich geschnittenen Pagenkopf durcheinander, was sie aber nicht zu stören schien.

Auf einmal drehte sich ihre Mutter abrupt um, stieg wieder ins Auto und nahm neben Klara ihren Platz ein.

»So, gleich sind wir da! Hoffentlich ist das Haus gestern ordentlich geputzt worden. Wobei – hier ist ja noch nicht Hauptsaison, und wer weiß, ob es letzte Woche überhaupt vermietet war. Jedenfalls dürften die Servicekräfte noch nicht allzu sehr unter Stress leiden.«

Wie gut, dass sie erst am Sonntag gefahren waren und Klara die Einladung zum Essen bei Lisa am Vorabend nicht abgesagt hatte. Sie erinnerte sich plötzlich an eine Ankunft vor vielen Jahren, bei der die Putzfrau noch zugange war, als sie ins Haus gekommen waren. Die Laune ihrer Mutter war den Rest des Tages kaum zu ertragen gewesen.

»Ich bin mal gespannt, ob sich irgendwas verändert hat.«

»Als dein Vater und ich das letzte Mal hier waren, sah alles noch so wie früher aus.«

Die Fähre hielt und die ersten Autos rollten vom Schiff. Nur fünfzig Meter weiter ging es nach rechts, vor einem hellblauen alten Fischerhaus, in dem sich ein einfacher Imbiss für Fischbrötchen und gekühlte Getränke befand, eine kleine unscheinbare Straße hinauf. Ihre Mutter bog ohne zu zögern ab, sie kannte sich aus.

Kurz darauf hielten sie vor dem alten Rathaus von Nordby, nebenan befand sich der Schlachter, gegenüber eine alte Kneipe, vor der ein Mann saß, der eine Zigarette rauchte und eine Flasche Bier in der Hand hielt. Es war sicher nicht sein erstes heute.

Gleich daneben war das Gebäude der Ferienhausvermittlung, wo sie ihren Schlüssel abholen konnten.

»Bleib sitzen. Ich gehe schnell rein.«

»Ich kann auch mitkommen.«

»Meinst du, ich schaffe das nicht allein?«

Ihre Mutter gab ein ironisches Lachen von sich, das Klara als Kind schon gehasst hatte.

»Okay, ich warte hier, Mama.«

Sie sah ihr nach und schaute dann zurück zu dem vor der Kneipe sitzenden Mann. Wie alt er wohl war? Siebzig vielleicht, vielleicht auch jünger, es war schwer zu schätzen. Seine Haut war von der Sonne gegerbt und faltig. Er trug ein altes kariertes Hemd und eine Cordhose, die ihm deutlich zu weit war, und schwarze Clogs, die hatten schon bessere Tage gesehen. Sie stellte sich vor, dass er Fischer war, viel Zeit draußen auf dem Meer verbracht hatte und nun von einer schlechten Rente leben musste, die er vertrank.

»So, alles klar! Wir können starten. Halt den mal.«

Ihre Mutter drückte ihr den Schlüssel in die Hand und schnallte sich an.

Die Straße von Nordby nach Sønderho kam ihr deutlich länger vor, als sie es in Erinnerung hatte. Vorbei an Heide und Dünen, ab und an eine Wiese mit Pferden. Irgendwann kam rechts der Kunstladen, den ihre Mutter in jedem Urlaub am Landevejen mehrfach besucht hatte, Klara hatte sie dabei viele Male begleitet. Dann erkannte sie die Kirche, links ging es in den alten Ortskern von Sønderho, und wenn man rechts weiterfuhr, würde man an den Strand kommen.

Wie oft waren Ben und sie, als sie noch klein waren, hier herumgerannt, hatten nach anderen Kindern Ausschau gehalten, waren in den kleinen Supermarkt gegangen und hatten sich von ihrem Taschengeld Chips oder Eis gekauft oder hatten Verstecken gespielt. Ein Bild reihte sich an das nächste, aber das Gefühl von damals war verschwunden. Immer wieder fragte sie sich, wie sie ihre Erinnerungen einordnen sollte. Entsprachen sie dem wirklich Erlebten? Wie viel von dem, was passiert war, war verwischt und nach welchem Prinzip wurde vergessen oder bewahrt?

Erinnerungen konnten aufgefrischt werden durch etwas, das man wiedersah, durch Musik oder auch durch Gerüche. Sie besaß eine mit Leder bezogene Schachtel ihrer vor vier Jahren verstorbenen Großmutter. Darin befanden sich neben alten Knöpfen und geklöppelter Spitze einige vergilbte Stofftaschentücher mit den Initialen des Mädchennamens ihrer Oma. Sie hatte die Schachtel vor der Vernichtung gerettet, als ihre Mutter und sie damals die Wohnung leer geräumt hatten, um sie für den Verkauf vorzubereiten. Die Wohnung hatte einen für sie ganz besonderen Geruch gehabt, eine Mischung aus Lavendel und Waschmittel, versetzt mit dem Duft von frisch aufgebrühtem Kaffee. Dazu kam ein gewisser Muff, den sie von alten Flohmarktkisten oder Dingen her kannte, die lange im Keller oder auf dem Speicher gelegen hatten.

Sie hatte die Schachtel damals geöffnet und der Duft der Wohnung war ihr in seiner ganzen konzentrierten Form entgegengekommen. Nun lag dieses Schächtelchen in ihrem Nachttisch, und ab und zu öffnete sie es, um daran zu riechen, weil es sie so sehr an ihre Großmutter erinnerte. Sie scheute sich davor, es allzu oft zu tun, wer wusste schon, wie lange der Duft sich halten würde. In diesem Moment vermisste sie ihre Oma sehr. Sie hätte sie gern um Rat gefragt, mit ihr über die Situation mit Johann gesprochen.

»Da sind wir!«, sagte ihre Mutter und holte sie damit erneut aus ihren Gedanken.

Vor dem Haus, das sie sofort erkannte und das sich rein äußerlich nicht im Geringsten verändert hatte, stand eine kleine Sitzgruppe aus Teakholz. Den Zaun, der früher den Vorgarten von der kleinen Straße trennte, gab es nicht mehr.

Ihre Mutter schloss die zweigeteilte Tür auf und drückte den oberen Teil nach innen.

Dann beugte sie sich hinunter und schloss von innen die untere Tür auf, die mit einem lauten Knarzen nachgab und den Weg freimachte, so dass sie eintreten konnten. Das gelang nur geduckt, sonst hätten sie sich zwangsläufig den Kopf angestoßen. Als Kind fand sie es immer lustig, wenn ihr Vater gekrümmt ins Haus gekommen war. Ab und zu vergaß er es und stieß an einen der Balken. Jedes Mal ärgerte er sich aufs Neue.

Klara folgte ihrer Mutter durch den kleinen Flur, von dem es direkt in die Küche ging. Ihr Blick fiel als Erstes auf die gelbbraune *Bosch*-Kaffeemaschine. Sie hätte nicht gedacht, dass die noch hier stand. Und sie hätte sich auch nicht an diese Maschine erinnert.

Einmal hatten sich ihre Eltern fürchterlich gestritten, und ihre Mutter hatte einen Apfel, den sie gerade aß, vor Wut auf die Arbeitsplatte geknallt. Unglücklicherweise fiel ein Messer von der Leiste, traf die Glaskanne der Kaffeemaschine und sie zersprang in viele kleine Scherben. Wutentbrannt war ihre Mutter nach Esbjerg gefahren, um eine neue Maschine zu kaufen. Und sie kam mit diesem Modell der frühen achtziger Jahre zurück.

So haftete nicht nur ihre Geschichte an dem Haus, sondern auch umgekehrt, das Haus wurde ihre Familie nicht los.

»Na, da haben die hier ja endlich mal neue Gartenmöbel angeschafft. Wurde auch Zeit. Ich hatte schon das letzte Mal die ganze Zeit Angst, mitsamt der Bank zusammenzubrechen.«

Ihre Mutter war durch die Küche, die auch Wohn- und Esszimmer war, nach hinten in den Garten gegangen. Alles blühte und das Grün war noch frühlingshaft grell.

»Hol mal die Auflagen. Die findest du im Alkoven.«

Klara öffnete die graublaue Klappe über dem Sofa, fand dahinter aber nur den Fernseher sowie einige Bücher und Informationsmaterial zur Insel und ihrer Umgebung.

»Hier ist nichts, Mama.«

»Wie, da ist nichts? Haben die etwa alles umgeräumt? Kann ich mir nicht vorstellen.«

Sie stürzte herein und riss die Klappe abermals auf, um sich dann davon zu überzeugen, dass die Gartenauflagen sich tatsächlich nicht hier befanden.

»Dann können sie ja nur im Kinderzimmer liegen. Schaust du mal, bitte?«

Eine knappe Stunde später saßen sie draußen auf der Terrasse. Die frischen Blumen, die ihre Mutter ebenso mitgebracht hatte wie zwei ihrer Lieblingsvasen und eine karierte Tischdecke, sorgten dafür, dass alles ein wenig wie im Haus ihrer Eltern aussah. Klara rutschte auf ihrem Stuhl hin und her. Es war schwer auszuhalten, neben ihrer Mutter zu sitzen und kaum ein Wort zu sagen. Sie wusste aber auch nicht, welches Thema sie ansprechen konnte, das unverfänglich genug war.

Sie hätte jetzt gern eine Weißweinschorle oder einen Campari getrunken, aber es war noch nicht achtzehn Uhr, und da war ihre Mutter strikt.

»Mama, ich muss Johann anrufen, ja? Der Empfang ist hier so schlecht, ich gehe kurz vors Haus.«

Es war das Einzige, was ihr in dieser Situation einfiel.

Sie stand auf, nahm ihre Handtasche und war wenig später auf der Straße. Sie holte tief Luft. Lange würde sie nicht wegbleiben können. Gut, sie konnte erzählen, dass sie sich gestritten hätten, so was konnte dauern, aber dann würde sie davon berichten müssen und dazu hatte sie nicht die geringste Lust. Was sollte sie sonst sagen? Sie würde Johann nicht anrufen.

Sie ging nach rechts und fand an der nächsten Ecke den Antikladen, der dort schon immer gewesen war, zumindest konnte sie sich nicht entsinnen, dort je etwas anderes gesehen zu haben. Um die nächste Ecke herum fanden sich zwei Restaurants, ein Eiscafé, in dem früher ein kleiner Tante-Emma-Laden gewesen war, sowie ein Geschäft, das Schmuck aus Bernstein und alte Bilder verkaufte.

Ein paar Häuser weiter machte die Straße einen Knick und bog in Richtung Deich ab. Hier verblasste ihre Erinnerung.

Am Straßenrand stand ein schönes, großes altes Haus mit Reetdach. Sie vermutete, ein Hotel mit Gastronomie der besseren Art. Einige ordentlich gekleidete Kellnerinnen mit schwarzer Schürze über gestärkter weißer Bluse deckten gerade die Tische für das Abendessen ein. Vor dem Haus, im Garten, saßen ein paar Familien mit Kindern, einige Paare, manche aßen bereits, andere tranken noch ihren Aperitif. Wie gern hätte sie sich dazugesetzt und wäre dem Abend mit ihrer Mutter entgangen.

»Hej!«, rief es in ihre Richtung, und ein Mann, der in der Tür stand, winkte ihr zu. Er schien ihr bedeuten zu wollen, sich in den Garten zu setzen, aber da es nun einmal war, wie es war, zuckte sie nur bedauernd mit den Schultern und winkte zurück, während sie schon wieder ihr Haus am Landevejen ansteuerte.

Die Gartentür stand offen, und sie konnte von draußen sehen, wie ihre Mutter in der Küche stand und Teller aus dem Schrank holte.

»Hast du Johann erreicht?«

»Ja, alles okay zu Hause. Ich gehe mal hoch und packe meine Tasche aus. Oder brauchst du gerade Hilfe?«

»Dieses Gericht schaffe ich schon noch allein. Wir können in zwanzig Minuten essen.«

Sie hatte ganz vergessen, wie steil die schmale Holztreppe war, die zu den zwei kleinen Schlafzimmern unter dem Dach führte.

Ohne lange nachzudenken, ging sie nach rechts, in das kleinere der beiden Zimmer, das immer Ben und sie bewohnt hatten. Es sah ganz verändert aus. Das Holz, mit dem der ganze Raum ausgekleidet war, war mittlerweile weiß gestrichen worden.

Sie erinnerte sich daran, wie sie früher unter dem Fenster der Dachschräge im Bett gelegen und die dunklen Äste über sich gezählt hatte.

»Klara? Möchtest du einen Weißwein?« Die Stimme ihrer Mutter klang ein wenig entspannter als vorher.

Sie stellte ihre Tasche unter dem Fenster ab. Die würde sie auch noch später auspacken können. Ein Glas Wein war jetzt genau das Richtige.

KAPITEL 4

Am nächsten Morgen wurde sie von Geschirrklappern aus der Küche geweckt. Sie schaute auf ihr Handy und sah, dass es bereits 9 Uhr 27 war, und sie war froh darüber.

Wie oft war sie als Kind hier vor sechs Uhr aufgewacht und hatte sich gefragt, wie sie die vielen Stunden vor dem Frühstück nur hinter sich bringen würde. Ihre Eltern frühstückten am Wochenende und in den Ferien nicht vor elf Uhr, fünf Stunden ohne Essen und ein schlafender Benjamin auf der anderen Seite des Zimmers, der keinerlei Anstalten machte, ihr Gesellschaft zu leisten, und die Batterien ihres Walkmans waren in der Regel leer.

Aus der Not heraus hatte sich ihr Fanatismus für Bücher und Literatur entwickelt.

In ihrem Zimmer war in einen alten Türrahmen ein Regal gebaut worden, vermutlich vor sehr langer Zeit, und Klara hatte sich oft gefragt, wohin die Tür, die es nicht mehr gab, wohl geführt haben mochte. Denn nun war dahinter nur noch die Außenwand des Hauses.

Das Regal war vollgestopft mit Büchern, wild durcheinander gewürfelt. Dänische Titel und Deutschsprachiges standen ohne System in mehreren Reihen. Einige Bücher waren sicher von Gästen hiergelassen worden, die sich auf ihrer Rückreise nicht mit allzu viel Gepäck abschleppen wollten. Andere gehörten wohl den Besitzern des Hauses, die in Kopenhagen lebten und hier nur außerhalb der Saison Urlaub machten.

Zwischen mehreren Reiseführern über die Nordseeküste Dänemarks fanden sich Groschenromane, ›Die Muschelsucher‹ von Rosamunde Pilcher, ein Atlas, ›Der Fall‹ von Albert Camus, ein Schuber mit gesammelten Werken von Hermann Hesse, einige Nachschlagewerke und Sachbücher über Mikrobiologie sowie eine Erstausgabe von ›Homo faber‹.

Noch im Bett liegend, wanderte ihr Blick über die Buchrücken auf der Suche nach dem ausgeblichenen, hellen Schutzumschlag mit der schwarzen, schwungvollen Schrift.

Sie fand ihn weiter unten links. Der untere Rand war ein wenig eingerissen, ein kleines Stück fehlte.

Klara stand auf und holte das Buch aus dem Regal. Wie lange war es wohl her, dass sie es hier am Landevejen gelesen hatte? Vierzehn war sie vielleicht gewesen, eventuell auch erst dreizehn. Damals im Winter. Sie hatten die kompletten Weihnachtsferien in Sønderho verbracht, an viel Schnee erinnerte sie sich, an Nachmittage vor dem Kamin bei *Æbleskiver* mit Apfelmus und an die ARD-Serie ›Ron und Tanja‹, die sie schauen durften, auf dem einzigen deutschen Sender, der hier empfangen wurde.

»*Wir starteten in La Guardia, New York, mit dreistündiger Verspätung infolge Schneestürmen*«, las sie den ersten Satz, der sie damals dazu bewogen hatte weiterzulesen. Sie hatte das Buch sicher nicht in seiner ganzen Tiefe und Komplexität verstanden und immer vorgehabt, es noch einmal zu lesen, später. Aber bisher war sie noch nicht dazu gekommen.

»Klara? Bist du wach?«

Ihre Mutter hatte wohl ihre Schritte gehört.

»Ja, Mama, ich komme gleich!«

»Möchtest du auch einen Cappuccino?«

»Ja, gern! Bin gleich da.«

Sie legte das Buch auf ihren Nachttisch, auf das Manuskript, das sie gestern Abend noch angefangen hatte und das so schlecht war, dass sie sich fragte, was man daraus noch würde machen können.

Sie zog sich ihre graue Strickjacke über das ärmellose Top und streifte sich schnell ein Paar Wollsocken über die Füße. Die Schlafanzughose war etwas zu lang, und so stopfte sie die Enden der Beine in die Strümpfe.

»Guten Morgen, Schätzchen! Hast du gut geschlafen?«

Sie fragte sich, wann ihre Mutter sie das letzte Mal »Schätzchen« genannt hatte. Aber sie freute sich über ihre sichtlich gute Laune.

Der Frühstückstisch war bereits gedeckt.

»Beim Bäcker war es gar nicht so voll und es gab sogar noch dänische Brötchen – schau mal! Die hast du doch sicher auch lange nicht mehr gegessen, oder?«

»Ja, super! Lecker!«

Bestimmt hatten diese Brötchen einen eigenen Namen, aber da es sie in Deutschland nicht gab, hatte ihre Mutter sie schon immer »dänische Brötchen« genannt.

»Und bei *Brugsen* gab es frische Bio-Milch mit nur 0,1 Prozent Fett!«

Ihre Mutter achtete sehr darauf, was sie aß, in der Regel kaufte sie in Feinkostgeschäften oder Bioläden ein. Jeden Donnerstag ging sie auf den Markt, um bei einem ganz bestimmten Stand ihre Eier zu besorgen, und den Krabbensalat, den es manchmal samstags bei ihren Eltern zum Frühstück gab, holte sie vom Fischmann in der Osterstraße.

»Brauchen wir sonst noch was?«

»Nein, ich glaube nicht. Es sei denn, du möchtest Kräuterquark haben, den habe ich jetzt im Kühlschrank vergessen.«

Nachdem sie gefrühstückt hatten und die Küche wieder unbenutzt aussah, nahm sich Klara eine weitere Tasse Kaffee aus dem Espressokocher, den ihre Mutter ebenso selbstverständlich mitgebracht hatte wie die Butterdose, auf die sie nicht verzichten wollte.

Sie klemmte sich ihren Computer samt den zwei ausgedruckten Manuskripten unter den Arm, das schlechte, bei dem sie sich fragte, wie sie mit dem Autor darüber würde sprechen können, und eines, von dem sie sich deutlich mehr erhoffte, und verschwand damit in den Garten, wo sie sich auf dem Tisch unter dem großen Sonnenschirm ausbreitete.

»Brauchst du etwas aus Nordby?«

Ihre Mutter war ihr gefolgt, und ehe Klara antworten konnte, fügte sie hinzu: »Ich wollte schnell zum Schlachter, außerdem haben wir gestern vergessen, die Hochwassertabelle mitzunehmen.«

»Hm, nein. Danke, ich brauche nichts.«

»Wollen wir uns um eins in der kleinen Crêperie zum Mittagessen treffen? Die an der Hauptstraße, schräg gegenüber der Apotheke, weißt du noch? Die haben da sehr gute Buchweizencrêpes mit Lachs oder mit Oliven und getrockneten Tomaten. Passt dir das?«

»Das klingt gut! Aber falls ich heute Morgen nicht genug schaffe, muss ich mich später noch mal an diese Texte hier setzen.«

Sie war sich nicht sicher, ob sie sich täuschte, hatte aber mal wieder den Eindruck, dass ihre Mutter sie und ihre Arbeit nicht sonderlich ernst nahm. Am liebsten hätte sie ihr den riesigen Stapel Papier direkt unter die Nase gehalten. Aber was sollte das nützen?

»Das schaffst du schon noch. – Ach so, wenn du nachher hochfährst, kannst du einfach vor der Kirche in den Bus steigen. Oder du nimmst dir ein Rad. Genau gegenüber gibt es einen Fahrradverleih. Dann brauchst du aber mindestens dreißig Minuten. Ist eine hübsche Strecke durch die Heide. Also, um eins in Nordby, ja?«

»Alles klar, Mama, bis nachher.«

»Bis nachher, Klara. Und bitte schließ ab! Und ich wär dir dankbar, wenn du auch alle Fenster schließen könntest. Ich habe eben noch mal alles aufgemacht, um zu lüften. Bitte nicht vergessen! In Ordnung?«

»Mache ich. Bis später!«

Sie klappte ihren Laptop auf und loggte sich über ihr Handy ins Internet ein.

Vierunddreißig Mails wurden geladen. Zwischen Spam, Newslettern und Angeboten von Onlineshops, von denen sie in den letzten Monaten Gebrauch gemacht hatte, lagen drei Nachrichten, bei denen sie wusste, dass sie nicht darum herumkommen würde, sie gleich zu lesen.

Die erste war von Herrn Conrad, dem Verleger des Verlags, für den sie arbeitete.

Da sie die Montagssitzung heute verpasst hatte, hatte er ihr die Vorabrezension eines befreundeten Journalisten zum Spitzentitel des kommenden Programms weitergeleitet. Darin lasse sich sicher ein Zitat für den Klappentext finden, er wünsche ihr einen schönen Urlaub und freue sich auf das Treffen nächste Woche, bei dem er ihre Unterschrift unter den neuen Vertrag erwarte. Er ging wie selbstverständlich davon aus, dass sie die Leitung des Taschenbuchprogramms übernehmen würde.

In der zweiten Mail wurde sie von ihrem Steuerberater dringend um Rückruf gebeten. Es fehlten noch einige Belege für ihre Steuererklärung, vor allem die bezüglich der Bauarbeiten in ihrer und Johanns Wohnung, die zum Teil absetzbar seien. Warum sie diese Mail bekam und nicht Johann, wunderte sie. Aber vielleicht war die Mail auch an sie beide rausgegangen, und Herr Gimpel hatte nicht einfach einen von ihnen auf cc gesetzt. Er war korrekt in allem, was er tat, und das war in seinem Job sicher von Vorteil.

Die letzte Nachricht war von Johann. Klara zögerte, ehe sie die Mail anklickte. Es würde ganz schnell gehen. Sie würde aufploppen und wäre kurz darauf unweigerlich in einem extra Fenster lesbar.

Bevor sie den Blick auf die geschriebenen Sätze richtete, stand sie auf und ging in die Küche. Auf der Ablage waren noch ein paar wenige Krümel, die sie vorher vergessen hatten wegzuwischen, und so nahm sie sich den gelben Lappen, um darüberzufahren und alles damit aufzufangen.

Sie sah sich im Raum um. Nur knapp fünf Zentimeter trennten ihren Kopf von der Zimmerdecke. Mit hohen Schuhen würde sie hier nicht stehen können. Aber wer ging schon mit Absätzen durch dieses Haus.

Ihr Handy klingelte und zeigte Annes Nummer an. Sie hatte ganz vergessen, ihre Kollegin vor der Abfahrt noch mal anzurufen.

»Hallo, Anne!«

»Hallo! Ich hab dich heute im Verlag nicht gesehen und wollte mal fragen, ob es denn bei Donnerstagabend bleibt? Ich hab schon mal nachgeschaut, in welchem Kino was läuft. Soll ich dir alles vorlesen?«

Klara setzte sich auf den Küchenstuhl.

»Du, es tut mir so leid! Ich wollte mich längst bei dir melden und hab es dann in dem Chaos völlig vergessen. Ich bin die ganze Woche nicht in Hamburg. Meine Mutter hat mich eingeladen, mit ihr nach Dänemark zu fahren. Wir sind in dem kleinen Haus, in dem ich als Kind schon so oft war. Erinnerst du dich? Ich hab dir mal davon erzählt, oder?«

»Oh, nein, kein Problem, ich meine das mit Donnerstag. Aber warum bist du mit deiner Mutter weggefahren? Hast du nicht gesagt, dass es immer so anstrengend mit ihr ist?«

Klara konnte hören, wie Anne in ihrem Büro die Tür zum Flur schloss.

»Als meine Mutter mich gefragt hat, wollte ich nicht Nein sagen, und außerdem hab ich gehofft, dass ich hier irgendwie mal den Kopf freibekomme. Im Moment ist alles so ein Durcheinander. Ich hab keine Ahnung, was ich mit dem Job machen soll und wie es mit Johann und mir weitergeht …«

»Was genau meinst du denn? Hast du noch mal mit ihm über das Babythema gesprochen?«

»Nein, habe ich nicht. Er weicht mir ja immer aus, oder wir streiten uns darüber …« Klara stockte und spürte, wie ihre Stimme zu zittern begann.

Sie wusste, dass Johann keine Kinder haben wollte. Als sie sich kennengelernt hatten, hatten sie manchmal im

Scherz darüber gesprochen, wie es wäre, Eltern zu sein. Aber hatte er sich nicht damals schon eher abwehrend über die »nervigen Gören« geäußert? Und hatte sie das, verliebt wie sie war, vielleicht nur einfach nicht hören wollen? Sie glaubte vor ihrer Hochzeit fest an eine Zukunft als Familie mit ihm. Aber er änderte seine Haltung nicht, und jetzt würde er es auch nicht mehr tun.

»Klara, das tut mir so leid. Willst du nicht noch mal mit ihm reden? Hat er überhaupt begriffen, wie ernst es dir damit ist?« Anne ließ nicht locker. So war sie. Und genau das mochte sie an ihr.

»Ja, das weiß er. Ich habe es ihm oft genug gesagt.«

»Meinst du nicht, ihr bekommt das noch irgendwie hin? Vielleicht solltet ihr eine Therapie machen oder …«

»Johann würde niemals zu einem Therapeuten gehen! Nein, das kannst du vergessen. Außerdem ist für ihn ja alles in Ordnung. Für ihn gehören Kinder nicht dazu, er will überhaupt nicht darüber nachdenken.«

»Mensch, Klara, ihr seid doch schon so lange zusammen. Und es gibt so viel Schönes, was euch verbindet.«

Klara ging mit dem Lappen, den sie noch immer in der Hand hielt, zum Waschbecken. Sie stellte den Wasserhahn an, und das gleichmäßige Geräusch nahm etwas von der Schwere, die sich in ihr breitmachte.

»Ich frage mich, ob da wirklich noch so viel ist. Ich will so nicht leben. Ich brauche diese megaschicke Wohnung nicht, ich will auch nicht ständig auf irgendwelche wichtigen Empfänge gehen und mich in Schale schmeißen müssen. Ich habe keine Lust, so zu tun, als ob zwischen uns alles perfekt und harmonisch wäre, und ich will nicht die ganze Zeit von diesen hippen Alt-Architekten gesagt bekommen, was für ein genialer Mann Johann ist, dass er noch ganz groß rauskommen wird und ich unglaublich stolz auf ihn sein muss. Ich hasse das, mir ist das alles viel zu oberflächlich. Verstehst du das, Anne?«

»Das hast du so ja noch nie gesagt! Aber klar, ich verstehe dich. Für mich wäre das auch überhaupt nichts. Aber ich dachte immer, dass es dir gefällt …«

»Nein, und das Schlimme ist, dass ich mich von fast niemandem verstanden fühle. Maja ist seit Ewigkeiten nur noch mit sich selbst beschäftigt und findet, dass ich auf sehr hohem Niveau leide, was sicher objektiv gesehen auch stimmt. Trotzdem – ich weiß selbst nicht mehr, wie ich mit all dem umgehen soll. Deshalb ist es gut, jetzt hier zu sein.«

Sie setzte sich wieder an den Küchentisch und atmete tief durch. Es tat ihr gut, die Dinge in Worte zu fassen. Besonders wenn eine gute Freundin wie Anne ihr zuhörte.

»Du kannst mich immer anrufen, wenn was ist, Klara. Soll ich dir vielleicht noch etwas abnehmen? Ich könnte Lorenz fragen, ob er das Manuskript von Marie für dich redigiert. Das wolltest du doch gerade bearbeiten, nicht wahr?«

»Ach, das wäre toll! Bestimmt beschwert er sich dann, aber was soll's!«

»Das schafft der schon. Es tut mir leid, Klara, aber ich muss jetzt Schluss machen. Ich denk an dich, hoffentlich lässt deine Mutter dich auch ein bisschen in Ruhe.«

»Danke! Du bist ein Schatz!«

Als sie auflegte, merkte sie, dass ihr Akku so gut wie leer war. Sie hatte keine große Lust, das Aufladekabel von oben aus dem Zimmer zu holen, tat es aber trotzdem und stöpselte das Gerät ein.

Es war schön, Annes Stimme zu hören. Sie dachte daran, wie sie sich kennengelernt hatten und wie schnell sich die erste Bekanntschaft in eine Freundschaft verwandelt hatte. Sie kannten sich seit vier Jahren, seitdem sie im Conrad-Verlag angefangen hatte.

Anne war damals noch Volontärin in der Presse gewesen, übersetzte aber nebenher Texte aus dem Niederländischen. Marie van der Velde war eine Autorin, die durch Anne in den Verlag gekommen war, und Klara betreute sie als Lektorin. Es war inzwischen das dritte Buch von ihr, an dem sie gerade saß.

Aber sie war froh, dass Anne vorgeschlagen hatte, den Text ihrem Kollegen Lorenz aufs Auge zu drücken, und dass sie damit hier ein bisschen mehr Zeit für sich hatte.

Ihr fiel die Mail von Johann wieder ein.

Sie ging zurück in den Garten, setzte sich vor den Rechner und begann zu lesen:

Liebe Klara,
ich hoffe, du bist gut auf Fanø angekommen. Ich habe gestern ein paar Mal versucht, dich zu erreichen, hatte aber kein Glück. Hier stapelt sich alles und ich bin total im Stress, daher nur ganz schnell: Hast du unser Festnetztelefon gesehen? Ich werde morgen von hier aus arbeiten und da bräuchte ich es dringend!
Wann genau kommst du wieder?
Am Freitag ist das Essen beim Aufsichtsrat, und es wäre gut, wenn du dabei sein könntest, alle kommen mit ihren Partnern. Sonst gib mir bitte schnellstmöglich Bescheid, dann frage ich Viola, ob sie mich begleiten kann. Ich habe sie auch schon gebeten, die fehlenden Belege

rauszusuchen, die Herr Gimpel braucht. Du musst dich also nicht weiter drum kümmern! Meld dich bitte und grüß deine Mutter.

Kuss, Jo

Sollte er doch ruhig Viola fragen. Seine tolle Sekretärin kümmerte sich ja um alles. Aber sie wollte nicht ungerecht sein. Sie mochte Viola.

Er fragte nicht, wie es ihr ging. Ihn interessierten nur seine Belange. Aber was erwartete sie auch. So war es ja schon seit Langem.

Die Uhr oben rechts im Bildschirm zeigte an, dass es bereits 12 Uhr 20 war. Gleich würde sie losmüssen, um ihre Mutter zu treffen. Ohne Johann zu antworten, klappte sie den Laptop zu und legte ihn auf die Arbeitsplatte in der Küche. Die Platte war mit alten, bemalten Fliesen gekachelt, blau-weiß waren sie, und jede hatte ein anderes Motiv. Auf den meisten waren es Blumen und Muster, aber in regelmäßigen Abständen gab es eine besondere Fliese, die eine Szene von früher zeigte. Eine Frau, die einen Korb trug, ein Paar in Trachten, das vor einer Kutsche stand, ein Kinderwagen vor einem Haus. Einige der Fliesen hatten einen Sprung, an manchen Stellen waren die Fugen ausgebessert worden, hier und da fehlte eine kleine Ecke. Auf dem Fensterbrett rechts neben der Spüle standen allerlei leere alte Flaschen. Wahrscheinlich waren es Bier- und Milchflaschen, die so zusammengestellt schön aussahen und vielleicht ab und an als Wasserkaraffen dienten.

Klara prüfte, ob alle Fenster geschlossen waren, nahm sich den Zweitschlüssel aus dem kleinen Schränkchen, das direkt neben der Eingangstür hing, und verließ den

Landevejen in Richtung Kirche. Den Bus sah sie gerade noch davonfahren.

Der Fahrradweg verlief die meiste Zeit parallel zur Straße. Nur hin und wieder machte er einen kleinen Schlenker durch die Heide. Die Straße mit den Cafés und Geschäften in Nordby war leicht zu finden, ebenso die Crêperie, von der ihre Mutter gesprochen hatte.

Aber sie war noch nicht da. Also setzte sich Klara unter einen der großen Schirme im Garten auf eine Bierbank und sah sich um. Es duftete nach frischen Pfannkuchen und Zimt, und auf einmal merkte sie, was für einen Hunger sie hatte. Sie wäre gern schon zu der kleinen Theke gegangen und hätte sich etwas bestellt, aber das wäre ihrer Mutter gegenüber nicht nett gewesen. Außerdem bestand die Gefahr, dass ihr schöner Platz dann von jemand anderem besetzt werden würde.

Also wartete sie. Anrufen konnte sie ihre Mutter nicht, ihr Handy lag noch im Landevejen am Aufladekabel. Daher wusste sie auch die Uhrzeit nicht, hatte aber das Gefühl, dass es schon deutlich nach ein Uhr sein musste.

»Klara, hallo!«

Ihre Mutter stand hinter dem Zaun und winkte ihr zu.

»Ich habe schon ein paarmal versucht, dich zu erreichen, warum gehst du nicht ran?«

»Ich hab mein Handy nicht dabei. Was war denn?«

»Dahinten gibt es sehr schöne Kleider. Willst du mal schnell gucken kommen? Oder wollen wir lieber erst was essen? Ich habe mir ohnehin ein paar Sachen zurücklegen lassen.«

»Gern erst was essen, Mama! Ich bin ziemlich hungrig.«

Sie bestellten sich ihre Crêpes, ihre Mutter einen salzigen, und sie entschied sich, angeregt durch den Duft, der alles einnahm, für einen klassischen mit Zimt und Zucker.

»Warst du hier schon mal?«

»Ja, das letzte Mal mit deinem Vater. Aber der war kein großer Freund davon. Der isst am liebsten jeden Tag das Gleiche, Hauptsache Fleisch, nicht besonders gesund. Dabei sollte er als Arzt das ja eigentlich besser wissen.«

»Papa ist Zahnarzt, Mama …« Sie stockte, denn im gleichen Moment kam ihr diese Bemerkung selbst albern vor.

Sie beobachtete, wie sich der Blick ihrer Mutter verdunkelte, und sie fürchtete um die gute Laune, die nun zu verschwinden drohte.

»Was hast du denn für Kleider gefunden?«, versuchte sie das Gespräch wieder in eine andere Richtung zu lenken, nicht ohne darauf zu achten, besonders interessiert und heiter zu klingen.

»Ach, ein ganz schönes Wickelkleid mit Blumen. Weiß und rot, sehr hübsch!«

Zwei Stunden später half sie, die Papiertüten mit den Einkäufen zum Auto zu tragen. Sie konnte den Wagen schon sehen, als plötzlich das Handy ihrer Mutter klingelte. Überrascht ließ diese ihre Tüten fallen und griff nach dem Telefon, das sich in der Tasche ihres Trenchcoats befand. Zusätzlich zum Klingeln gab es das typische Vibrationsgeräusch von sich. Ihre Mutter starrte auf das Display und wischte eine Spur zu hektisch darauf herum. Klara wusste, dass sie erst seit Kurzem ein Smartphone besaß, trotzdem kam ihr dieses Verhalten irgendwie seltsam vor. Das Telefon verstummte und verschwand so schnell wieder in der Manteltasche, wie es herausgeholt worden war.

»Wer war das denn?«

»Was? Ach, wahrscheinlich nur Sybille, die irgendwas im Lager nicht findet.«

»Wieso im Lager? Du hast deinen Laden doch für diese Woche geschlossen, oder?«

Ihre Mutter blickte befangen zu Boden und schnitt hastig ein anderes Thema an.

»Du, die letzten Meter bis zum Auto schaffe ich allein. Geh du mal zu deinem Fahrrad. Wir sehen uns gleich am Landevejen!«

Klara kam nicht dazu, etwas zu antworten. Ihre Mutter war bereits ein paar Meter von ihr entfernt und hatte sich abgewendet.

Sie hatte die Rückfahrt noch vor sich und freute sich auf den frischen, nach Salz riechenden Wind, der ihr gleich entgegenwehen würde. Ihr Fahrrad stand vor der Crêperie, wo sie es vorher am Zaun angeschlossen hatte, aber Klara ging noch einmal kurz durch die Fußgängerzone, an den Geschäften vorbei, in denen sie eben mit ihrer Mutter gewesen war. Wie anders ihre Mutter doch heute war. Klara fragte sich, ob die gute Stimmung etwas mit der Abwesenheit ihres Vaters zu tun hatte, aber das war nur eine Vermutung. Der Anruf eben hatte sie verwirrt, es dauerte jedoch nicht sehr lange, dann hatte sie ihn schon ganz vergessen.

Sie kam an einer Weinhandlung vorbei und blieb davor stehen. Im Schaufenster standen einige Flaschen mit besonders schönen Etiketten, modern und typografisch ausgefallen. Von außen konnte sie erkennen, dass es hier auch noch mehr zu kaufen gab. Käse, Öle, im hinteren Regal fanden sich viele Schachteln und Gläser, was darin war, konnte sie aus der Entfernung nicht ausmachen.

Sie ging hinein, griff nach einem Rotwein, der vielversprechend aussah, und holte eines der hübschen Pakete mit Crackern, die dick mit weißem Mohn bestreut waren, vom oberen Regalbrett herunter. Nachdem sie beides bezahlt und in ihrem Rucksack verstaut hatte, machte sie sich auf den Weg zurück. Ihre Mutter würde sich hoffentlich über den Wein freuen.

Schon von Weitem sah Klara eine Menschentraube auf der kleinen Straße, die zum Landevejen führte. Kurz darauf erkannte sie den Fischwagen, der hier immer montags und donnerstags neben dem Supermarkt hielt. Die Nachmittagssonne schien über die Häuser, und alles sah so lieblich aus, dass es kaum auszuhalten war.

»Hallo, Mama! Ich muss noch schnell das Fahrrad zurückbringen und würde jetzt gern einen Spaziergang zum Strand machen. Hast du auch Lust?« Klara rief in das kleine Haus hinein, ohne zu wissen, wo ihre Mutter sich befand.

Sie legte ihren Rucksack auf den Hocker, der im Flur neben der Treppe stand, nahm die Flasche Wein heraus und stellte sie auf die Fensterbank in der Küche.

Die Antwort kam aus dem Bad.

»Nein, geh nur! Ich bin schon den ganzen Vormittag rumgelaufen und brauch jetzt endlich mal meine Ruhe.«

Da war er wieder, der bekannte schroffe Tonfall.

Der Himmel war blau und wolkenlos, vor dem gegenüberliegenden Haus lag ein Golden Retriever und döste in der Sonne. Die Tür stand offen, und von außen konnte sie erkennen, dass jemand gerade den Fußboden fegte. Als sie die Tür ihres Häuschens ein wenig zu heftig zuzog, schreckte dieser Jemand auf und trat nach draußen. Eine Frau, sie schätzte sie auf Anfang vierzig, kam in den Vorgarten heraus und winkte ihr zu. Die langen roten Haare fielen ihr ins Gesicht, in der einen Hand hielt sie einen Eimer, mit der anderen strich sie sich die Locken nach hinten und sah dabei sehr fröhlich aus.

»Hej, das ist ja Klara! Seid ihr gerade angekommen? Ist dein Bruder auch dabei?«

Etwas verwirrt und sich fragend, wer diese Frau denn sei, winkte sie zurück.

»Hej! Nein, wir sind nur zu zweit hier. Bitte entschuldige, es ist so lange her, ich fürchte, ich habe deinen Namen vergessen.«

»Macht doch nichts. Ich heiße Inga. Weißt du nicht mehr? Wir haben früher manchmal zusammen gespielt. Ihr wart ja so oft da.«

Klara versuchte sich zu erinnern, aber ihr fiel kein Kind ein, mit dem sie hier Zeit zugebracht hatte. Trotzdem nickte sie höflich in Ingas Richtung.

»Hier hat früher meine Großmutter gewohnt, und ich habe viele Ferien bei ihr verbracht«, sagte Inga heiter. »Aber irgendwann habe ich angefangen, in Kopenhagen zu studieren … und, na ja, vor drei Monaten ist sie dann gestorben. Sie hat mir das Haus vererbt. Ich weiß noch nicht so recht, was ich damit anfangen soll. Behalten oder verkaufen – ich könnte auch ein Ferienhaus daraus machen und es in den Sommermonaten vermieten. Aber erst mal muss ich es ausräumen.« Sie lachte unbeholfen. »Hier ist so viel alter Krempel, ich weiß überhaupt nicht, wohin damit! Vielleicht hast du ja mal Lust, rüberzukommen und zu schauen, ob du etwas davon brauchen kannst? Oder ich mache einen Flohmarkt …«

Bevor Inga weiter auf sie einreden konnte, bedankte sich Klara schnell und versprach, ganz bald vorbeizukommen, sie müsse nun dringend ihr Rad abgeben, da der Verleih sonst schließe.

»Klar, mach das! Nils hat es nicht gern, wenn er länger machen muss, als er will. Bis nachher oder morgen, ja?«

»Ja, schön! Bis später, Inga.«

Langsam kamen die Bilder zurück. Ja, sie hatte mit einem rothaarigen Mädchen gespielt. Aber das musste sehr lange her gewesen sein. Sie war sicher noch keine zwölf gewesen.

Sie erinnerte sich an eine Schaukel hinter dem Haus, an die Großmutter, die sehr lieb war, aber kaum Deutsch sprach, so dass Inga immer alles übersetzen musste. Ingas Vater kam aus Deutschland, oder ihre Mutter, das wusste sie nicht mehr genau. Aber die Sprache sprach sie fließend und ohne Akzent. Wo wohl ihre Eltern waren? Warum kümmerten die sich nicht um das Haus? Sie fand das merkwürdig, aber wer wusste schon, wie da die Familienverhältnisse waren.

Nachdem sie das Rad bei Nils abgegeben hatte, bog sie nach links in die Straße ein, die aus Sønderho hinausführte.

Schon von Weitem sah sie die Dünen, hier und da schaute ein Dach hervor, und sie fragte sich, ob das alles nur Ferienhäuser waren oder ob in diesen Katen schon früher, vor hundert Jahren, Menschen gelebt hatten. Wenn, dann konnten es wohl nur Fischer gewesen sein.

Wie aus dem Nichts fiel ihr eine ganze Liste von Dingen ein, die ihr bevorstanden, die sie noch würde erledigen müssen und die ihr in diesem Moment alle sehr unangenehm erschienen.

Was sollte sie Johann schreiben? Sie könnte kurz und knapp auf seine Fragen antworten, es wäre momentan das Einfachste und sie hätte die Mail schnell hinter sich. Nächste Woche würde sie zurück sein, und dann könnten sie sich unterhalten, dann könnte sie ihm sagen, dass es für sie so nicht weitergehen konnte. Sie überlegte, ob eine Auszeit gut wäre. Sie könnte sich eine kleine Wohnung suchen … dann wäre sie allein. War es das, was sie wollte? Dann würde sie die Programmleitung auf jeden Fall annehmen müssen, denn eine Wohnung unter neunhundert Euro ließe sich in den Ecken Hamburgs, wo sie suchen würde, nicht finden.

Zu Fuß war es doch weiter bis zum Strand, als sie es erwartet hatte. Kaum ein Mensch war unterwegs, trotz des schönen Wetters. Sie kam an einem kleinen Stand vorbei, der zwischen zwei Sträuchern ein wenig versteckt und etwa zwei Meter vom Gehweg entfernt allein dastand. Man wurde nur auf ihn aufmerksam, weil rechts und links am Tisch je eine kleine dänische Fahne angebracht war, deren Rot hell aus dem Geäst herausleuchtete. Klara trat näher, um zu sehen, was hier angeboten wurde.

Es war Marmelade, und wenn sie richtig übersetzte, handelte es sich um die Sorten Himbeere und Hagebutte. Die Gläser waren oben mit einer kleinen Haube aus rot kariertem Stoff versehen, die unter dem Rand des Deckels mit einem blauen Bändchen zusammengebunden war. Die ovalen Etiketten mit rotem Rand waren rot beschriftet. Hier hatte sich jemand sehr liebevoll Mühe gegeben. Sie stellte sich eine alte Dame vor, die die Marmelade eingekocht hatte, aber nicht genügend Kinder, Enkel und Freunde hatte, um sie zu verschenken.

In der rechten Ecke des Tischchens stand eine kleine Kassette mit einem Schlitz für Münzen. Ein Glas kostete achtzehn Kronen, zwei Gläser dreißig und drei nur noch vierzig.

Klara kramte vier Zehn-Kronen-Stücke aus ihrem Portemonnaie, steckte sie in die Kasse, nahm sich aber nur zwei Gläser, von jeder Sorte eines.

Wenigstens einen kurzen Blick wollte sie aufs Meer werfen, bevor sie zurück zum Haus gehen würde, zu ihrer Arbeit, zu der Mail von Johann, zu ihrer Mutter. Sie musste auch noch Nina wegen der Hochzeit anrufen, das hatte sie am Vorabend ganz vergessen. Warum hatte ihre Mutter eigentlich nicht Ben gefragt, ob er sie in den Landevejen begleiten wolle?

Das Verhältnis zwischen den beiden war das bessere, es gab selten Streit, und ihre Mutter nahm sich bei Ben mehr zusammen. Oder er bot ihr weniger Angriffsfläche, das war natürlich ebenso möglich und sogar wahrscheinlicher. Vielleicht hatte sie ihn ja gebeten, mitzukommen und sich eine Woche freizunehmen, was für ihn als Grafiker sicher nicht weiter schwierig gewesen wäre. Er hätte Linus mitnehmen können, für einen Dreijährigen war die Insel doch geradezu perfekt, und ihre Mutter hätte ihren Enkel einmal mehr um sich gehabt, darüber beschwerte sie sich doch ständig, dass Ben und Nina dauernd so beschäftigt seien, dass sie es nur alle paar Wochen zu ihr schafften. Auf die Idee, die beiden selbst einmal zu besuchen, kam sie nicht. Aber hätte Ben es wirklich abgelehnt mitzufahren? Das war unwahrscheinlich. Klara hatte ihren Bruder in den letzten Wochen nicht gesprochen und wusste nicht einmal, ob er überhaupt ahnte, wo sie nun war. Mit einem Mal kam ihr das alles seltsam vor.

Die Straße machte eine letzte Biegung, bevor sie abwärts führte und unten im Strand versandete. Es war noch Ebbe, und der Weg bis zum Meer kam ihr endlos lang vor. Ganz hinten konnte sie das Wasser sehen und hören. Sie schloss die Augen und konzentrierte sich auf das Rauschen. Hier war es deutlich windiger als im Dorf und ihre Haare flogen in alle Richtungen. Mit dem Haargummi, das sie um ihr Handgelenk trug, versuchte sie, das Durcheinander in den Griff zu bekommen, was ihr nur mäßig gelang. Einige Strähnen flogen ihr gleich wieder ins Gesicht.

Sie zog ihre Schuhe aus, krempelte sich die Beine ihrer Jeans hoch und rannte los, in Richtung Meer. Der Sand unter ihren Füßen war kalt und feucht, sie rannte über die Reifenspuren, die die Autos, die hier über den Strand fuhren, hinterlassen hatten. Einige Möwen flogen aufgescheucht weg, ihre Strickjacke, die offen war, flatterte nach hinten und die Marmeladengläser in ihrem Rucksack schlugen klappernd aneinander.

Endlich war sie am Wasser. Wie kalt es noch war. Aber das machte ihr in diesem Moment nichts aus. Sie genoss die Weite und das Tosen der Wellen, das nun ganz laut ertönte. In der Ferne sah sie eine Sandbank, auf der einige Seehunde lagen. Diese ganze Schönheit hatte sie als Kind sicher noch nicht wahrgenommen.

Dann machte sie abrupt kehrt, lief zurück und fand sich wenig später und außer Atem wieder auf der Straße, die ins Dorf führte.

»Hallo, Mama, da bin ich!«

Ihre Mutter stand in der Küche und schaute vorwurfsvoll in ihre Richtung.

»Das hat aber lange gedauert. Wo warst du denn?«

»Echt? Habe ich gar nicht gemerkt! Schau mal, ich habe Marmelade mitgebracht! Da war ein kleiner Stand an der Straße ...«

»Dann pack die gleich mal bei dir ein. Die kannst du dir mit nach Hamburg nehmen. Ich habe so viel Marmelade dabei, dass wir sie überhaupt nicht essen können. Es sei denn, dir schmeckt meine selbst gemachte nicht.«

Sie ging um den Küchentisch herum auf Klara zu.

»Und zum Marmeladekaufen hast du fast zwei Stunden gebraucht? Ich dachte, du wolltest nur mal schnell an den Strand ...«

»Dann hab ich auch noch Inga von gegenüber getroffen. Erinnerst du dich an sie? Ich habe erst mal ein bisschen gebraucht. Die mit den roten Haaren.«

»Ja, klar, Inga Mortensen. Da drüben hat früher die alte Frau Mortensen gelebt, und Inga war oft in den Ferien bei ihr. Ihre Eltern habe ich aber nur selten hier gesehen. Ich glaube, der Vater ist ziemlich früh gestorben, da warst du noch ganz klein, irgend so etwas war da. Und was macht sie jetzt hier? Ihre Großmutter kann ja nicht mehr am Leben sein.«

»Nein, die ist wohl vor Kurzem gestorben und Inga entrümpelt gerade das alte Haus. Sie meint, dass vielleicht was für mich dabei ist ...«

»Das glaube ich kaum. Wenn das Haus noch so eingerichtet ist wie früher, dann ist das alles der letzte Schrott. Johann würde sich bedanken, wenn du mit so ollem Zeugs nach Hause kämst. Das will er bestimmt nicht zwischen seinen Designersachen stehen haben.«

Sie ging zum Küchenfenster hinüber. »Und warum macht Inga jetzt ganz alleine klar Schiff? So was ist schließlich keine dankbare Aufgabe. Wieso macht das nicht ihre Mutter? Und ist Inga denn nicht längst verheiratet und hat Kinder, die auch helfen könnten? Aber die Mortensens waren ja schon immer etwas komisch.«

Ihre Mutter redete sich in Rage. Sich über andere Leute zu mokieren war eine ihrer Lieblingsbeschäftigungen. Wenn Klara nun mitmachen würde, wäre alles bestens. Sich mit ihr gegen andere zu verbünden, das war es, was ihre Mutter immer von ihr gewollt hatte, und früher, als Kind, schien es Klara auch die einzige Möglichkeit gewesen zu sein, ihr nahezukommen. Meist ging es gegen ihren Vater. Wenn Ben auch noch mitmachte, war die Sache perfekt. Dann hackten sie gemeinsam auf ihm herum, und ihm blieb nichts anderes übrig, als sich in einem Buch, seiner Zeitung oder in seinem Arbeitszimmer zu vergraben.

Der Abend kam, und sie aßen zusammen, ohne viel miteinander zu sprechen. Es gab Ofengemüse und in Rosmarin geschmortes Lamm, dazu tranken sie den Rotwein, den Klara in Nordby gekauft hatte, der von ihrer Mutter aber unkommentiert blieb.

Nachdem Klara abgewaschen hatte und Teller und Besteck wieder in den Schränken verstaut waren, setzte sie sich aufs Sofa zu ihrer Mutter, die so vertieft in ihr Handy war, dass sie Klara kaum bemerkte.

»Was hast du morgen vor?«, unterbrach sie ihre Mutter, die für einen kurzen Moment irritiert aufsah und dann ihr Handy ausmachte, bevor Klara erkennen konnte, was sie darin gesehen oder gelesen hatte.

»Nichts Besonderes. Ich wollte vielleicht zum Kunstladen. Mal schauen, ob es schöne Wolle gibt. Vielleicht schaffe ich es, hier für Linus eine Weste für den Sommer zu stricken. Und du? Willst du den ganzen Tag arbeiten?«

»Von *wollen* kann keine Rede sein, Mama. Ich *muss*. Ja, ich werde mich wohl oben hinsetzen. Ich hoffe, ich schaffe einiges. Aber das hatte ich dir ja schon vorher gesagt, nicht wahr?«

»Ja, hast du.« Trotzdem klang es eher nach einem Vorwurf als nach Verständnis.

Ihre Mutter nahm die Fernbedienung und zappte durch die Kanäle, bis sie beim ZDF landete und bei einem Krimi hängen blieb, der gerade begonnen hatte.

Klara war dankbar für die Ablenkung und lehnte sich zurück.

Der Dienstag verlief ohne besondere Vorkommnisse.

Aber das WLAN streikte. Was sie anfangs nervös machte, erwies sich im Laufe des Tages als vorteilhaft. Es führte dazu, dass sie sich voll und ganz auf ihren Text konzentrieren konnte, ohne ständig in ihren Posteingang zu schauen. Und sie kam darum herum, Johann zu antworten. Sie hoffte nur, dass das Netz-Problem am kommenden Tag verschwunden sein würde.

Ihre Mutter hatte das Haus gleich nach dem Frühstück verlassen und ihr gesagt, dass sie wohl nach Esbjerg fahren würde, um Wolle zu kaufen. Vor dem Abend brauchte sie nicht mit ihr zu rechnen.

»Vielleicht machst du uns einen Salat? Es ist alles da. Und es gibt sowohl Hähnchen als auch Ziegenkäse im

Kühlschrank. Kannst du ja sehen. Wir sehen uns gegen sechs, okay?«

Sie bemerkte, wie ihre Mutter einen großen Umschlag in ihrer Tasche verstaute, und hatte den Eindruck, dass sie ein wenig nervös war. Dennoch wagte sie nicht zu fragen, ob etwas nicht stimmte.

Dann war sie verschwunden und Klara wunderte sich ein wenig über die Eile. Aber jetzt hatte sie das Haus für sich. Niemand, der etwas fragte, niemand, der etwas von ihr wollte.

Es hatte in der Nacht geregnet und der Rasen im Garten war nass. Die Luft roch nach frisch gemähtem Gras.

Ein Frosch hüpfte von links nach rechts in großen Sprüngen bis zum Gartentor.

Sie öffnete alle Fenster und Türen, holte ihren Laptop und stellte ihn auf den Tisch in der Küche. Wie ruhig es hier war. Nur der alte Kühlschrank gab dann und wann ein Brummen von sich. Irgendwann hörte sie den Eiswagen, der auch schon am Tag zuvor durch den Landevejen gefahren war und eine altmodische trötige Musik von sich gab, um damit die Kinder anzulocken.

Sie war so vertieft in ihre Arbeit, dass sie erst, als die Sonne hinter dem großen Strauch verschwand, merkte, wie viel Zeit vergangen war. Sie hatte fast nichts gegessen, nur einen Apfel, der in der Obstschale auf dem Tisch gelegen hatte, aber immerhin war die Wasserflasche leer, die sie sich zum Arbeiten auf den Tisch gestellt hatte.

Ihre Mutter kam um kurz vor halb sieben. Den Salat hatte sie fertig, und ein frisches Baguette vom Bäcker hatte sie auch noch geholt.

»Hast du alles bekommen?«, fragte sie und nahm ihrer Mutter zwei Tüten ab, die diese ins Haus zu bugsieren versuchte, ohne dabei den Korb abzustellen, den sie über dem Arm hängen hatte.

»Ja, schau mal, zeig ich dir gleich.« Ihre Mutter hatte so viel Wolle gekauft, dass sie damit einer ganzen Großfamilie Westen hätte stricken können. Klara verkniff sich eine weitere Frage oder einen Kommentar.

»Wir können gleich essen, ich hab alles vorbereitet.«

»Morgen Abend können wir ja mal essen gehen. Es soll in Nordby ein schönes neues Restaurant geben, einverstanden?«

»Unsere Maschine war, wie üblich auf dieser Strecke, eine Super-Constellation. Ich richtete mich sofort zum Schlafen, es war Nacht. Wir warteten noch weitere vierzig Minuten draußen auf der Piste, Schnee vor den Scheinwerfern, Pulverschnee …«

Zweieinhalb Sätze schaffte sie noch aus dem ›Homo faber‹ zu lesen, dann schlief sie ein.

Am nächsten Morgen erwachte sie mit einem unguten Gefühl im Bauch. Kaum etwas von dem, was sie gestern noch gerne hinter sich gebracht hätte, hatte sie gemacht. Abgesehen von dem Lektorat. Nach dem Frühstück würde sie als Erstes die Mail an Johann schreiben, dann war das getan und sie musste sich vielleicht nicht noch einmal vor ihrer Rückkehr bei ihm melden.

Draußen regnete es und die Tropfen polterten gegen ihre Scheibe. Das war ein Tag, um im Bett zu bleiben. Noch ein letztes Mal zog sie sich die Decke bis unter das Kinn und schloss die Augen. Von unten konnte sie nichts hören. Allem Anschein nach war ihre Mutter noch nicht wach. Wie spät mochte es wohl sein? Ihr Handy lag auf dem Tisch, der vor dem Fenster stand, und sie musste sich überwinden aufzustehen, um es anzuschalten und auf die Uhr zu schauen.

Nun, da sie einmal hochgekommen war, ging sie die steile Treppe hinunter in die Küche und machte sich einen Kaffee, schäumte dazu ein wenig Milch auf und setzte sich mit ihrer Tasse auf das Sofa, auf dem sie am Abend vorher noch mit ihrer Mutter gesessen hatte. Sie öffnete ihren Laptop, dann das E-Mail-Programm – das WLAN lief wieder reibungslos –, und die Zeilen, die sie schrieb, kamen mechanisch und ohne größere Überlegung aus ihr heraus.

Lieber Johann,
entschuldige, dass ich mich erst jetzt melde. Mein Akku war leer und das Internet am Landevejen ist nicht besonders verlässlich.
Ich werde zum Empfang noch nicht zurück sein, ich komme erst am Samstag. Du kannst also gerne Viola fragen. Aber vielleicht können wir am Sonntagabend zusammen essen gehen? Ich würde gern etwas mit dir besprechen.
Wo das Telefon ist, weiß ich leider nicht!
Ansonsten ist alles gut hier, die üblichen Kleinigkeiten mit meiner Mutter, aber ich habe ja auch einiges zu tun mit meinen Texten.
Ich hoffe, dein Stress hält sich in Grenzen, ich melde mich noch mal,
Kuss, K.

Weg war die Mail. Sie hatte keine Lust gehabt, ihm die Sache mit dem Festnetzapparat zu erklären. Dafür hätte sie mehr als einen Satz gebraucht, und sie wollte sich auch nicht rechtfertigen. Außerdem bestand die Gefahr, dass sie sich wieder ärgern würde, schließlich war das nur passiert, weil er den Müll hatte stehen lassen und sie alles auf einmal tragen musste.

»Guten Morgen, Klara! Ist da noch Kaffee?«

»Hallo, Mama. Ja, ist noch welcher da. Hast du gut geschlafen?«

»Nein, ehrlich gesagt, nicht. Ich glaube, mehr als vier Stunden waren es nicht.«

»Warum denn?«

»Hm, ich habe einen steifen Nacken. Außerdem war die Luft im Zimmer so stickig, aber wegen dem Regen konnte ich ja das Fenster nicht aufmachen.«

Ihre Mutter ging an ihr vorbei und fing an, die Gläser vom Vorabend, die noch auf der Ablage standen, in den Schrank zu räumen.

»Setz dich mal! Ich hole dir einen Kaffee. Soll ich gleich Brötchen besorgen?«

»Ja, musst dich aber beeilen, sonst gibt es keine dänischen mehr.«

Ihre Mutter setzte sich an den Tisch und schlug eine Zeitschrift auf. Unmotiviert blätterte sie darin herum, es schien, als würde sie überhaupt nicht wahrnehmen, was sie sah.

»Mama, wie viele Brötchen möchtest du denn?« Sie wiederholte die Frage schon zum zweiten Mal, ihre Mutter hatte sie nicht gehört. Erschrocken zuckte sie plötzlich zusammen und stieß mit dem linken Arm die Kaffeetasse um, die Klara ihr gerade hingestellt hatte. Der Kaffee ergoss sich über den Tisch und die aufgeschlagene Doppelseite, auf der die Innenansicht eines alten, provenzalischen Bauernhauses zu sehen war. Die Bewohnerin stand in einem weißen Kleid und mit einem Glas Rosé in der Hand vor einem verzierten Eisenbett, das über und über mit Leinenkissen dekoriert war, und lächelte glücklich in die Kamera.

»Mama, was machst du denn da?«

Klara lief schnell zur Spüle und griff nach der Rolle Küchentücher, die sie ihrer Mutter zuwarf.

»So ein Mist! Jetzt muss ich mich umziehen. Kannst du das bitte kurz wegmachen?«

Ihre Mutter sprang hastig auf und ging nach oben in ihr Zimmer.

Gegen Mittag klarte es auf, die Sonne schien, und Klara hatte weitere fünfzehn Seiten von dem Manuskript redigiert. Außerdem hatte sie Herrn Conrad geschrieben, dass sie nächste Woche zur Vertragsunterzeichnung kommen werde, und Nina eine SMS mit der Frage geschickt, ob sie mal telefonieren könnten, denn sie hatte sie nicht erreicht. Bisher war noch keine Antwort gekommen.

Ihre Mutter saß im Garten und las. Von dem Tisch aus in ihrem Zimmer konnte Klara sie von oben sehen. Sie trug heute einen weißen knielangen Leinenrock, dazu ein blau-weiß gestreiftes Shirt mit langen Ärmeln und die Ballerinas. Die standen aber nun auf dem Rasen vor ihr, sie hatte die Beine auf den gegenüberliegenden Stuhl gelegt und die Füße übereinandergeschlagen.

Klara fragte sich, was wohl in ihrem Kopf vor sich ging, wenn sie aus ihrem Buch aufschaute. Was sie zuweilen tat, und das immer recht lange. Klara versuchte, sich weiterhin auf ihr Manuskript zu konzentrieren, aber immer wieder schweiften ihre Gedanken ab.

Wie viele Stunden hatte sie hier oben wohl schon verbracht? Wäre es möglich, alle zusammenzuzählen, würde es sie interessieren, auf welche Zahl man käme. Die vielen Ferien, als sie noch sehr klein war und sich ihre Eltern immer und immer wieder stritten und Ben und sie oben bleiben sollten. Und die Ferien, als sie von sich aus gar nicht unten sein wollte und sich in ihr Zimmer verkroch, um allein zu sein, allein mit ihrem Liebeskummer, allein, um Briefe zu schreiben oder zu lesen.

Sie hörte das Handy ihrer Mutter klingeln und sah unwillkürlich nach unten. Ihre Mutter hatte das Telefon bereits am Ohr und sprach. Was, das konnte sie nicht verstehen, sonst hätte sie das Fenster öffnen müssen, aber das wiederum wäre nicht unbemerkt geblieben.

Ihre Mutter war aufgestanden, ging durch den kleinen Garten, von rechts nach links und wieder zurück, ab und an schaute sie zum Haus, als wolle sie sichergehen, dass auch niemand ihr zuhörte. Mit einem Mal schien das Telefonat beendet, und ihre Mutter legte das Handy zurück auf den Tisch. Sie setzte sich wieder, jedoch ohne ihre Beine auf den anderen Stuhl zu legen, stützte ihre Ellenbogen auf den Tisch und verbarg ihr Gesicht in den Händen.

Unsicher, ob sie nach unten gehen sollte, um zu fragen, was los sei, wartete Klara noch ein wenig und zögerte immer noch, als sie auf dem ersten Treppenabsatz stand. Da hörte sie ihre Mutter hereinkommen und wenig später standen sich beide gegenüber.

Überrascht, Klara zu sehen, und ein wenig erschrocken sah ihre Mutter sie an.

»Lässt du mich bitte mal schnell nach oben? Ich muss ins Bad …« Ihre Mutter eilte an ihr vorbei, und noch ehe Klara etwas sagen konnte, verschwand sie im Badezimmer.

Es dauerte eine Weile, bis sie wieder herauskam. Klara war gerade dabei, sich einen Kaffee einzuschenken.

»Ich muss kurz mal nach Nordby fahren, zur Apotheke.«

»Warum? Was brauchst du denn?«

Die Antwort kam nicht sofort. Ihre Mutter zog eine der Küchenschubladen auf und schien etwas zu suchen, was sich dort nicht befand.

»Mama?«

»Nichts Besonderes. Meine Sonnencreme ist alle.«

»Die können wir doch später noch besorgen, bevor wir zum Essen gehen.«

Ihre Mutter hörte ihr nicht wirklich zu und war schon auf dem Weg nach draußen. Als Klara sich wieder an den Küchentisch gesetzt hatte, hörte sie das Auto, das aus dem Vorgarten auf die Kiesstraße fuhr. Kurz darauf war es still.

Es kam ihr wie eine Ewigkeit vor, bis ihre Mutter zurückkam.

Und tatsächlich waren mehr als zwei Stunden vergangen. So lange konnte sie kaum bis zur Apotheke und zurück gebraucht haben.

»Bist du wieder da?«, rief sie von ihrem Schreibtisch nach unten, hörte aber nur ein paar Schritte und dass etwas in den Wandschrank neben dem Eingang gepackt wurde. Es klang wie eine Papiertüte, die zu groß war und nun hineingequetscht wurde, denn es raschelte laut.

»Klara? Kommst du mal?«

»Ja. Was denn?«

Ihre Mutter stand mit dem Rücken zu ihr und machte keinerlei Anstalten, sich zu Klara umzudrehen, während sie mit ihr redete. Ihre Stimme klang ein wenig belegt.

»Ich habe uns einen Tisch für sieben Uhr reserviert, das ging nicht mehr anders. Wir müssen also bald los. Möchtest du vorher noch einen Spritz? Ich habe extra Aperol mitgebracht. Oder willst du noch arbeiten?«

Mit einem heftigen Stoß schloss ihre Mutter die obere Klappe der Haustür und hängte das Tuch, das sie um den Hals getragen hatte, über die Klinke.

»Ja, ein Glas Spritz im Garten. Das ist eine gute Idee!« Die zweite Frage ignorierte sie einfach, ging die letzten Stufen nach unten, drängte sich an ihrer Mutter vorbei und holte zwei Gläser aus dem Küchenschrank.

Sie fragte sich, ob ihre Mutter vielleicht geweint hatte. Jetzt, wo sie sie von der Seite her sehen konnte, hatte sie den Eindruck, dass ihre Augen gerötet waren. Was war nur passiert in den letzten Stunden? Sie vermied es, ihre Mutter direkt zu fragen, und beschloss, sich vorerst keine weiteren Gedanken darüber zu machen.

»Wie geht es Johann?«

»Ganz gut, viel Arbeit. Aber es läuft ja super. Da kann er sich nicht beschweren.«

Klara nahm einen Schluck aus ihrem Glas. Nach Sommer schmeckte der Spritz, der erste in diesem Jahr. Sie ließ sich die warmen Sonnenstrahlen ins Gesicht scheinen, schloss die Augen und vergaß für einen kurzen Moment, wo und mit wem sie hier war.

»Wenn es so gut läuft, könntest du doch weniger arbeiten und dich mal an eure Familienplanung machen, oder? So jung bist du ja nun auch nicht mehr.«

»Mama!« Der schöne Moment hatte nicht lange angehalten, und das war sicher nicht die Art von Gespräch, die sie sich für den Abend gewünscht hatte.

»Was? Ich denke, du solltest, oder besser: *ihr* solltet euch wirklich mal ein paar Gedanken darüber machen, wie es weitergeht. Dein Bruder hat immerhin schon ein Kind, und der ist fast vier Jahre jünger als du!«

»Mama, momentan steht das einfach nicht an. Und ehrlich gesagt: Ich möchte jetzt auch nicht darüber sprechen. Okay?«

Klara atmete tief ein und sah in den angrenzenden kleinen Nachbargarten hinüber, wo ein Pärchen gerade den Tisch für das Abendessen deckte. Sie hatte die beiden vorher noch nicht gesehen.

»Ich werde ja wohl mal fragen dürfen! Du weißt, dass Schwangerschaften ab fünfunddreißig als Risiko gelten, und ich kann mir auch nicht vorstellen, dass du es schön fändest, schon sechzig zu sein, wenn dein Kind Abi macht. Oder doch?«

Sie stellte ihr Glas energisch auf den Tisch.

»Nein, Mama, das fände ich nicht schön! Aber vielleicht läuft auch einfach nicht immer alles nach Plan! – Können wir jetzt bitte das Thema wechseln?«

»Wieso willst du das Thema wechseln? Ich als deine Mutter möchte doch nur dein Bestes, und ich denke, dass in euer Leben, wie ihr es gerade führt, sowieso kein Kind passt. Du kannst nicht Karriere machen und die Familie nebenherlaufen lassen. Das solltest du einfach wissen.«

»Momentan bin ich aber weder schwanger noch habe ich Kinder, also kann ich mich auch komplett auf die

Arbeit konzentrieren, und alles andere wird sich dann schon finden.« Sie nahm noch einen Schluck, der bei Weitem nicht mehr so gut schmeckte wie der erste.

»Meinst du, ja?«

»Ja, das meine ich! Und abgesehen davon finde ich, dass es dich nichts angeht.«

»Ach ja? Das finde ich schon …«

Das Telefon klingelte, und Klara war froh, aufstehen zu können, um an ihr Handy zu gehen. Als sie jedoch ihre eigene Festnetznummer sah, drückte sie auf lautlos. Johann hatte also ein neues Telefon gekauft. Sie stellte ihn sich vor. Wie er da jetzt stand, auf der Terrasse, eine Zigarette in der Hand, den Blick auf den Hafen gerichtet. Gut sah er aus. Falls die Sonne in Hamburg schien, trug er bestimmt eine Sonnenbrille, eine seiner grauen Jeans, ein weißes Hemd, bei dem die oberen zwei Knöpfe offen stünden, und seine weißen Chucks, die schon etwas abgenutzt aussahen, die er aber so mochte.

»Wer war das denn?«, rief es von draußen, und sie ärgerte sich über die Neugier und die Tatsache, dass sie ihre Mutter nun würde anlügen müssen, wenn sie nicht weiter über Johann und ihre eigene Unzufriedenheit die Beziehung betreffend sprechen wollte.

»Ach, nicht wichtig«, versuchte sie weiteren Fragen aus dem Weg zu gehen.

»Wollen wir los?«

Die Fahrt nach Nordby erschien ihr endlos. Ihre Mutter sagte kaum etwas. Sie gab nur gelegentlich einen Kommentar ab. Dass sie bisher noch nicht im Kunstladen gewesen sei und dass die Fischräucherei auf halber Strecke gerade geschlossen habe, was sehr ärgerlich sei, da sie vorgehabt habe, dort noch Fisch zu kaufen, was nun wahrscheinlich nicht möglich sei. Sie bemängelte das Fahrverhalten der Touristen und mokierte sich über die Tatsache, dass diese scheinbar nicht wüssten, dass es in Dänemark Pflicht sei, die Scheinwerfer auch am Tag immer angeschaltet zu haben.

Klaras Appetit auf frisch gegrillte Scholle und Weißwein war verschwunden, und die Aussicht, die nächsten Stunden mit ihrer Mutter verbringen zu müssen, verschlechterte ihre Laune mit jedem Kilometer, den sie sich dem Restaurant näherten.

»Klara, wann gedenkst du eigentlich, dich um das Grab deiner Großmutter zu kümmern?«

»Wie kommst du denn jetzt darauf?«

Ihre Mutter lachte und schnaubte verächtlich durch die Nase. »Na, immerhin war es dein ganz besonderer Wunsch, das große Grab zu nehmen, und du hast mehrfach betont, dass du es pflegen möchtest! Und wann warst du nun das letzte Mal dort? Muss eine Ewigkeit her sein.«

Ihre Mutter sah sie provozierend von der Seite her an. »Letzte Woche rief mich die Friedhofsleitung an und bat darum, endlich das Gestrüpp zu beseitigen, das sich wohl seit dem letzten Winter dort angesammelt hat, und für Ordnung zu sorgen.«

»Puh, ja, ich war seit ein paar Wochen nicht da …«

Sie blickte aus dem Fenster und konnte erkennen, dass sich hinter den Dünen über dem Meer ein Gewitter zusammenbraute.

Das Licht verbreitete eine düstere Stimmung, die zu ihrem momentanen Gemütszustand passte.

Ihre Mutter hatte den rechten Arm, mit dem sie das

Lenkrad hielt, durchgestreckt, die Haltung sah angespannt aus.

»Klara, es ist deine Aufgabe, und ich werde einen Teufel tun, mich um das Grab zu kümmern, das ist völlig undenkbar …«

»Mama, wieso ist das undenkbar? Es war schließlich deine Mutter! Und nur weil ihr euch in ihren letzten Jahren nicht gut verstanden habt, fühlst du dich nicht für ihr Grab verantwortlich? Das finde ich, ehrlich gesagt, ein bisschen merkwürdig.«

»Aha, merkwürdig findest du das also! Hör mir mal gut zu: Du hast immer gesagt, dass es zwischen euch ja so innig und toll war und du einen Ort brauchst, wo du um sie trauern kannst. Du hast gesagt, dass du einmal die Woche nach Ohlsdorf fahren und frische Blumen pflanzen willst. Das war doch nicht meine Idee.«

»Ja, das stimmt, das habe ich alles gesagt. Und seit Großmamis Tod vor vier Jahren hab ich mich auch gekümmert. Und ich tue es auch heute noch, vielleicht nicht mehr ganz so viel wie früher …«

»Wir sind da!«, schnitt ihre Mutter ihr das Wort ab. »Ich möchte jetzt nicht weiter darüber sprechen. Bring das in Ordnung oder lass es machen – am Geld wird es bei euch ja wohl nicht scheitern, oder?«

Ihre Mutter parkte das Auto mit einem ziemlichen Ruck auf dem einzigen freien Parkplatz, den es hinter dem Restaurant noch gab. Die anderen dort stehenden Fahrzeuge ließen auf eine teure Speisekarte schließen. Ein Porsche Cayenne parkte neben einem BMW, dahinter ein schwarzer Mini Cabrio. Sie erkannte ein Sylter Kennzeichen, alle anderen schienen aus Hamburg zu kommen.

Sie knallte die Autotür ein wenig zu heftig zu, und es fiel ihr zunehmend schwer, ihre Aggression zu verbergen.

»Mama, was sollte das eigentlich? Wir wollen essen gehen, oder willst du lieber mit mir streiten? Ich glaube, ich habe dir nichts getan, oder? Du behandelst mich, als wäre ich siebzehn, und hast ständig irgendwas an mir auszusetzen. Ich glaube, wir müssen dringend mal reden. Ich hätte da ein paar Dinge, die ich gerne mit dir besprechen würde, aber hier auf dem Parkplatz habe ich keine Lust dazu …« Sie steuerte auf das Restaurant zu, obwohl ihr im Augenblick überhaupt nicht danach war.

Ihre Mutter starrte ihr fassungslos hinterher. »Was hast du mir denn vorzuwerfen? Das würde mich jetzt aber mal interessieren! Was passt dir denn bitte schön nicht?«

Klara hielt inne. »Ich habe nicht behauptet, dass mir etwas nicht passt oder dass ich dir etwas vorwerfen will. Und wie gesagt: nicht hier auf dem Parkplatz. Entweder wir fahren jetzt zurück und sprechen im Landevejen weiter, oder wir gehen essen und versuchen freundlich miteinander umzugehen! Also, was willst du?«

Ihre Mutter sah sich unschlüssig um. »Ich habe Hunger.«

»Gut, gehen wir also rein.«

Klara wusste nicht, ob das wirklich eine gute Idee war. Es gab selten Momente, in denen sie so kurz davor war zu explodieren. Außerdem glaubte sie, jetzt endlich die Kraft aufzubringen, ihrer Mutter ein paar Fragen zu stellen, die sie sonst, aus Angst vor Enttäuschung, für sich behielt. Manchmal kam ihr ihre Mutter wie ein störrisches kleines Kind vor. Ihre Stimmung schlug von einer Sekunde zur nächsten um. Sie kannte das seit jeher, hatte aber keine Ahnung, wodurch diese Schwankungen ausgelöst wurden, und fragte sich, ob sie von außen zu beeinflussen waren.

Das Restaurant wirkte weitaus weniger fein, als sie es befürchtet hatte. Alte, unterschiedliche Holztische und Stühle, teils ein wenig abgenutzt, standen in einem großen, hohen Raum auf hell lackierten Dielen. In einer Ecke befand sich ein alter Kachelofen, in dem ein Feuer brannte, es standen Kerzen auf den blau karierten Tischdecken, und da kaum ein elektrisches Licht brannte, wirkte die Atmosphäre warm und beruhigend auf sie. Der Laden war voll und die Leute redeten laut, hier und da ein Lachen, ein paar Kinder liefen zwischen den Stuhlreihen umher, und sie war froh über die Tatsache, hier im schlimmsten Fall auch einen Abend ohne Gespräch über die Bühne bringen zu können. Es gab genug zu sehen, keiner würde sie beachten, man würde den Unterhaltungen am Nachbartisch folgen und sich von der eigenen Geschichte wegdenken können.

»Hej! Sie hatten reserviert, richtig?«

Im gleichen Moment deutete der Kellner bereits auf den letzten freien Tisch an der Wand neben einer Holzsäule, an der viele alte Fotos aus vergangenen Zeiten hingen. Auf den meisten Bildern waren Menschen zu sehen, auf einigen ein paar Kinder, vermutlich Geschwister, auf anderen ganze Familien, manche standen vor einem Haus, und wie sie nun erkannte, war es das Restaurant, in dem sie sich gerade befanden.

»Klara? Was möchtest du trinken?«

Ihre Mutter sah sie fragend an.

»Ich nehme einen Rotwein.«

»Willst du keinen Fisch essen?«

»Das weiß ich noch nicht. Aber ich trinke Rotwein auch zu Fisch.«

Ihre Mutter schaute missbilligend.

Klara entschied sich wieder für ein Lammfilet mit Rosmarinkartoffeln und grünen Bohnen und fragte sich, nachdem sie die Bestellung aufgegeben hatte, ob sie das wirklich essen wollte ober ob sie diese Wahl nur getroffen hatte, um ihrer Mutter keine weitere Angriffsfläche zu bieten.

Am Nachbartisch saßen zwei Frauen, die sich angeregt unterhielten, leider auf Dänisch. Waren sie Freundinnen? Schwestern? Arbeitskolleginnen? Nett sahen die beiden aus, sie waren älter als Klara, aber deutlich jünger als ihre Mutter. Das Bild, das die beiden Frauen abgaben, schmerzte sie. Sie fühlte sich gefangen, fast gefesselt, es war unmöglich, diesem Moment zu entkommen, und es würde ihr nichts anderes übrig bleiben als abzuwarten. Ein paar Stunden würde es noch dauern, bis sie endlich in ihrem Bett am Landevejen lag. Morgen war die Woche schon halb um, noch drei Mal schlafen, dann hatte sie es geschafft.

Ihre Mutter riss sie aus ihren Gedanken.

»Das sind aber schöne Kacheln auf dem Ofen, oder?«, sagte sie, an Klara gewandt, als ob nichts wäre.

»Was? Ach die, ja, ganz hübsch.«

»Findest du nicht? Deinem Vater fällt so was ja auch nie auf. Aber ich dachte immer, dass dich solche Dinge interessieren würden.«

»Mama, ja, stell dir vor, mich interessieren schöne Fliesen. Aber jetzt gerade nicht! Ich verstehe dich nicht. Warum hast du mich mit hierher genommen? Ich habe das Gefühl, dass dir fast alles, was ich sage oder tue, nicht in den Kram passt …« Sie rückte nervös das Besteck zurecht, das vor ihr auf dem Tisch lag.

»Wieso das denn? Kannst du mir mal erklären, wie du darauf kommst? Nur weil ich dich mit ein paar Dingen konfrontiere, die dir unangenehm sind? Entschuldige, dass ich mal nachfrage!«

»Mama, du fragst nicht nach! Du fragst nicht mal, wie es mir geht …«

»Fragt *mich* etwa jemand, wie es mir geht?« Ihre Mutter schnaubte verächtlich.

»Diese Frage lässt du doch überhaupt nicht zu! Wann immer ich dich frage, jammerst du in einer Tour, was du alles zu tun hast, dass Papa sich nicht ändert, dass Ben und Nina nicht so wollen wie du, dass dich keiner versteht! Aber Mama, mal ehrlich: Hast du dir jemals darüber Gedanken gemacht, wie es uns mit dir geht? Hast du dich schon ein einziges Mal gefragt …?«

Sie sah, wie sich ihre Mutter auf die Unterlippe biss. Dann, sehr schnell, trank diese ihr Glas Weißwein leer, kramte ihr Portemonnaie aus der Tasche und holte tausend Kronen heraus, die sie auf den Tisch knallte. Schließlich erhob sie sich, packte ihren Mantel und verließ das Restaurant, ohne ein Wort zu sagen.

In diesem Moment kam der Kellner mit dem Essen.

»Bitte entschuldigen Sie, ich hoffe, das stimmt so? Meiner Mutter ist auf einmal ganz schwindlig geworden …«

Klara wartete die Antwort nicht ab. Sie stand auf, ging zur Tür und eilte über den Parkplatz. Ihre Mutter saß bereits im Wagen, der Motor lief.

»Sag mal, Mama, spinnst du? Was sollte das denn?«

»Du glaubst doch nicht ernsthaft, dass ich mich von dir

hier beschimpfen lasse? Steig ein. Und morgen fahre ich dich nach Esbjerg. Dann kannst du den Zug nach Hamburg nehmen. Das alles scheint für dich ja eine einzige Zumutung zu sein!«

»Steig aus, Mama, ich fahre! Du hast nichts gegessen und ein Glas Wein getrunken.«

»Als ob du gar nichts getrunken hättest! Aber bitte, wenn du meinst ...«

Ihre Mutter knallte die Tür derart fest zu, dass Klara zusammenzuckte. Was war hier noch zu erwarten? Auf einmal wusste sie nicht mehr, was sie alles hatte sagen wollen. So war es oft gewesen, früher, als sie die Konfrontation immer wieder gesucht hatte. Ihre Mutter drehte ihr die Sätze im Mund herum, so lange, bis sie nicht mehr in der Lage war, das, was sie sich vorher zurechtgelegt hatte, in Worte zu packen.

Sie versuchte sich zu sammeln, ging um den Wagen herum und setzte sich auf den Fahrersitz. Sie umklammerte das Lenkrad mit beiden Händen und vermied es, ihre Mutter anzuschauen.

Als sie auf die Landstraße in Richtung Sønderho einbogen, fing es an zu regnen.

»So, ich frage dich also nie, wie es dir geht, ja?« Die Stimme ihrer Mutter klang verbissen und noch härter als sonst.

»Nein, das tust du nicht!« Es gelang ihr nur mit Mühe, sich auf das Fahren zu konzentrieren. Der Regen prasselte auf die Windschutzscheibe, und obwohl die Scheibenwischer mit höchster Geschwindigkeit hin und her sprangen, konnte sie die Straße kaum erkennen. Es war bereits dunkel draußen, von Weitem konnte man hinter den Dünen ein Stück helleren Himmel sehen, dort schien es besser zu werden. Auf einmal merkte sie, dass die Klimaanlage eiskalte Luft ins Auto blies, sie trug offene Schuhe, und wie aus dem Nichts begann sie zu frieren.

»Aha, und was war heute Nachmittag? Als ich dich gefragt habe, wie du dir das mit dem Kinderkriegen vorstellst? Meinst du nicht, dass das eine Frage ist, in der es darum geht?«

»In der es worum geht? Mama, du fragst nicht, du versuchst mir nur deine Meinung aufzudrücken! Du willst mir ein schlechtes Gewissen machen, dabei hast du überhaupt keine Ahnung!«

Der Wagen schlitterte ein wenig nach rechts. Es war rutschig vom Regen.

»Wovon habe ich bitte schön keine Ahnung? Ich will dir mal was sagen: *Du* hast keine Ahnung! Du weißt nichts. Du weißt nicht, warum ich hierher wollte und was …«

Ihre Mutter stockte, und in einem Bruchteil dieser Sekunde wurde Klara bewusst, dass sie keine Chance mehr hatte zu bremsen und das Auto wieder gerade auf die Fahrbahn zu bringen. Sie hörte ein Hupen, der Wagen rutschte weiter, sie hatte die Kontrolle verloren, es quietschte, sie schloss die Augen, ein lauter Knall, dann war es still.

KAPITEL 5

Sie hörte ein Klopfen. Es dauerte einen Moment, bis sie sich orientiert hatte, von welcher Seite das Klopfen kam. Dumpf nahm sie eine Männerstimme wahr, die von draußen durch das geschlossene und beschlagene Fenster schrie. Alles klang wie durch Watte, weit weg und doch ganz nah. Sie öffnete die Augen, und auf einmal schoss ihr das Adrenalin durch den Körper. Ihr Herz klopfte so laut, dass sie es hören konnte. Reflexartig versuchte sie, den Anschnallgurt zu lösen. Unfähig zu entscheiden, was sie zuerst tun sollte, riss sie an dem Airbag, der sie in den Sitz drückte und verhinderte, dass sie sich frei bewegen konnte. Sie bemerkte, dass sich auf der Beifahrerseite kein Airbag entfaltet hatte.

»Mama? Mama, alles okay? Geht es dir gut?«

Die Stimme von draußen hörte nicht auf zu rufen, und das Klopfen wurde energischer.

Klara sah, dass ihre Mutter die Augen geschlossen hatte, der Kopf war ihr auf die rechte Schulter gefallen, und es sah aus, als würde sie schlafen.

Plötzlich wurde die Beifahrertür aufgerissen und der kalte Wind peitschte in den Wagen.

»Geht es euch gut? Bist du verletzt?«

Klara schaute in das nasse Gesicht des Mannes, der sich nun über ihre Mutter beugte und versuchte, sie aus dem Gurt zu lösen. Mit zwei Fingern tastete er nach ihrem Puls.

»Sie atmet normal. Ich werde sie vorsichtig aus dem Wagen heben. Dann sollten wir sie ins Krankenhaus bringen. Kannst du mir helfen? Ist alles okay?«

»Ich komme hier nicht raus … der Airbag. Ich glaube, es ist alles in Ordnung, aber mein Sitz … Scheiße!« Ihre Hände zitterten, sie drückte sich nach hinten in den Sessel und konnte so ein wenig nach links rutschen. Sie stieß ihre Tür auf, zwängte sich fast gewaltsam hinaus und stand wenig später im Graben, neben dem Auto. Innerhalb von Sekunden war sie vom Regen durchweicht, sie stolperte etwas nach vorne und konnte sich gerade noch rechtzeitig am Wagen festhalten, sonst wäre sie umgefallen.

»Um deinen Wagen kümmern wir uns später. Da oben steht mein Auto. Setz dich schnell rein, ich mache das hier. Auf dem Rücksitz ist eine warme Decke, kannst du sie hinten ausbreiten?«

Es war nicht einfach, über das rutschige Gras aus der Senke zu kommen. Klara versuchte, sich an einem Stück Heidestrauch festzuhalten und nach oben zu ziehen. In der einen Hand hielt sie den Autoschlüssel, den sie mitgenommen hatte, ohne dass sie bewusst danach gegriffen hätte.

Als sie das Auto erreichte und sich umsah, war der Mann, mit ihrer Mutter auf dem Arm, bereits hinter ihr. Klein und zerbrechlich, fast wie ein Kind, wirkte sie, wie sie da lag und sich nicht rührte.

Klara öffnete die hintere Wagentür, griff nach der Decke und warf sie über die beiden Rücksitze. Auf dem Boden lagen einige Papiertüten und eine Sporttasche.

»So müsste es gehen, hoffentlich. Wo ist denn das Krankenhaus?«, sagte sie.

»Es gibt leider nur eins in Esbjerg. Der Arzt hier ist nur dürftig ausgestattet, und bis er hier ist, dauert es vielleicht zu lange. Aber die Fähren fahren noch alle zwanzig Minuten.«

Er legte ihre Mutter auf die Rückbank, seitlich und mit dem Gesicht zur Lehne.

Klara setzte sich auf den Beifahrersitz und schaute nach hinten. Mit einer Hand fuhr sie ihrer Mutter über den Rücken.

»Mads. Ich heiße Mads Olsen«, sagte er, als er einstieg.

Sie strich sich die Haare, die platt und nass an ihr klebten, aus dem Gesicht.

»Ich bin Klara. Danke!« Sie schloss die Augen und atmete tief ein. Seit dem Unfall waren sicher keine zehn Minuten vergangen, aber es kam ihr sehr viel länger vor, und sie hatte keine Vorstellung davon, wie spät es wohl sein mochte.

Mads wendete den Wagen, und kurz darauf kamen sie an dem Restaurant vorbei, in dem sie gerade noch mit ihrer Mutter gesessen hatte.

»Alles wird gut, sicher. Tut dir etwas weh?«

Er legte ihr die Hand auf die Schulter. Seine Stimme klang weich und tief und hatte etwas Beruhigendes.

»Nein, es geht schon. Ich glaube nicht … ich, mir ist kalt …«

Er deutete auf die Tasche hinter ihrem Sitz.

»Da ist eine Jacke drin, die kannst du überziehen. Da vorne steht schon die Fähre. Dann sind wir gleich da. Das Krankenhaus ist ganz in der Nähe vom Hafen.«

Die friedlich dastehenden Häuser an der Promenade von Nordby wirkten in diesem Moment in ihrer Niedlichkeit verlogen und verräterisch. Es gab keine Sicherheit, auch hier nicht. Die nasse Straße spiegelte die Lichter der Laternen, die am Straßenrand standen und den Weg zur Fähre zeigten.

Nicht viele wollten an diesem Abend noch auf das Festland. Nur ein paar Fußgänger gingen den schmalen Weg über die Brücke, die sie auf das Schiff brachte. Sie flüchteten sich dann gleich nach oben, in die warme Innenkabine. Schwaches Licht drang von dort nach unten.

Als Mads das Auto auf der Ladefläche geparkt und den Motor abgeschaltet hatte, sah sie ihn an. Sie fragte sich, ob sie ihn schon mal gesehen hatte, aber es fiel ihr nicht ein.

»Danke!« Das klang nach nicht viel, aber sie war froh, dass er da war.

Warum war der Airbag auf der Beifahrerseite nicht aufgegangen?

»Das ist meine Mutter, es ging alles so schnell … und der Regen … ich konnte nichts sehen …«

»Ich war hinter euch. Ihr seid ziemlich schnell gefahren und wart dann mit einem Mal auf der Gegenfahrbahn. Ich habe gehupt …«

»Ja, das hab ich noch gehört. Glaube ich zumindest …«

Sie überlegte, was sie als Letztes wahrgenommen hatte, ihre Mutter oder das Hupen, vielleicht war es der Aufprall gewesen, vermutlich.

War ihre Mutter mit dem Kopf auf das Armaturenbrett geknallt?

Die Überfahrt kam ihr furchtbar lang vor.

Mads sagte nichts, aber sie merkte es nicht einmal. Sie hörte auf das laute Motorengeräusch der Fähre und sah nach vorne durch die Windschutzscheibe auf das Heck eines dunkelblauen Volvo.

Wenig später erreichten sie den Hafen von Esbjerg. Es dauerte, bis die Fähre angelegt hatte, die Schranke gehoben wurde und sie endlich auf der Straße waren, die nach oben in die Stadt und zum Krankenhaus führte.

Sie war nicht fähig, etwas zu sagen oder zu fragen. Ihr Hals war wie zugeschnürt, ihre Hände zitterten, und sie versuchte sich darauf zu konzentrieren, die Angst nicht größer werden zu lassen.

Mads hingegen schien ganz ruhig. Er legte die Hand auf ihren Arm, und durch die Jacke spürte sie, wie er ihr langsam darüberstrich.

Es hatte aufgehört zu regnen. Oder es regnete nur hier nicht, was häufig so war, auch wenn das Festland keinen Kilometer von Fanø entfernt lag.

Der Parkplatz vor dem Krankenhaus war leer. Nur ein Transporter hielt vor dem Eingang, der durch Neonröhren hell erleuchtet und nicht zu übersehen war.

Ein älterer Mann stand im Bademantel und mit Hausschuhen rauchend vor der Glastür, die sich immer wieder automatisch schloss und öffnete.

»Hier, die Tasche habe ich noch mitgenommen, sie lag bei euch im Auto.«

Mads war bereits ausgestiegen und hielt ihr die Handtasche ihrer Mutter entgegen.

»Warte hier, ich gebe drinnen Bescheid.« Dann verschwand er in dem roten Backsteingebäude.

Nach ein paar Minuten erschienen zwei Sanitäter mit einer fahrbaren Liege. Mads lief hinter ihnen her.

»Verstehst du Dänisch?«, fragte er sie.

»Nein«, antwortete Klara. »Was haben sie denn gesagt?«

»Sie muss gleich untersucht werden. Der Arzt weiß schon Bescheid.«

Es ging alles ganz schnell. Die beiden Männer zogen ihre Mutter von der Rückbank, einer hielt die Liege, der andere legte sie darauf und schnallte sie mit einem einfachen Gurt fest. Ganz friedlich sah sie aus.

Klara blickte ihr hinterher, wie sie davongefahren wurde und hinter einer großen orangefarbenen Tür im Gebäude verschwand.

Auf den hellgelben Bänken im Empfangsbereich saßen nur wenige Menschen, wartend, vermutlich auf Angehörige oder die eigene Untersuchung.

Hinter einer Glaswand, gleich rechts neben dem Eingang, unterhielten sich zwei Schwestern. Eine von ihnen hielt eine Tasse Kaffee in der Hand. Sie stand und lehnte sich an den Schreibtisch, hinter dem die andere saß. Sie schienen keine Notiz davon zu nehmen, was außerhalb ihres kleinen Glaskastens passierte, und vermutlich interessierte es sie auch nicht. Nach wie vielen Jahren in diesem Job hörte man wohl auf, Anteil am Schicksal der Patienten zu nehmen?

»Entschuldigen Sie?« Klara klopfte an das geschlossene Fenster.

Die stehende Schwester sah sich um und schaute sie mit einem genervten Gesichtsausdruck an.

»Meine Mutter wurde gerade nach hinten zur Untersuchung gebracht. Wir hatten einen Unfall. Sie ist nicht bei Bewusstsein …« Sie sprach laut, um sicherzugehen, dass sie auf der anderen Seite gehört wurde.

Die sitzende Schwester stand auf, öffnete das Fenster und blickte sie freundlich an.

»Verzeihung, ich kümmere mich darum. Geht es Ihnen gut? Möchten Sie auch untersucht werden?«

»Nein, ich denke, es ist alles okay. Mir tut nichts weh.«

Der Kloß in ihrem Hals wurde immer dicker, und es fiel ihr schwer, die Tränen zurückzuhalten.

»Wie ist der Name Ihrer Mutter?«

»Voss. Elisabeth Voss.«

»Hier haben Sie einen Fragebogen. Könnten Sie den bitte ausfüllen? Und haben Sie eine Krankenversicherung für das Ausland?«

Klara wusste nicht, ob ihre Mutter schon länger darüber verfügte oder vor ihrer Abreise vielleicht noch eine abgeschlossen hatte. Hilflos zog sie die Schultern hoch und schaute in das Gesicht der Krankenschwester, die nun fast herzlich lächelte.

»Gut, das klären wir dann später. Ich gehe gleich nach hinten und gebe Ihnen Bescheid, sobald der Arzt etwas gesagt hat. Bitte nehmen Sie erst mal im Wartebereich Platz.«

Mads, der jetzt neben ihr stand, deutete auf eine kleine Sitzgruppe weiter hinten im Raum, gleich neben dem Kaffeeautomaten.

Klara nickte und folgte ihm zu dem Tisch. Sie zog die deutlich zu große, aber warme Trainingsjacke noch fester zu und verschränkte die Arme. Die Tasche ihrer Mutter baumelte an ihrer Schulter herunter, und erst jetzt sah sie, dass ihre Schuhe völlig verdreckt waren, so dass sie auf dem sauberen Linoleumboden Spuren hinterließen. Ihre Jeans klebte feucht an ihren Beinen und die Kälte kroch immer weiter an ihr hoch.

»Möchtest du einen Kaffee? Es gibt sicher auch Tee«, sagte Mads.

»Kaffee ist gut, vielen Dank.«

Klara setzte sich. Sie schaute auf den Fragebogen, der

jedoch auf Dänisch verfasst war, so dass sie nur erahnen konnte, was auszufüllen war.

Sie öffnete die Tasche ihrer Mutter und wusste nicht, wonach sie suchte, aber das Gefühl, etwas zu tun zu haben, lenkte sie davon ab, darüber nachzudenken, was gleich auf sie zukommen würde.

Mads reichte ihr einen braunen Plastikbecher mit Kaffee, der aber nicht danach roch.

»Gib mir mal den Fragebogen, dann füllen wir ihn am besten zusammen aus.«

Der Becher war so heiß, dass sie sich fast die Hände daran verbrannte. Sie stülpte die Ärmel der Jacke über ihre Finger und war froh, sich so ein wenig wärmen zu können.

Mads las eine Frage nach der anderen vor und übersetzte sie, die meisten konnte sie jedoch nicht beantworten. Nahm ihre Mutter regelmäßig Medikamente? Wann war die letzte Impfung? Wer war ihr Hausarzt? Hatte sie in den letzten sechs Monaten Antibiotika genommen?

Klara dachte an ihren Vater. Sie fragte sich, wann der richtige Zeitpunkt wäre, ihn anzurufen.

»Mads? Du kannst schon zurück nach Fanø fahren. Ich weiß nicht, wie lange ich hier noch warten muss. Und du hast schon so viel gemacht.« Sie warf ihm einen flüchtigen Blick zu.

»Du denkst doch nicht, dass ich dich jetzt hier alleine sitzen lasse? Nein, ich warte auf jeden Fall, bis der Arzt gesagt hat, wie es deiner Mutter geht. Oder kennst du noch wen auf der Insel? Soll ich jemanden anrufen?«

So viel Mitgefühl war sie nicht gewohnt, und in ihr machte sich eine Verunsicherung breit, die sie nicht einordnen konnte.

»Danke! Nein … Ich komme schon klar.«

Er legte ihr den rechten Arm auf die Schulter, und für einen kurzen Moment fühlte sich alles deutlich leichter an.

Es verging eine ganze Weile, in der sie still nebeneinandersaßen.

Die Tasche ihrer Mutter lag auf ihren Knien, und Klara zog das Portemonnaie heraus, das sich darin befand. Es war prall gefüllt mit Kassenzetteln und Einkaufslisten. Außerdem fand sie neben ein paar Geldscheinen eine aus einem Notizblock herausgerissene Seite, auf der detailliert stand, was ihre Mutter alles mit nach Fanø nehmen wollte. Und nicht nur das, Gerichte für die Abende, die es dann geben sollte, waren nach Wochentagen aufgelistet. Für diesen Mittwoch stand dort: *Essen gehen / Nordby.*

Es war also keine spontane Idee gewesen, das Restaurant in Nordby auszuprobieren. Es war alles geplant, ihre Mutter hatte alles unter Kontrolle gehabt.

Klara dachte an die letzten Worte ihrer Mutter im Auto.

»Du weißt nicht, warum ich hierher wollte …«

Sie sah auf und schaute an die graue Wand gegenüber. Dort hing in einem silbernen Alu-Rahmen ein Plakat, auf dem ein Hotel abgebildet war. Es war ein hässlicher grauer Kasten. Unter dem Eingang des Hotels war ein schräg gesetztes Foto abgedruckt, auf dem ein Indoorpool zu sehen war, so fotografiert, dass er deutlich größer wirkte, als er vermutlich in Wirklichkeit war, und daneben sah man, etwas kleiner, ein weiteres Foto mit Ruheliegen und Palmen, die darum gruppiert waren. Das Wort »Wellness« stand in einer schnörkeligen, gelben und mit Schatten unterlegten Schrift über den Bildern.

Das alles sah so wenig einladend aus, dass Klara sich fragte, wer wohl auf diese Werbung reagieren würde.

Sicher war das Hotel in der Nähe des Krankenhauses.

»Frau Voss?«

Eine männliche Stimme riss sie aus ihren Gedanken.

Sie sah nach oben und nickte.

»Doktor Petersen. Ihre Mutter ist so weit stabil …«

Es folgte eine Aufzählung der Untersuchungen, die durchgeführt worden waren. Fachbegriffe, mit denen Klara nichts anfangen konnte und die bestimmt beängstigender klangen, als es die genannten Untersuchungen waren.

»Wir müssen Ihre Mutter auf jeden Fall bis morgen hierbehalten. Ich habe ihr Blut abgenommen, wir sollten abwarten, bis die Werte morgen Mittag aus dem Labor kommen. Ich gehe von einem leichten Schädel-Hirn-Trauma aus. Spätfolgen sind unwahrscheinlich. Und Ihre Mutter ist auch wieder bei Bewusstsein. Aber sie schläft jetzt und braucht vor allem Ruhe.«

Klara war aufgestanden und beobachtete, wie der Arzt etwas auf seinem Block notierte, den er in der Hand hielt. Sein Blick richtete sich auf das Geschriebene.

»Ja … haben Sie noch Fragen? Konnten Sie den Bogen ausfüllen?«

»Nein. Ja, einiges, aber bei vielem fehlen mir leider die Informationen.«

»Gut. Das wird dann morgen von Ihrer Mutter ergänzt.«

Doktor Petersen überreichte ihr seinen Block und bat sie, unten zu unterschreiben.

»Es geht nur um die Bestätigung, dass Ihre Mutter heute Abend hier aufgenommen wurde. Kommen Sie morgen gegen vierzehn Uhr, bis dahin wissen wir mehr, und ich gehe davon aus, dass Sie Ihre Mutter dann auch schon wieder mitnehmen können.«

»Gut. Danke.« Erleichterung machte sich in ihr breit. Sie sah sich nach Mads um, aber er saß nicht mehr auf seinem Stuhl. Sie hatte nicht bemerkt, dass er aufgestanden und weggegangen war.

Sie unterschrieb, verabschiedete sich, nahm die Tasche ihrer Mutter und suchte nach einem Mülleimer, um den Kaffeebecher zu entsorgen.

»Suchst du mich?«

Erschrocken fuhr sie herum und wäre Mads dabei fast auf die Füße getreten.

»Komm, ich bringe dich jetzt nach Hause. Oder möchtest du lieber hierbleiben?«

»Nein, es scheint ja wirklich alles okay zu sein. Machen kann ich hier sowieso nichts. Und ich will meinen Vater anrufen. Aber vor allem will ich aus diesen nassen Klamotten raus.«

Mads lächelte sie an und hob dabei die Augenbrauen.

»Nach Sønderho?«

»Ja!«

Als sie das Krankenhaus verließen, stieg ihr der scharfe Geruch von Desinfektionsmitteln in die Nase. Den hatte sie vorher nicht wahrgenommen. Der alte Mann im Bademantel war verschwunden.

Auf dem Rückweg hatte sie kein Zeitgefühl. Alles raste an ihnen vorbei, es war kaum etwas zu erkennen.

Als sie an dem Wagen ihrer Mutter vorbeifuhren, der mit den Vorderreifen im Graben stand und im Dunkeln leicht zu übersehen war, kam ihr der Unfall unwirklich und fast ungeschehen vor.

»Mach dir keine Sorgen wegen dem Auto. Da passiert nichts. Wir können morgen den Abschleppdienst anrufen.«

Mads sah zu ihr herüber und lächelte beruhigend.

Ansonsten sagte er nicht viel und Klara war dankbar dafür. Die Stille zwischen ihnen war nicht unangenehm und hatte fast etwas Vertrautes.

Als sie endlich vor dem kleinen Häuschen am Landevejen hielten, legte er ihr einen Zettel in die Hand.

»Hier ist meine Telefonnummer. Du kannst gerne anrufen, wenn etwas sein sollte. Ich wohne dahinten, ein paar Häuser hinter dem *Kro*, die Nummer 17.«

Nachdem sie die Tür geschlossen und das Licht im Flur eingeschaltet hatte, sah sie auf der Anrichte in der Küche die Gläser, aus denen sie und ihre Mutter am frühen Abend den Aperol Spritz getrunken hatten. Nun war sie allein, hier in dem Haus, das so sehr von ihrer Mutter besetzt war. Alles erinnerte sie an sie. Wie sollte es morgen weitergehen?

Sie ging ins Bad, zog ihre Schuhe aus und verweilte einen Augenblick mit nackten Füßen auf dem Fliesenboden, der durch die Fußbodenheizung ganz warm war. Sie hatten vergessen, die Temperatur vor dem Verlassen des Hauses herunterzudrehen, jetzt war sie froh darüber.

Sie streifte die Jeans ab, die mittlerweile trocken war, aber noch immer an ihr klebte. Mads' Jacke trug sie auch noch. Es war eine graue Trainingsjacke mit Kapuze und blauen Bändern, mit denen man das Bündchen unten enger ziehen konnte.

Die Jacke roch nach Waschmittel. In der linken Tasche spürte sie etwas und griff hinein, um zu sehen, was es war.

Das kleine zerknüllte Stück Papier entpuppte sich als Kinokarte, ein paar Wochen alt, sie war sicher mindestens einmal gewaschen worden. Der Titel des Films war nicht mehr lesbar.

Es war lange her, dass sie im Kino gewesen war. Mindestens vier Monate …

Sie dachte an den Abend mit Johann, der ganz schön begonnen hatte, bei dem kleinen Portugiesen in der Speicherstadt, wo sie so gerne aß.

Als sie zum Kino kamen, waren alle Karten für den Film, den sie sehen wollten, bereits ausverkauft, welcher es war, daran erinnerte sie sich nicht. Sie hätte auch etwas anderes geschaut, aber Johann hatte dann keine Lust mehr, und so standen sie draußen im Schneematsch, vor dem *Abaton,* und stritten. Sie wusste nicht mehr, wie sie darauf gekommen waren, aber auf einmal ging es um Weihnachten und die Frage, wo sie feiern würden. Sie wäre am liebsten ein paar Tage weggefahren, am liebsten mit ihm zu zweit und am besten bis über Neujahr. Aber Johann wollte am Vierundzwanzigsten zu seinen Eltern nach München und Silvester mit seinen besten Architekten-Freunden in der neuen Wohnung von wem auch immer an der Elbchaussee feiern.

Es endete damit, dass Johann sie stehen ließ und verkündete, er werde noch einen Bekannten in einer Kneipe treffen.

Sie fuhr zu Maja und blieb dort über Nacht.

Klara schaute aus dem kleinen Badezimmerfenster und sah in das hell erleuchtete Haus gegenüber. Sie schloss die rot-weiß karierten Vorhänge, zog sich ganz aus und stellte sich unter die Dusche. Eine ganze Weile ließ sie das heiße

Wasser an sich herunterlaufen. Sie wusch sich die Haare mit einem der Shampoos, die ihre Mutter hier abgestellt hatte. Es waren vier, dazu drei Spülungen und eine Haarkur. Viel zu viel für eine Woche. Aber ihre Mutter hatte schon immer einen Tick gehabt, was Haarpflegemittel betraf. Im Bad ihrer Eltern gab es einen Schrank, der bis oben hin mit den neuesten Produkten gefüllt war und einem gut sortierten Regal bei *dm* nahekam. Duschgele hingegen fehlten fast komplett.

KAPITEL 6

Als sie am nächsten Morgen wach wurde, brauchte sie eine Zeit, um sich in Erinnerung zu rufen, was am vorigen Abend passiert war.

Sie zog sich die Decke über die Augen, denn von draußen schien die Sonne so hell in ihr Zimmer, dass es blendete. Sie griff nach ihrem Handy, das auf dem Nachttisch lag, um zu sehen, ob ihr Vater sich zurückgemeldet hatte, den sie, ebenso wie ihren Bruder, am Abend zuvor nicht erreicht hatte. So tief, wie sie geschlafen hatte, hatte sie sicher kein Klingeln gehört.

Ihr Telefon zeigte zwei neu eingegangene Anrufe und eine SMS an. Sie waren von Ben.

Schwesterchen, bin mit Nina und Linus im Alten Land. Der Empfang ist total schlecht. Ich versuch morgen von HH aus, dich zurückzurufen. Gruß + Kuss, B.

Sie sah, dass sie ihren Vater fünf Mal vergeblich angerufen hatte. Da sie keine Nachricht hatte hinterlassen wollen, weil sie nicht wusste, was sie in der kurzen Zeit hätte sagen sollen, hatte sie es am Ende vor Müdigkeit aufgegeben.

Sicher, er war in Heidelberg auf diesem Seminar bestimmt schwer eingespannt, aber irgendwann musste er sich doch mal melden.

Es war 7 Uhr 37, noch recht früh. Nun war sie allerdings wach und sah auch keine Möglichkeit, noch einmal einzuschlafen. Die Gedanken in ihrem Kopf überschlugen sich in alle Richtungen. Noch gut sechs Stunden, bis sie im Krankenhaus sein sollte.

Sie sprang fast ein bisschen zu schnell aus dem Bett und stieß dabei mit dem Kopf an die Dachschräge, unter der sie hier schlief. Mit einer Hand rieb sie über die Stelle an der Stirn, die es getroffen hatte, mit der anderen suchte sie nach der verlorenen Wollsocke, die ihr in der Nacht abgerutscht war.

Ihr Blick fiel auf den offenen Laptop auf ihrem Tisch, und ihr fiel ein, dass sie weiter an ihrem Text arbeiten musste. Eigentlich hätte sie schon viel weiterkommen sollen, und ganz fertig war sie lange noch nicht.

Sie schaltete den Rechner ein, drehte sich dann aber um und griff nach dem Strickmantel, den sie am vorigen Abend nach der Dusche unachtsam über den Stuhl geworfen hatte. Es sah aus, als ob es draußen warm wäre. Keine Wolke war am Himmel zu erkennen, ein paar Vögel zwitscherten, ein kleiner Junge, vielleicht drei Jahre alt, spielte auf dem Weg vor ihrem Haus mit seinem Bobbycar und sang dabei vor sich hin. Hinter ihm stand seine Mutter, hübsch und blond, in einem geblümten Kleid und mit roten Clogs an den Füßen. In der Hand hielt sie eine Tüte, wahrscheinlich waren die beiden beim Bäcker gewesen. Diese heile Welt war manchmal nicht auszuhalten.

Klara setzte einen Espresso auf und goss Milch in einen Topf. Auf dem Fensterbrett neben der Tür zum Garten fand sie ein Haargummi, mit dem sie ihre Haare oben zu einem unordentlichen Knoten zusammenband. Eine

Locke fiel immer wieder heraus und wollte sich nicht feststecken lassen.

Plötzlich klopfte es, und Klara, die gerade den ersten Fuß auf die Terrasse gesetzt hatte, fuhr herum. Der Weg durch das Haus war nicht lang, und so reichte die Zeit nicht einmal aus, um zu überlegen, wer dort um diese Uhrzeit wohl stehen konnte.

»Hey, du!«, rief Inga ihr fröhlich zu. Sie stand in der Eingangstür und reichte ihr eine Kiste, die so voll mit Kram war, dass sie sich nicht schließen ließ.

»Guten Morgen. Was ist das denn?«

»Ich bin doch gerade am Ausmisten und Sortieren, und das hier sind alles Dinge, die ich nicht brauche, aber die auch zu schade zum Wegschmeißen sind. Und für ein Ferienhaus ist das bestimmt alles sehr brauchbar … Schau mal, hier ist zum Beispiel ein Rührgerät, das ist noch top!«

Inga zog an einem braunen Kabel, und kurz darauf kam ein leicht vergilbtes Plastikteil zum Vorschein, das seine besten Jahre offenbar längst hinter sich hatte. Ein paar alte Verkrustungen klebten noch daran.

»Das ist bestimmt super, wenn man hier mal einen Kuchen backen will. Sind doch meistens Familien mit Kindern hier, oder?« Sie schwenkte das alte Gerät in der Luft herum.

»Puh, ich weiß nicht … ich glaube, so was haben wir schon …«

»Ach, Quatsch, nimm das mal alles. Sind wirklich ganz grandiose Sachen dabei. Meine Großmutter konnte ja nichts wegwerfen. Das hier ist auch super: eine Bürste, mit der man die Zwischenräume bei Heizungen reinigen kann …«

Klara schaute leicht angeekelt auf das lange Drahtgebilde. An seinem Ende befanden sich ein paar ehemals hellblaue Borsten, in denen noch Staub und Dreck aus dem Hause Mortensen hingen.

Der Espressokocher pfiff schrill, als ob er zu explodieren drohte, das Geräusch machte Klara nervös. Allerdings wollte sie unbedingt vermeiden, Inga hereinbitten zu müssen.

»Inga, vielen Dank für das alles. Es tut mir sehr leid, aber ich habe später noch einen Termin und muss vorher was fertigkriegen. Ich schaue mir an, ob ich etwas von den Sachen gebrauchen kann, und bring dir den Rest dann heute Abend zurück, in Ordnung?«

Die Enttäuschung in Ingas Gesicht war nicht zu übersehen, und Klara hatte augenblicklich ein schlechtes Gewissen. Es ging hier nicht nur um ausrangierte Küchengeräte. Vielmehr waren es Erbstücke, die Inga nicht wirklich loslassen konnte. Sie ging wohl ernsthaft davon aus, dass Klara sich darüber freuen müsste.

Sie lächelte Inga an. »Vielleicht können wir in den nächsten Tagen mal einen Tee oder ein Glas Wein zusammen trinken?«, versuchte sie ihre Unhöflichkeit wiedergutzumachen.

Inga lächelte zurück. Sie drehte sich um und überquerte die kleine Straße zu ihrem Haus. Im Vorgarten standen jede Menge Kisten und Möbel, und ein paar Teppiche waren auf dem Rasen ausgebreitet.

Klara stellte schnell die Kiste auf den Boden und lief in die Küche, ohne die Haustür hinter sich zu schließen.

Der Espresso roch schon leicht angebrannt, aber er war gerade noch trinkbar.

Mit ihrem vollen Becher in der Hand trat sie dann auf

die Terrasse, wo es so sonnig war, dass sie gleich noch einmal zurückgehen musste, um ihre Sonnenbrille vom Esstisch zu holen.

Dort, zwischen einer ›SCHÖNER WOHNEN‹ und einem Pasta-Kochbuch, lag ein Zettel, auf dem eine Telefonnummer stand. Die Schrift war eindeutig die ihrer Mutter. Es war keine Nummer aus Deutschland, und so vermutete Klara die des Restaurants vom Abend zuvor. Ihre Mutter hatte ja einen Tisch reserviert. Dem Zufall überließ sie nichts.

Sie legte den Zettel auf die Fensterbank und beschwerte ihn mit einem kleinen Dackel aus Zinn, der neben einer Topfpflanze stand.

Dann griff sie nach ihrem Handy und ihrem Filofax, das sie vor drei Jahren von Johann zur Festanstellung bei Conrad geschenkt bekommen hatte, und setzte sich auf die weiße Holzbank hinter dem Häuschen.

Es roch nach Meer und Salz, und die Sonne war so warm, dass es ihr in ihrem Wollmantel fast zu heiß wurde.

Aber es war Anfang Mai und die Luft war noch kühl. Genau das Wetter, bei dem sie sich am wohlsten fühlte. Johann bezeichnete sie oft als Frischluftfanatikerin, und auch wenn sie diesen Begriff überhaupt nicht mochte, weil er so negativ klang, hatte er wohl recht damit. Sie stritten sich häufig um geschlossene oder geöffnete Fenster und Türen. Ihre Wohnung in Hamburg war mit dem höchsten Energiestandard ausgestattet, die Fenster waren fünffach verglast und absolut schallisoliert, die Wände atmeten, und eigentlich war das ganze Gebäude so konzipiert, dass man am besten immer alles verschlossen halten sollte.

Sie fragte sich, warum die Fenster überhaupt Griffe hatten.

Sobald Johann nicht da war, schlief sie bei offenem Fenster, ließ die Balkontür den ganzen Tag auf und freute sich über die Geräusche, die vom Hafen her zu hören waren. Kräne, die ratterten, Schiffe, die hupten, Sirenen, die schrill aus verschiedenen Richtungen ertönten. Was, wenn nicht diese Kulisse, zog einen in die Hafencity? Es war das Einzige gewesen, auf das sich Klara gefreut hatte, als Johann ihr damals mitteilte, dass er ein Bauprojekt leiten würde, bei dem eine supergünstige Gelegenheit in Form einer Zweihundertsechzig-Quadratmeter-Wohnung plus einer riesigen Terrasse für sie herausspringen würde.

Ihre Socken piksten mit einem Mal. Klara streifte sie ab und ließ sie im Gras vor sich liegen. Als sie mit den Füßen den Rasen berührte, spürte sie die morgendliche und frühlingshaft kühle Nässe. Es konnte hier auch schön sein.

Jetzt, wo sie allein war, sehnte sie sich danach, ein bisschen Zeit zu haben. Der letzte Urlaub lag lange zurück.

Wäre sie wohl auf die Idee gekommen, hier noch einmal herzufahren? Ohne ihre Mutter, ohne ihre Eltern? Vielleicht, wenn sie Kinder hätte – aber so?

Ihr Telefon signalisierte, dass eine SMS eingegangen war.

Sie war von Johann.

Süße, wie geht es dir? Kommst du mit der Arbeit voran? Ich vermisse meine graue Krawatte. Weißt du, wo sie ist? Ruf mal zurück.

Zurück? Würde das nicht bedeuten, dass er zuerst angerufen hatte? Wahrscheinlich ging er davon aus, dass sie mal wieder kein Netz hatte. Aber er hätte es zumindest probieren können.

Hallo, Johann, nein, weiß ich leider nicht. Vielleicht in der Reinigung? LG, K.

Sie erwartete keine Antwort und hoffte auch nicht darauf. Solange sie nicht sicher wusste, wie es ihrer Mutter heute ging, wollte sie ihm nichts von dem Unfall erzählen. Sie hätte zu weit ausholen müssen. Und Johann kam ihr so weit weg vor in diesem Moment.

Nachdem sie das Handy wieder auf die Bank gelegt hatte, lehnte sie sich zurück und schloss die Augen. Nur noch ein paar Minuten hier so sitzen und nichts tun. Nicht denken, weder an ihre Mutter noch an Johann und auch nicht an die Arbeit. Aber so richtig gelang ihr dieser Vorsatz nicht.

Bilder und Erinnerungen rasten wie wild durch ihren Kopf.

Also nahm sie ihre Sachen und ging zurück ins Haus. Sie musste, bevor sie ins Krankenhaus fuhr, dringend noch ein paar Seiten redigieren. Sie hatte bei Weitem nicht so viel geschafft, wie sie ursprünglich gehofft hatte. Es war noch ein gutes Drittel, das fehlte.

Auf dem Weg zu ihrem Zimmer fiel ihr Blick in den Raum, in dem ihre Mutter geschlafen hatte. Das Bett war nicht gemacht, was sehr untypisch für sie war. Klara trat ein und wunderte sich über die Unordnung, die sie hier vorfand. Der Koffer war nur halb ausgepackt, ein paar Handtücher lagen auf dem Boden, der Kulturbeutel stand offen auf der alten wackeligen Holzbank vor dem Bett, die sicher nicht dafür geeignet war, sich daraufzusetzen.

Darunter standen wild durcheinander einige Schuhe, auch die blauen Ballerinas, die sie am Vortag noch getragen hatte. Hatte sie ihre Mutter hier eigentlich auch in anderen Schuhen gesehen? Welche Schuhe hatte sie beim Unfall getragen? Klara hatte nicht darauf geachtet.

Einen kurzen Moment überlegte sie, ob sie ein wenig aufräumen sollte. Es war ihr danach. Auf der anderen Seite wusste sie, dass ihre Mutter alles andere als begeistert wäre, wenn sie wüsste, dass Klara in ihren Sachen wühlte. Aber sicher würde sie in den kommenden Tagen hier noch ein bisschen liegen müssen, denn zu viel Anstrengung war nicht gut. Klara konnte sich nicht vorstellen, was auf sie zukommen würde, und so versuchte sie, die wachsende Sorge gleich wieder beiseitezuschieben. Sie entschied sich für einen Kompromiss, indem sie die Schuhe ordentlich aufstellte, die Bettdecke aufschüttelte und den Koffer an die Wand schob. Die Handtücher legte sie zusammen und stapelte sie neben dem Kulturbeutel, den sie aber offen ließ.

Eine Packung mit Tabletten, ohne Schachtel, die davor gelegen hatte, warf sie unbeachtet hinein.

Sie setzte sich auf die Bettkante und sah sich um. Was um alles in der Welt hätte sie getan, wenn Mads nicht hinter ihnen gewesen wäre? Sie sollte ihn unbedingt anrufen. Vielleicht würde er ihr auch noch mit dem Auto helfen können.

Ein schönes Zimmer war das. Sie hatte es sich bisher noch nicht in Ruhe ansehen können. Die Wände waren graublau gestrichen, der Einbauschrank unter der Dachschräge war weiß mit kleinen abgenutzten Keramikgriffen. Über dem Bett hing ein Ölbild, das eine Frau mit grauem Haar zeigte, sie trug die traditionelle Fanø-Tracht.

Bluse und Rock waren aus dem gleichen blauen Stoff, die Bluse war doppelreihig geknöpft, um den Hals trug die Frau ein rotes Tuch, und um den Kopf war eine Art Turban gebunden, der von einer passenden roten Schleife gehalten wurde. Das Bild war sicher hundert Jahre alt, aber noch heute wurden auf Festen hier auf der Insel diese Trachten getragen.

Auf dem Kopfkissen ihrer Mutter lag ein aufgeschlagenes Buch, der Umschlag zeigte nach oben. Siri Hustvedt, ›Der Sommer ohne Männer‹. So wie das Buch dalag, hatte ihre Mutter erst zwölf Seiten gelesen.

Um sich nicht noch weitere Fragen zu ihrer Mutter stellen zu müssen, drehte Klara sich mit einem Ruck um und verließ den Raum. Die Tür ließ sie angelehnt und ging dann hinüber, nicht weit, vielleicht fünf Schritte, zu ihrem Laptop, auf dem mittlerweile der Bildschirmschoner angesprungen war, der eine Diashow mit den Bildern aus ihrem Urlaubsordner zeigte. Die Bilder wurden nach dem Zufallsprinzip aneinandergereiht, und so sah sie sich erst mit Johann in New York, vor dem Guggenheim Museum, und kurz darauf mit Maja, die damals schwanger war, am Strand von Gallipoli.

Der Bildschirmschoner griff auf einen alten Ordner mit Bildern zurück, die sie zusammengestellt hatte, um endlich Abzüge davon machen zu lassen.

Eine krude Mischung ergab sich, und vieles hatte sie vergessen, so dass sie kaum glauben konnte, dass es ihr eigenes Leben war, das hier an ihr vorbeirauschte.

Schnell betätigte sie die Leertaste, um den Blick in die Vergangenheit zu stoppen.

Melancholisch wollte sie jetzt nicht auch noch werden.

Die Stunden vergingen, ohne dass sie danach hätte sagen können, was sie genau getan hatte.

Dann war es endlich Zeit, sich auf den Weg ins Krankenhaus zu machen.

Bisher hatte sie keine Angst vor Krankenhäusern gehabt. Im Gegenteil. Drei Mal hatte sie in einer Klinik gelegen, und immer kamen ihr die Aufenthalte wie eine kleine Auszeit in einem Hotel vor, wo man sich um sie kümmerte, wenn sie es denn wollte. Das hatte ganz sicher auch mit der Tatsache zu tun, dass alle Gründe, die einen Krankenhausaufenthalt bei ihr nötig gemacht hatten, nicht weiter dramatisch gewesen waren.

Beim ersten Mal, im Alter von elf Jahren, wurden ihr die Mandeln entfernt. Sie lag vier Tage lang auf der Kinderstation, und als sie aus der Vollnarkose erwachte, war sie die Einzige, die sich nicht stundenlang übergeben musste, sondern sofort nach Leberwurstbroten verlangte, weil ihr schon damals kein Vanilleeis schmeckte.

Ihre Mutter hielt es dann natürlich nicht für nötig, Klara noch dort zu lassen, aber der diensthabende Oberarzt gestattete die Entlassung nicht.

Also blieb sie und freute sich, dass sie die Tage bei bester Gesundheit mit den anderen Kindern verbringen und die Schwestern umherscheuchen konnte.

Jetzt, wo sie nicht selbst im Krankenhaus lag, sondern ihre Mutter, machte sich in ihr ein nicht einschätzbares Unwohlsein breit, und mit jedem Schritt, den sie der Bushaltestelle näher kam, wurde ihr die Verantwortung für die Situation bewusster, in der sie sich befand.

Ihr Vater fehlte ihr, jemand, der in der Lage war, ihr die Angst zu nehmen.

Niemand außer ihr und Mads wusste von dem Unfall.

Und natürlich ihre Mutter … Warum hatte sie sich noch nicht bei ihr gemeldet? Ihr Handy war in ihrer Handtasche gewesen. Oder hatte sie direkt bei ihrem Mann angerufen? Und der war vielleicht schon auf dem Weg hierher und konnte deshalb nicht ans Telefon gehen?

Wieder einmal überschlugen sich die Fragen in ihrem Kopf, und die Ungereimtheiten ließen keine Antwort zu.

Sie bemühte sich, sich darauf zu konzentrieren, was der Arzt am Abend noch gesagt hatte. Ihre Mutter brauchte Ruhe, vielleicht schlief sie, vielleicht war sie immer noch bei irgendwelchen Untersuchungen und hatte keine Gelegenheit, sich zu melden. Vielleicht war ja der Akku leer …

Sie rannte die letzten Meter, aber auch das ließ den Bus nicht schneller kommen.

Eine gefühlte Ewigkeit später stand sie endlich an der Stelle, wo sie schon am Vorabend gestanden hatte. Nur war es auf dem Parkplatz vor der Klinik am frühen Nachmittag deutlich voller, und die umherlaufenden Menschen verbreiteten eine gewisse Hektik.

Klara musste warten. Die Schwester am Empfang war allein, es war eine andere als am Tag zuvor. Vor ihr standen noch vier weitere Personen in der Schlange vor dem Glaskasten. Und jeder hatte es eilig, wie es schien.

Im Bus hatte sie abermals versucht, Benjamin und ihren Vater zu erreichen – ohne Erfolg. Sie hätte es auch noch bei Nina probieren können, aber da sie sie nicht unnötig beunruhigen wollte, hatte sie von der Idee gleich wieder Abstand genommen. Nina würde als Erstes an die Hochzeit denken, daran, dass etwas schiefgehen könnte, sie hatte einen Hang zur Dramatik.

Klara sah sich um. Der Wartebereich war fast komplett besetzt. Die Tür nach draußen öffnete und schloss sich unentwegt. Das Krankenhaus in Esbjerg war das einzige in der Umgebung.

Ein Kind schrie wie am Spieß, und als Klara sich umsah, konnte sie sehen, warum. Das Mädchen hatte sich so sehr das Kinn aufgeschlagen, dass es stark blutete, Bluse und Jacke waren verschmiert, die Mutter hielt die etwa Vierjährige auf dem Arm, in ihren Augen standen Tränen. Ein älterer Mann sagte etwas, woraufhin die Mutter ihn anschrie und panisch den Gang nach hinten lief.

Zwei Sanitäter nahmen ihr das Kind ab und verschwanden um die Ecke, die Mutter folgte ihnen.

»*Frau Voss …*« Die Schwester am Empfang gab den Namen ihrer Mutter in den Computer ein. »Was sagten Sie? Wann wurde sie eingeliefert?«

»Gestern Abend, gegen 21 Uhr 30. Doktor Petersen hat sie untersucht.«

»Hier habe ich sie. Ja, es fehlen noch einige Angaben. Bitte gehen Sie auf die Station 4C im vierten Stock. Der Fahrstuhl ist am Ende des Ganges, und oben durch die dritte Glastür links. Das ist die neurologische Station.«

Augenblicklich bildete sich ein Kloß in Klaras Hals und ihr Puls schnellte in die Höhe.

Der Fahrstuhl stockte, es dauerte Minuten, bis er endlich im Erdgeschoss ankam, bis alle ausgestiegen waren und Klara nach oben fahren konnte.

Sich hier zurechtzufinden war nicht einfach. Jeder Gang sah gleich aus, die Beschilderung auf Dänisch war nicht verständlich und eine Glastür folgte der nächsten.

Sie war der Anweisung der Krankenschwester gefolgt

und stand nun vor einer Tür, die verschlossen war. An der Wand war eine Klingel angebracht, doch bevor Klara dazu kam, sie zu betätigen, trat jemand heraus und es öffnete sich ein weiterer Gang.

»Frau Voss? Gut, dass Sie da sind.«

Doktor Petersen stand vor ihr und streckte ihr seine Hand entgegen.

Er war so schnell um die Ecke gekommen, dass sie keine Zeit gehabt hatte, ihn zuerst zu begrüßen.

»Ihrer Mutter geht es den Umständen entsprechend gut. Allerdings ist ihr Erinnerungsvermögen stark eingeschränkt. Das ist bei einem Schädel-Hirn-Trauma nicht ungewöhnlich, dennoch müssen wir nun noch einige neurologische Untersuchungen durchführen, und es ist vor allem wichtig, dass Sie und andere Vertraute bei ihr sind und mit ihr sprechen. Es ist sehr wahrscheinlich, dass ihr Gedächtnis in den nächsten Tagen vollständig zurückkehrt. Ich gehe von einer retrograden Amnesie aus, ausgelöst durch den Unfall. Aber das kann ich noch nicht mit Bestimmtheit sagen.« Er holte wieder seinen Notizblock hervor und zupfte nervös an der Spiralbindung.

»Außerdem muss ich Ihnen mitteilen, dass die Blutuntersuchungen Auffälligkeiten ergeben haben, die wir noch im Einzelnen überprüfen müssen. Ich will Sie nicht beunruhigen, aber Ihre Mutter muss vorerst hierbleiben.«

Klara wusste nicht, was sie erwidern sollte. Sie war wie vor den Kopf geschlagen. Mit einem Mal war die Hoffnung auf ein schnelles Ende der momentanen Lage dahin.

»Erinnert sich meine Mutter denn an irgendetwas? Was soll ich ihr erzählen?«

»Nun, das ist schwer zu sagen. Erzählen Sie ihr etwas von sich selbst, von Ihrem Zuhause … Sie liegt auf Zimmer 48, gleich hinter der Küche rechts. Wenn Sie Fragen haben, sind die Schwestern für Sie da. Ich denke, wir sehen uns morgen.«

Er drehte sich um und war genauso schnell verschwunden, wie er gekommen war.

Klara lehnte sich an die Wand und rutschte langsam daran hinunter, bis sie auf ihren Fersen saß. Sie bemühte sich, ruhig zu atmen, was ihr allerdings nur mäßig gelang. Was die soeben gehörten Informationen bedeuten konnten, wusste sie kaum einzuordnen, und das Alleinsein in dieser Situation verhalf ihr nicht dazu, klare Gedanken zu fassen, anders als sie es sonst bei sich kannte.

Was würde sie ihrer Mutter sagen können? Sie fühlte sich schuldig, vielleicht war sie es auch. Sie hatte den Unfall verursacht, sie war sicher zu schnell gefahren. Sie hatten sich gestritten, aber sie hätte ruhig bleiben und sich auf das Fahren konzentrieren müssen, als es derart zu regnen begann.

Sie zog ihr Handy aus der Tasche und versuchte es wieder bei ihrem Vater, nervös tippte sie seinen Namen ein. Warum ging er nicht ran? Wieso rief er nicht zurück? Er musste doch sehen, dass sie angerufen hatte. Ohne es bewusst zu tun, blätterte sie zu Johanns Namen, und bevor sie darüber nachdenken konnte, ob es eine gute Idee war, ihn anzurufen, hörte sie bereits das Freizeichen.

»Klara? Du, ich bin in einer Besprechung, kann ich dich in einer Stunde zurückrufen?«

Sie legte auf, ohne etwas zu erwidern. Sie konnte ihre Tränen nicht zurückhalten, ihre Verzweiflung fand keinen anderen Ausweg.

Sie stand auf, wischte sich über die Augen und ging schnell zu dem Besucherwaschraum, den sie auf der anderen Seite des Ganges entdeckt hatte.

Sie beugte sich über den Wasserhahn und nahm ein paar hastige Schlucke. Erst dann sah sie in den Spiegel. Das Licht, das von den Energiesparlampen ausging, die an der Decke hingen, war kalt und grell, und die roten Flecken an ihrem Hals, die sie immer bekam, wenn sie sich aufregte, traten deutlich hervor.

»Hej?«, hörte Klara eine Frauenstimme rufen, nachdem sie an der Tür mit der Nummer 48 geklopft hatte. Aber es war nicht ihre Mutter, die da rief.

Sie öffnete vorsichtig und trat ein.

Eine große stämmige Krankenschwester stand vor dem einzigen Bett im Raum und versperrte den Blick darauf.

»Ich möchte zu meiner Mutter …«

»Sie schläft gerade. Aber Sie können gerne hier warten, bis sie aufwacht.« Die Schwester lächelte sie herzlich an und reichte ihr die Hand. »Sabine Larsson. Ich habe in den kommenden Tagen auf dieser Station Spätdienst. Machen Sie sich keine Sorgen. Das wird schon.«

Sabine Larsson hatte etwas mütterlich Beruhigendes. Sie war mindestens Mitte fünfzig und hatte graublonde lange Haare, die sie zu einem dicken Zopf streng nach hinten gebunden trug. Ihr weißer Kittel spannte über dem großen Busen und drohte aufzuspringen.

»Sie müssen Geduld haben. Brauchen Sie etwas?«

Klara schüttelte den Kopf und sah Frau Larsson an, wusste aber nicht, was sie hätte fragen oder sagen sollen.

»Setzen Sie sich. Ich bringe Ihnen ein Glas Wasser.«

Nachdem die Schwester den Weg freigemacht und das

Zimmer verlassen hatte, sah Klara ihre Mutter an, die friedlich schlief und nicht ahnen ließ, dass etwas mit ihr nicht stimmte. Um das Handgelenk hatte man ihr ein kleines weißes Plastikbändchen gebunden, ähnlich wie das, das Babys nach der Geburt bekommen.

Die Hand ihrer Mutter ruhte ganz sanft auf der Decke neben ihrem Körper. Den Kopf hatte sie zur Seite geneigt und die Sonne schien ihr ins Gesicht.

Klara hatte ihre Mutter lange nicht wirklich angesehen oder beobachtet.

Sie war eine schöne Frau, das hatte sie schon immer gefunden, und sie wusste, dass ihre Mutter viel für ihr Aussehen tat. Die kleinen Falten um die Augen verrieten ihr Alter, dennoch wirkte sie jünger.

Klara setzte sich auf den freien Stuhl neben dem Bett und streichelte ihrer Mutter über die Hand. Erst ganz vorsichtig, dann etwas fester.

»Frau Voss, noch eine Frage: Wir haben bei Ihrer Mutter diese Tabletten hier gefunden.«

Frau Larsson, die mit einem Glas Wasser in der Hand wieder hereingekommen war, griff in die Tasche ihres Kittels und reichte Klara eine angebrochene Packung mit gelben Kapseln. Etwas über die Hälfte fehlte.

»Es handelt sich dabei um ein verschreibungspflichtiges Aufputschmittel. Wussten Sie davon?«

»Nein, ich habe keine Ahnung. Warum nimmt man das?«

»Nun, das ist schwer zu sagen. Als Wachmacher kann es bei sehr viel Stress eingesetzt werden. Aber es handelt sich nicht um ein gängiges Medikament.«

Klara wusste, dass ihr Vater das ein oder andere zu Hause anschleppte. Ihre Mutter litt häufiger unter Müdigkeit und Kopfschmerzen, vielleicht hatte er es ihr dagegen gegeben?

»Wir müssen der Sache auf den Grund gehen«, sagte die Schwester mit nachdenklichem Gesicht. »Laut der Blutwerte hat Ihre Mutter gestern mindestens zwei von diesen Kapseln geschluckt.«

»Ich kann meinen Vater fragen, er ist Arzt. Vielleicht weiß er etwas darüber.«

Sie *könnte* ihn fragen, fiel ihr ein, wenn sie ihn denn endlich mal erreichen würde.

Außerdem hatte sie verschwiegen, dass ihr Vater Zahnarzt war, aber das war im Moment sicher unerheblich.

Sabine Larsson nickte und drehte sich um.

Nachdem sie gegangen war, stand Klara auf und lief in dem kleinen Zimmer umher, um sich umzusehen. Das Bett war eines dieser altmodischen Krankenhausbetten aus Metall, cremeweiß und an den Ecken bereits etwas abgestoßen. Am Fußende des Bettes war eine Plastikfolie angebracht, in der irgendwelche Unterlagen steckten.

An der Wand, die hellblau gestrichen war, hing ein gerahmtes Foto mit einer Dünenlandschaft, und neben dem Bett stand ein Monitor, der allerdings nicht eingeschaltet war. Der Raum war klein, keine zehn Quadratmeter groß. Am Fenster stand ein Tisch, obenauf eine Vase, die darauf wartete, gefüllt zu werden. Natürlich hatte noch niemand Blumen gebracht. Wer auch?

Das Zimmer hatte ein eigenes Bad. Klara öffnete die Tür dazu und sah hinein. Außer der üblichen Badezimmereinrichtung, einer Flasche mit Desinfektionsmittel und einer mit Seife befand sich nichts in dem Raum. Sie hatte keine Sachen für ihre Mutter mitgebracht. Klara war fest davon ausgegangen, dass ihre Mutter nicht länger würde hierbleiben müssen. Jetzt ärgerte sie sich, dass sie nicht vorher in der Klinik angerufen hatte. Sie hätte sich besser vorbereiten können. Nun würde sie noch einmal zurückfahren müssen, um Kleider und Kosmetik zu holen.

Ein schlechtes Gewissen machte sich in ihr breit, weil sie so ungehalten war. Ihre Mutter lag krank hier im Bett, der Situation ausgeliefert. Vielleicht sollte sie gleich fahren und später wiederkommen.

»Hallo?«

Klara erschrak, als sie die Stimme ihrer Mutter hörte, und fuhr ein wenig zu heftig herum, so dass der Stuhl, auf dem sie vorher gesessen hatte, laut scheppernd umfiel.

»Entschuldige, Mama! Wie geht es dir?«

Schnell stellte sie den Stuhl wieder hin und beugte sich über ihre Mutter, um ihr einen Kuss zu geben.

Diese wich ein wenig zurück, lächelte sie aber freundlich fragend an.

»Mama, was ist los? Weißt du, wo wir sind?«

»Nein, es tut mir leid … Ich …«

Sie sah, wie ihre Mutter krampfhaft versuchte sich zu erinnern. Sie kniff die Augen zusammen und sah ihre Tochter an. Sie musterte sie von oben bis unten, blickte ihr ins Gesicht und schien unfähig, das Gesehene einzuordnen.

»Hübsch bist du.«

Klara konnte sich nicht erinnern, wann ihre Mutter ihr das letzte Mal ein Kompliment gemacht hatte. War das überhaupt jemals geschehen?

»Danke!« Sie nahm die Hand ihrer Mutter und betrachtete sie. Womit sollte sie anfangen? Was würde wichtig sein? Sie wünschte sich jemanden, der ihr helfen konnte. Vielleicht Ben? Er hatte einen viel unverkrampfteren Umgang mit ihrer Mutter. Aber Ben war nicht da. Niemand war hier. Nur sie. Und sie war verantwortlich für das, was passiert war.

Gut zwei Stunden lang saß sie an ihrem Bett und versuchte, ihr zu erklären, wer sie war und woher sie kam. Sie hielt sich an Fakten und bemühte sich, auf Emotionales zu verzichten. Ihre Mutter hingegen lag da, hörte zu, sah sie hin und wieder an, manchmal schaute sie aus dem Fenster. Sie stellte kaum eine Frage, nur selten hakte sie nach oder wollte etwas genauer wissen.

Irgendwann ging die Tür auf und eine Schwester trat mit dem Abendessen ein. Dabei war es gerade mal fünf Uhr. Sie stellte das Tablett auf den Tisch, entfernte die Haube vom Teller, und Klaras Blick fiel auf zwei Scheiben Mischbrot, eine Schmelzkäse-Ecke und ein paar Scheiben rosa gefärbte Salami. Daneben lag noch ein Apfel.

»Tee oder Wasser?«, fragte die Schwester, und Klara sah ihrer Mutter an, dass sie darauf keine Antwort wusste.

»Wasser, bitte«, antwortete sie für die Kranke. Sie hatte Tee noch nie gemocht. Höchstens welchen mit frischem Ingwer, aber damit war hier eher nicht zu rechnen.

Ihre Mutter richtete sich auf und schaute Klara erschöpft an. »Können wir morgen weitermachen? Ich bin sehr müde. Vielen Dank, dass du dir so viel Zeit nimmst.«

Klara hatte es bisher vermieden, ihr von dem Unfall zu erzählen. Zumindest, wie es dazu gekommen war. Aber vielleicht war das auch zu viel für den Moment. Eventuell konnte es später die Erinnerung zurückholen, die letzten Minuten, bevor der Wagen aufgeprallt war.

Klara hatte das Gefühl, zu wenig gesagt zu haben, nicht

weit genug gekommen zu sein. Gleichzeitig war sie froh, dass sie noch ein wenig Zeit bekam. Aber vielleicht würde ihre Mutter ja morgen aufwachen und alles wäre von selbst wieder da. Das war doch möglich?

Es war, als läge dort ein anderer Mensch in dem Bett, eine Frau, die aussah wie ihre Mutter, die ihr aber sonst in keiner Weise ähnelte.

»Natürlich, Mama. Ich komme morgen Vormittag wieder. Und ich werde Papa sicher heute Abend erreichen.«

Ihre Mutter streckte müde die Hand nach ihr aus. »Mir geht es gut, wirklich. Es soll sich niemand meinetwegen Umstände machen. Bitte.«

»Das sind keine Umstände. Wirklich nicht. Soll ich dir morgen etwas mitbringen?« Im gleichen Augenblick schämte sie sich für die Frage. Was sollte ihre Mutter denn darauf antworten? Noch bevor sie reagieren konnte, sprach Klara weiter: »Ich bringe dir ein paar Kleider und deinen Kulturbeutel. Vielleicht ein Buch? Oder eine Zeitung?«

»Sehr gern. Danke, liebe Klara.«

Ihr Blick fiel auf das Handy ihrer Mutter, das neben dem Tablett auf dem Tisch lag. Klara griff danach und sah zwei Nummern mit dänischer Vorwahl auf dem Display. Wer rief von hier aus ihre Mutter an?

»Mama, ich bringe dir noch dein Ladekabel mit, oder? Vielleicht meldet sich Papa ja bei dir.«

»Ja, das ist lieb. Aber ich will eigentlich gar nicht telefonieren. Ich erkenne ja auch die Stimmen nicht …«

Sie hatte mit allem gerechnet, nicht aber mit einer solchen Herzlichkeit und Zuwendung. Am liebsten hätte sie ihre Mutter umarmt – das hatte sie lange nicht getan. Aber dann erschien ihr das doch zu viel, und daher streichelte sie ihr über den Kopf und verabschiedete sich mit einem ernst gemeinten Lächeln.

Sie wusste nicht, warum, aber sie fühlte sich auf eine Art erleichtert. Ihrer Mutter ging es besser, als sie erwartet hatte. Und sie versuchte die Frage zu verdrängen, was passieren würde, wenn ihr Gedächtnis nun doch nicht zurückkäme.

Als sie wieder draußen auf dem Gang stand, merkte sie, was für einen Hunger sie hatte. Sie hatte den ganzen Tag nichts Richtiges gegessen.

Bis in den Landevejen würde sie noch eine gute Stunde brauchen, wenn die Fähre und der Bus gleich kämen. Daher beschloss sie, in Esbjerg eine Kleinigkeit essen zu gehen.

Sie fand problemlos nach draußen und verließ schnell das Krankenhausgelände. Sie nahm den Weg durch die Fußgängerzone und war froh über die Ablenkung.

Kurz vor Geschäftsschluss war hier noch einiges los. Vor den Cafés saßen die Leute an der Straße, Kinder rannten umher, rechts und links standen Tische voll mit Waren, die hier angeboten wurden. Zwischen unzähligen Schuh- und Klamottenläden fand sich ein Delikatessengeschäft, an dem sie zuerst fast vorbeigelaufen wäre. Dann drehte sie um, ging hinein und kaufte ein Baguette und etwas Käse, den sie im Supermarkt sicher deutlich günstiger bekommen hätte.

Sie war eine der Letzten, die noch auf die Fähre sprangen. Alle Autos waren bereits abgestellt, und Klara ging hoch auf das Oberdeck. Die Luft war klar und etwas feucht. Es war eigentlich zu kalt, um draußen zu stehen, aber sie hatte keine Lust, sich in die Innenkabine zu setzen, die zwar warm war, wo die Luft aber stand und es nach Motoröl roch. Die Sonne ging gerade unter und der Horizont leuchtete orangerot.

Es war ein fast kitschiger Anblick.

Nachdem sie ihre Tasche auf der alten Holzbank abgestellt hatte, lehnte sie sich gegen die Reling, um möglichst nah über dem Wasser zu sein. Sie zog ihren Parka fest zu und die Kapuze hoch und griff nach ihrem Handy. Zwei Nachrichten und ein Anruf von Johann.

Nachricht 1:
Was sollte das heute Mittag? Warum hast du einfach aufgelegt? Jetzt bist du nicht erreichbar. Ruf mich an, wenn du willst, ich bin da. J.

Nachricht 2, eine Stunde später:
Ich muss jetzt noch mal weg. Keine Ahnung, was mit dir los ist. Wollen wir morgen telefonieren? Kuss, J

Sie atmete einmal tief ein und dann wieder aus. Sie würde es nicht mehr lange vermeiden können, mit ihm zu sprechen. Auch wenn sie kein wirkliches Bedürfnis danach hatte.

Entschuldige, Johann. Alles so weit okay. Meine Mutter und ich hatten einen kleinen Unfall. Sie liegt im Krankenhaus. Aber nicht so schlimm. Ich erzähle dir alles morgen. LG, K.

Sie hoffte, dass er nicht sofort zurückrufen würde. Allerdings würde sie ihm ohnehin sagen müssen, was passiert war.

KAPITEL 7

Butterweich war der Gorgonzola, den sie großzügig, für jeden Bissen einzeln, auf ein abgebrochenes Stück Baguette strich. Sie hatte ihren Parka über das Sofa geworfen, ihre Schuhe standen vor der Küchenzeile, unachtsam hatte sie sie auf dem Weg abgestreift und dort liegen lassen. Niemand war hier, den das aufregen konnte. Niemand, der ihr sagen würde, was richtig und was falsch war.

Es war warm, aber düster in dem kleinen Häuschen. Beim Blick nach draußen sah sie noch ein wenig von der Dämmerung. Exakt der Moment, kurz bevor es richtig dunkel sein würde. Und hier im Dorf wurde es stockfinster, denn die Laternen am Landevejen wurden nach Mitternacht abgestellt.

Klara stand auf und knipste die Lampe an, die auf der Fensterbank stand. Sie hatte noch nie wirklich alleine gewohnt, seit sechs Jahren teilte sie eine Wohnung mit Johann. Sie dachte an ihre fünfundsiebzig Quadratmeter in Ottensen. Was für eine schöne Zeit das gewesen war! Die Wohnung im vierten Stock in der Barner Straße war hell gewesen und von oben hatte man auf die Fabrik gesehen. Sie liebte diese Gegend und sie vermisste ihr kleines türkisches Café, in das sie jeden Morgen gegangen war, um einen Espresso zu trinken. Wie viele Jahre hatte sie dort gewohnt? Sie war eingezogen, nachdem ihre zwei Semester *Erasmus* in Paris geendet hatten. Nach dem winzigen Zimmer in der zugigen Dachwohnung im elften Arrondissement, wo sie in einer WG, in der es außer ihr kaum jemand länger als sechs Monate aushielt, gehaust hatte, kam ihr die Wohnung in Ottensen wie ein großes Paradies vor. Hier wohnte sie zuerst mit Gianni, einem Koch, der, nachdem seine Freundin ihn verlassen hatte, ein Zimmer untervermieten wollte. Es war die erste Anzeige, die sie sah, und einen Tag darauf hatte sie den Mietvertrag in der Hand. Gianni … sie wollte sich unbedingt mal wieder bei ihm melden. Das war jetzt sicher schon ein halbes Jahr her, dass sie ihn das letzte Mal gesehen hatte. Es gab so vieles, was sie vor sich herschob, seit Wochen und Monaten.

Sie stand auf und füllte den Wasserkocher bis oben hin.

Aus dem Schrank über dem Herd nahm sie eine Schachtel mit grünem Tee, entfernte das Zellophanpapier und nahm einen Teebeutel heraus, den sie in einen Becher hängte.

Der Becher sah genauso aus wie einer, den ihre Eltern in ihrer Küche stehen hatten. Aber da konnte sie sich auch täuschen.

Sie setzte sich zurück an den Tisch und blätterte, ohne etwas zu lesen, in einer älteren ›Vogue‹.

Das Wasser begann zu kochen und der Dampf setzte sich bereits als Tropfen an den Fliesen der Wand ab.

Das Geräusch war so laut, dass sie das Klopfen überhörte.

Erst als der Wasserkocher sich abgeschaltet hatte und es ruhiger wurde, merkte sie, dass jemand an die Tür hämmerte. Sie hatte vergessen, Inga die Kiste zurückzubringen. Dabei hatte sie noch nicht einmal wirklich alles durchgesehen. Aber es war das Letzte, worauf sie in diesem Moment Lust hatte. Schnell schmiss sie ihre Strickjacke über den Stuhl und stand nun im leichten Top da, in der Hoffnung, dass es so aussehen könnte, als wäre sie drauf und dran ins Bett zu gehen.

Sie zog noch schnell das Zopfgummi ab und schüttelte einmal ihren Kopf von oben nach unten, dann öffnete sie mit einem schnellen Griff die Tür.

»Hej!« Mads hielt ihr eine Flasche Rotwein direkt unter die Nase. »Ich wollte mal sehen, wie es dir geht! Und deiner Mutter. Ist sie entlassen worden?«

Sie wusste nicht, warum, aber in diesem Moment fiel ihr ein, dass sie ganz vergessen hatte, den ADAC anzurufen, um den Wagen aus dem Graben holen zu lassen. Sicher würde auch etwas repariert werden müssen. Würde es Probleme geben, weil sie den Wagen einfach stehen gelassen hatte?

»Oh, Mist ...«, entfuhr es ihr, ehe sie darüber nachdenken konnte, was sie sagen wollte. »Hallo, Mads! Entschuldige, mir ist gerade das Auto eingefallen ... Nein, meine Mutter ist noch im Krankenhaus. Willst du reinkommen?«

»Deshalb bin ich hier! Wenn es passt? Hast du Gläser?«

Eine wohl nicht ganz ernst gemeinte Frage, auf die sie nicht antworten wollte. War das eine gute Idee?

Mads ging an ihr vorbei, leicht gebückt, um sich nicht den Kopf an den Balken zu stoßen. Er schien sehr geübt darin, und sie dachte unwillkürlich an Johann, der sicher bereits beim Anblick der niedrigen Decken geflucht hätte.

Sie sah ihm hinterher, wie er zum Tisch ging, seinen Mantel über ihren Parka warf und die Flasche Wein abstellte.

Die kalte Luft von draußen zog herein und Klara fröstelte in ihrem ärmellosen Hemdchen.

»Oder wolltest du gerade ins Bett gehen?«

Es hätte also funktioniert, freute sie sich.

»Nein, ich bin noch nicht lange zurück aus der Klinik und habe erst mal was gegessen.«

Sie ging zu der Vitrine neben dem Kamin und holte zwei Weingläser heraus, die sie neben seine Flasche stellte.

»In der zweiten Schublade findest du den Öffner.«

»Okay …« Er lächelte sie an. Gut sah er aus. Ziemlich gut sogar, das hatte sie gestern nicht wahrgenommen und sie wunderte sich über sich selbst.

»Außerdem hast du meine Jacke mitgenommen. Die brauche ich noch.« Das klang nach einer Ausrede, und es war ihm sicher auch bewusst.

»Danke für gestern! Es ging alles so schnell …«

»Ja, aber die Straße ist im Dunkeln auch nicht ohne. Sie sieht so gerade aus, dabei hat sie einige Kurven, und wenn man sich hier nicht auskennt …«

»Ja, mag sein. Ich hatte einen Streit mit meiner Mutter. Ich war abgelenkt. Das hätte nicht passieren dürfen.«

»Wie geht es ihr denn?«

»Es geht so. Ganz gut. Aber sie erinnert sich nicht. Ich meine, nicht nur an den Unfall, sie hat eine Amnesie. Eine vorübergehende, sagt der Arzt.«

»Das tut mir sehr leid …«

Es klang, als würde er noch etwas hinzufügen wollen, aber dann hielt er inne und sagte nichts weiter. Er nahm die Flasche, klemmte sie sich zwischen die Knie und drehte den Öffner in den Korken, nachdem er die Alu-Banderole entfernt hatte. Sie sah ihm zu, sah, wie er sich auf das konzentrierte, was er tat.

Nachdem sie sich auf den Sessel ihm gegenüber gesetzt hatte, reichte er ihr ein Glas, das er halb gefüllt hatte.

»Schön, dich kennenzulernen!«

»Ja, finde ich auch«, antwortete sie und fragte sich, wie das hier wohl von außen aussehen mochte. Sie kannten sich nicht.

Er fragte sie, wo sie herkam, was sie hier machte, wann sie das letzte Mal auf Fanø gewesen sei.

Sie redeten eine ganze Weile und die Ablenkung tat ihr gut. Wie sich herausstellte, kam seine Mutter aus Deutschland. Er war teils in Berlin, teils auf Rømø aufgewachsen, es war ein Hin und Her, das er lange nicht mochte, wie er sagte. Nun lebte er seit ein paar Jahren hier auf der Insel und arbeitete bei seinem Onkel, dem ein großer Fischereibetrieb gehörte.

»Ich bin direkt nach dem Studium in Kopenhagen hierhergekommen. Berlin ist toll, aber eher, um mal eine Woche dort zu verbringen als ein ganzes Leben. Das Meer hat mir immer gefehlt im Winter …«

»Ja, das kann ich mir vorstellen.« Dabei fiel es ihr schwer, sich auszumalen, wie es wohl sein mochte, immer auf der Insel zu sein. Es war einsam, zumindest von Oktober bis März, erst dann kamen Touristen nach Fanø oder die, die auf dem Festland lebten und hier ein Häuschen hatten.

Kein Kino, kein Theater, keine Museen. Würde ihr das fehlen? Sie war sich nicht sicher. So weit war dann alles doch nicht entfernt.

»Möchtest du noch Wein?« Er hielt ihr die Flasche entgegen, und sie reichte ihm ihr Glas, damit er nachschenken konnte.

Er hatte große Hände, sehr männliche Hände. Sie

dachte an die von Johann. Filigran und eher zierlich, lange Finger, schmale Knochen. Als sie die Eheringe ausgesucht hatten, waren alle Modelle zu groß zum Probieren.

Das Klingeln ihres Handys holte sie aus ihren Gedanken, und sie wandte den Blick ab in Richtung Tisch, wo das Telefon lag. Es war ihr Vater, endlich.

»Papa! Wie gut, dass du anrufst! Ich habe es schon so oft bei dir versucht. Ist alles okay? Bist du noch in Heidelberg?«

Klara sah sich nach Mads um und bedeutete ihm mit einer Handbewegung, dass sie den Raum verlassen würde. Sie zog die Tür hinter sich zu und setzte sich auf den kleinen Hocker, der im Flur gleich neben dem Eingang stand.

»Klara, was ist denn los? Du hast ja mindestens zwanzig Mal angerufen. Ich habe es eben erst gesehen. Mein Akku war leer und ich hatte mein Kabel in Hamburg vergessen. Jetzt hab ich endlich ein Neues gekauft. Was ist denn, mein Schatz?«

Die Aufregung der letzten vierundzwanzig Stunden war augenblicklich zurück, und es fiel ihr schwer, ihre Gedanken zu sammeln und in Worte zu fassen.

»Mama liegt im Krankenhaus. Wir hatten einen Unfall … Es geht ihr gut … so weit. Sie hat ein leichtes Schädel-Hirn-Trauma und kann sich an nichts erinnern. Papa, das kommt doch zurück, oder?«

»Klara, ganz ruhig.« Ihm blieb offenbar nicht verborgen, dass ihre Stimme sich überschlug und dass sie nervös war.

»Wo seid ihr? In welchem Krankenhaus liegt sie?«

»Mama liegt in Esbjerg, ich bin im Landevejen …«

Es dauerte den Bruchteil einer Sekunde zu lang, ehe er antwortete.

»Wo? Wo bist du?« Die Stimme ihres Vaters klang mehr als erschrocken, und Klara stand auf, um die Haustür zu öffnen, so dass etwas frische Luft hereinkam. Sie konnte seinen Atem nicht mehr hören.

»Papa? Bist du noch da? Wir sind auf Fanø, das wusstest du doch …«

Wieder ließ er sich Zeit zu reagieren.

»Nein, das wusste ich nicht! Ich bin davon ausgegangen, dass Mama auf Sylt ist. Und sie hat auch nichts davon gesagt, dass du mitfährst …«

Wieso dachte er das? Sie wusste, dass er oft abgelenkt war und ihm in Gesprächen hin und wieder etwas entging. Aber sie konnte sich nicht vorstellen, dass ihre Fahrt mit ihrer Mutter nicht häufiger bei ihnen Thema gewesen war.

Seine Stimme klang nervös und sie stellte sich seinen Gesichtsausdruck vor. Sie hörte, wie er sich am anderen Ende der Leitung eine Zigarette ansteckte und einen langen ersten Zug nahm. Er sagte nichts, nahm einen zweiten Zug und räusperte sich.

»Papa, das musst du falsch verstanden haben. Ihr wolltet doch zuerst alle beide hierherkommen. Und dann konnte Mama nicht umbuchen. Du vergisst doch manchmal solche Sachen …«

Die Tür zum Wohnraum öffnete sich und Mads stand mit seinem Mantel über dem Arm vor ihr. Wieder in der leicht gebeugten Haltung. Er hielt sich den Zeigefinger über die geschlossenen Lippen und zeigte auf einen Zettel, der auf der Arbeitsplatte in der Küche lag. Leise ging er durch die Haustür nach draußen und verschwand im Dunkeln.

»Papa? Sag doch was! Was ist denn bloß los?«

»Hast du eine Telefonnummer von der Station, auf der deine Mutter liegt? Ich rufe da an.«

»Kannst du mir mal antworten? Das ist doch nicht möglich, dass du nicht wusstest, dass wir hierherfahren. Mama muss doch was gesagt haben …«

»Klara, ich weiß nicht, warum ihr auf Fanø seid, aber glaub mir, ich hatte keine Ahnung. Ich kann hier leider morgen nicht abreisen. Ich halte mittags einen Vortrag, und wenn es irgendwie ginge, würde ich ihn absagen. Aber ich komme, sobald ich kann. Am Samstag, in Ordnung?« Er hielt kurz inne. »Mein Schatz, das Gedächtnis deiner Mutter wird zurückkehren. Sicher. Kommst du klar? Soll ich Benjamin anrufen?«

»Das habe ich schon versucht. Ich probiere es gleich noch mal.« Sie hörte Stimmen im Hintergrund, es war aber nicht zu verstehen, was gesagt wurde.

»Tut mir leid«, sagte ihr Vater in geschäftsmäßigem Ton, »ich muss auflegen. Bitte. Wir haben gleich noch eine Podiumsdiskussion. Mach dir nicht so viele Sorgen, ja? Alles wird gut. Ich rufe in der Klinik an und melde mich, wenn es etwas Neues gibt. Übermorgen Abend bin ich da! Versprochen. Dann reden wir ganz in Ruhe. Tschüss, Klara.«

Er legte auf, ehe sie sich verabschieden konnte.

Es fiel ihr schwer, einen klaren Gedanken zu fassen. Warum hatte ihr Vater nicht gewusst, dass sie hier waren? Warum sollte ihre Mutter ihm das verschwiegen haben? Es wäre doch früher oder später ohnehin herausgekommen.

Sie ging zurück zu ihrem Sessel und leerte ihr Glas Rotwein in einem Zug, um sich dann den letzten Rest aus der Flasche einzuschenken.

Wieder wählte sie Bens Mobilnummer und war froh, gleich seine Stimme zu hören.

»Schwesterchen! Du bist aber hartnäckig! Was ist los? Oder vermisst du mich so sehr?«

»Ben? Kannst du herkommen? Bitte!« Sie wollte es nicht, aber nun begann sie doch zu weinen.

»Klara? Was ist passiert? Beruhige dich doch. Ich kann hier gerade nicht weg. Nina ist nicht da und ich bin mit Linus allein …«

»Mama und ich hatten einen Unfall …«

»Was? Wieso? Mama ist doch auf Sylt. Bist du mitgefahren? Geht es euch gut?«

»Warum glaubt ihr alle, dass Mama allein auf Sylt ist?« Ihre Stimme klang hysterisch, das wusste sie.

»Wo seid ihr denn? Mama hat gesagt, dass sie nach Sylt fährt. Das wollte sie schon so lange mal machen …«

»Bitte, was? Sie hat mich doch erst vor ein paar Tagen gefragt, ob wir zusammen nach Fanø fahren …«

Es ergab alles keinen Sinn. Hatte ihre Mutter denn ernsthaft geglaubt, sie würde weder mit Ben noch mit ihrem Vater sprechen? Aber es sah ganz so aus, als ob ihre Mutter das wirklich angenommen hätte. Ihr Vater war nicht da, und Ben und sie telefonierten nur alle paar Wochen mal, wenn überhaupt. Aber warum?

»Das verstehe ich nicht. Vielleicht gab es ein Problem mit dem Haus auf Sylt und Mama hat spontan umgebucht.«

Ihr Bruder dachte pragmatisch. Wie immer. Nicht zu viel überlegen, keine Fragen stellen, dann gab es auch keinen Ärger.

»Ben, Mama liegt im Krankenhaus.«

Klara erzählte ihm von dem Streit, vom Regen, von Mads, von dem Telefonat mit ihrem Vater.

»Sie war so anders heute Nachmittag. Sie hat fast nichts gesagt, aber die Art und Weise, wie sie gesprochen hat, klang so ungewohnt und fremd.«

»Schwesterchen, was machst du nur für Sachen! Oh Mann. Ich könnte morgen Abend bei dir sein. Nina kommt gegen Mittag aus der Schule zurück. Ich denke, ich kann das Wochenende bleiben. Linus lass ich aber besser hier, oder?«

»Mach, wie du kannst. Ist wahrscheinlich besser, ja! Papa kommt Samstagabend.«

Der Rotwein machte sich bemerkbar und ihre Beine wurden ein bisschen schwer. Sie legte sie auf das Sofa, auf die Stelle, wo Mads vorher gesessen hatte.

»Ben? Ich rufe dich morgen an, wenn ich bei Mama bin und weiß, wie es ihr geht, okay? Vielleicht ist dann ja schon alles wieder gut.«

»So machen wir das. Nicht weinen, Klara. Es ist nicht deine Schuld.«

Sie wusste, er meinte es nur gut. Aber es half nicht wirklich. Sie stand auf und ging zu dem kleinen Zettel, den Mads liegen gelassen hatte.

Ich fahre morgen Vormittag nach Esbjerg. Wenn du willst, nehme ich dich im Auto mit und hole dich gegen 10 ab. Schreib mir eine SMS und gib mir Bescheid.
Es war ein schöner Abend.
Gute Nacht, schlaf schön. Mads

Es war schön, seine Worte zu lesen. Dennoch war sie nicht in der Lage, sie länger auf sich wirken zu lassen. Schnell schrieb sie eine kurze Antwort, ehe sie nach oben in ihr Zimmer ging.

Danke, Mads, ich komme gerne mit. Schlaf auch gut. K.

KAPITEL 8

Sie wachte mehrfach in der Nacht auf. Der Mond schien hell in ihr Zimmer, und der kleine weiße Vorhang war zu schmal, als dass er die Scheibe komplett bedecken konnte. Das alte Holz gab hin und wieder ein lautes Knarzen von sich, und jedes Mal erschrak sie aufs Neue.

Sie träumte wild durcheinander, ohne sagen zu können, was.

Als es endlich hell wurde, hatte sie das Gefühl, keine drei Stunden geschlafen zu haben.

Nachdem sie geduscht hatte, ging es ihr besser. Ihre Haare waren noch nass und kleine Tropfen rollten ihr den Nacken hinunter in ihre Bluse, die sie frisch aus ihrer Tasche gezogen hatte und an den letzten Sommer in Frankreich erinnerte, wo sie sie auf einem Markt gekauft hatte. Da war sie sich noch sicher gewesen, dass sich mit Johann alles wieder einrenken würde. Dass es genug Gemeinsamkeiten gab für ein weiteres Zusammensein. Aber vielleicht hatte sie das auch nur glauben wollen. Und wollte sie das nicht auch immer noch?

Es war acht Uhr und gut möglich, dass Johann sich in der nächsten Stunde melden würde. Sie versuchte nicht weiter darüber nachzudenken und ging zurück ins Bad.

Schnell schlüpfte sie in ihre grauen Jeans und zog den alten braunen Ledergürtel, den sie seit mindestens fünfzehn Jahren besaß, fest zu. Die Bluse stopfte sie oben in den Bund. Dann nahm sie ein kleines Handtuch von der

Halterung neben dem Badezimmerspiegel und band es sich wie einen Turban um den Kopf. Zum Föhnen hatte sie keine Lust. Es würde auch so gehen.

Es war noch ein kleines Stück Baguette vom Abend da, und auch einen Rest Gorgonzola fand sie im Kühlschrank.

Dabei waren noch so viele andere Dinge darin, die ihre Mutter aus Hamburg mitgebracht hatte. Wer sollte das um alles in der Welt essen? Sie drehte ein paar Packungen um, Foie gras, Thunfischsalat, Trüffelbutter. Ihre Mutter aß doch kaum etwas. Hatte sie angenommen, dass Klara dieses ganze Chichi brauchte? Sie stellte alles wieder zurück, griff nach der Himbeermarmelade und trug die Sachen nach draußen in den Garten.

Es war deutlich wärmer als die letzten Tage, und das, obwohl es noch so früh am Morgen war.

Mit einem Mal schreckte sie zusammen. Es war Freitag. Sie hatte Johann gesagt, dass sie morgen zurückkommen würde. War das überhaupt machbar? Und noch viel wichtiger, war das Haus überhaupt noch länger frei? Sie sprang auf und suchte nach den Unterlagen, die ihre Mutter am ersten Tag von der Vermittlung bekommen hatte. Sie fand sie in der Kommode im Flur. Das Büro öffnete erst um neun, so lange würde sie sich gedulden müssen. Sie schrieb sich die Telefonnummer auf einen kleinen Block, der obenauf lag, riss den Zettel ab und steckte ihn in ihre Hosentasche. Sie hoffte, dass ihre Mutter heute entlassen werden würde. Aber große Hoffnung hatte sie nicht.

Ihr Handy klingelte. Es lag noch oben in ihrem Zimmer auf dem Nachttisch, und sie musste sich beeilen, bevor die Voicemail ansprang. Sie schaffte es gerade noch, hatte aber keine Gelegenheit mehr zu sehen, wer es war, der da anrief.

»Klara, endlich!« Johanns Stimme klang so vertraut und doch sehr weit weg. »Was machst du für Sachen, sag mal? Geht es dir gut? Und was ist mit deiner Mutter?«

Sie setzte sich aufs Bett und versuchte geräuschlos tief einzuatmen. So knapp wie möglich erzählte sie ihm, was passiert war. Sie wusste, dass sie alles ein wenig verharmloste in ihrer Beschreibung, dabei konnte sie noch nicht einmal sagen, warum sie es tat.

»Jo, ich weiß nicht, ob ich morgen zurückkommen kann. Wenn meine Mutter sich noch etwas ausruhen muss und doch ein paar Tage länger in der Klinik bleiben soll, kann ich sie hier nicht allein lassen. Mein Vater kommt ja erst morgen Abend.«

»Und was ist mit Ben?«

»Du weißt doch, wie Ben ist. Klar kommt der. Aber der Unfall ist mir passiert, und nicht ihm. Verstehst du nicht, dass ich mich verantwortlich fühle? Ich will mich jetzt wirklich nicht mit dir streiten.«

»Ich auch nicht.« Es entstand eine kurze Pause und Klara hörte, dass im Hintergrund jemand sprach. Es klang nach Radio. »Es tut mir leid, was passiert ist. Ich habe uns für nächste Woche Opernkarten besorgt, meinst du, du bist bis dahin zurück?«

»Du hast Karten für uns besorgt?«

»Ludwig hat sie geschenkt bekommen, und weil er selber nicht kann, hat er sie mir gegeben. Ich habe ihm von unserem Streit erzählt, und er dachte, er tut uns damit etwas Gutes. Die Premiere für ›Die Entführung aus dem Serail‹.«

»Du erzählst deinem Chef von unserem Streit? Und seit wann magst du denn Opern? Hör mal, du wirst schon jemand anderen finden, der da mit dir hingeht. Notfalls kannst du die Karten sicher auch verkaufen.« Sie wusste, dass sie ungerecht reagierte. Dennoch ärgerte sie sich über sein Verhalten. Sie hörte, wie bei ihm etwas klirrend auf den Boden fiel.

»Verdammte Scheiße!«, schimpfte er ins Telefon, und sie war sich im ersten Moment nicht sicher, ob er sie damit gemeint hatte. Sie holte tief Luft.

»Warte mal kurz, meine Kaffeetasse …« Er schnaubte, hörbar genervt.

»Jo, ich habe wirklich gerade andere Probleme, als mit dir in die Oper zu gehen. Wir müssen reden. Und ich möchte, dass wir das tun, sobald ich zurück bin. Ich hoffe sehr, dass es meiner Mutter schnell wieder so gut geht, dass sie entlassen wird und wir nach Hamburg fahren können. Aber ich wäre dir wirklich dankbar, wenn du es einmal schaffen könntest, nicht als Erstes an dich zu denken.«

Wieder antwortete er nicht sofort. »Klara! Ich weiß nicht, was du jetzt von mir erwartest. Gib mir bitte Bescheid, wenn du absehen kannst, wann du wieder zurück bist. Wahrscheinlich wärst du besser überhaupt nicht gefahren. Dann hätten wir schon längst reden können. Aber so wichtig scheint dir das ja auch nicht zu sein.«

»Sag mal, spinnst du? Ich lege jetzt auf und melde mich, sobald ich weiß, wie es hier weitergeht. Tschüss.«

Sie wartete nicht auf seine Antwort und steckte das Handy, nachdem sie aufgelegt hatte, an das Ladekabel.

Um sich zu beruhigen, ging sie durchs Haus und räumte auf, was herumlag. Sie machte ihr Bett und schüttelte dabei die Decke so heftig aus, dass sie damit die Lampe vom Nachttisch riss. Was, wenn sie hier morgen früh rausmusste? Vielleicht könnte sie Inga um Rat fragen. Allerdings bestand die Gefahr, dass sie dann eingeladen würde, bei ihr zu wohnen. Und das Chaos da drüben und eine ohne Punkt und Komma quatschende Inga waren jetzt nicht das Richtige, da war sie sich sicher. Ihr fiel das Hotel in Esbjerg neben der Klinik ein. Aber schon bei dem Gedanken daran erschauderte sie.

Die Tasche für ihre Mutter war gepackt. Den Kulturbeutel hatte sie, ohne hineinzusehen, obenauf gelegt. Ein Nachthemd, der Bademantel, Wollsocken, eine Strickjacke, Unterwäsche. Was würde ihre Mutter sonst noch gebrauchen können?

Sie griff nach Siri Hustvedt und einer ›Brigitte‹, die neben dem Bett lag. Eine Tageszeitung würde sie am Hafen beim Kiosk kaufen können. Sie dachte an die rosa Salami und das Brot, dessen Kanten sich schon leicht nach oben gewölbt hatten. Noch hatte sie ein wenig Zeit, bis Mads kommen und sie abholen würde.

So kam die Foie gras doch noch zum Einsatz. Sie bestrich damit ein Stück Baguette. In eine Tupperdose füllte sie die Weintrauben, die bisher noch keiner von ihnen angerührt hatte. Sie dachte an ihre Mutter, die früher immer ihrem Vater, als er noch in der Zahnklinik gearbeitet hatte, am Vorabend Brote schmierte, die sie zuerst in Alufolie verpackte und dann in zweifarbigen Brotdosen verstaute.

Das war lange her. Seit ihr Vater seine eigene Praxis in Eppendorf hatte, ging er mittags essen. Sie fragte sich, ob ihre Eltern sich wohl manchmal zum Lunch trafen. So weit war der Laden ihrer Mutter nicht von der Praxis entfernt. Aber gesprochen hatten sie darüber noch nie.

Klara hörte, wie ein Auto in den Vorgarten fuhr. Ihrer

Mutter würde das gar nicht gefallen, und sie konnte sich ihre Reaktion genau vorstellen. Ein Vorwurf war das Mindeste, womit sie zu rechnen hätte, auch wenn nicht sie es war, die den Wagen auf dem schönen Rasen abgestellt hatte. Aber ihre Mutter war nicht hier.

Bevor Mads klopfen konnte, verließ sie das Haus. Sie tastete von außen nach dem Zettel mit der Nummer des Vermietungsbüros und spürte es unter ihren Fingern knistern. Er lehnte an der Beifahrertür und tippte etwas in sein Handy. Als er sie sah, blickte er auf und lachte sie fröhlich an.

»Hej! Hast du gut geschlafen? Ich hoffe, du hast den Rotwein noch geleert?«

»Hab ich«, gab sie zu und warf sich die Reisetasche für ihre Mutter über die Schulter, die ihr aber sogleich abgenommen und im Kofferraum verstaut wurde.

Nachdem er die Heckklappe geschlossen hatte, strich er sich mit einer Hand die Haare nach hinten und sah sie über das Autodach hinweg an.

»Es tut mir leid, dass ich gestern so schnell abgehauen bin. Aber ich wollte dich bei deinen Familienangelegenheiten nicht stören.« Er sah aus wie ein kleiner Schuljunge, der versuchte sich für sein Schwänzen zu entschuldigen.

»Aber du hast doch nicht gestört! Ich hab mich total gefreut, dass du gekommen bist. Was machst du heute eigentlich in Esbjerg?«

»Ich habe einen Termin mit einem Partner aus den Niederlanden. Er war vorher in Oslo und hat nun noch ein paar Tage hier zu tun. Gut für mich, dann habe ich es nicht so weit.«

»Bist du denn viel unterwegs?«

»Mal mehr, mal weniger … He, in drei Wochen bin ich

zu einem Seminar in Hamburg eingeladen. Wenn du dann nicht mehr hier bist, könnten wir uns treffen!« Er lächelte sie an.

»Na, das will ich doch hoffen, dass ich dann nicht mehr hier bin.« Sie merkte, dass das nicht besonders nett klang, hoffte aber, dass er verstanden hatte, wie es gemeint war.

»Sag mal, soll ich deinen Wagen endlich mal abholen lassen? Ein Freund meines Onkels hat eine Werkstatt. Ich dachte, bevor die Polizei sich meldet, ist das besser. Ich wollte dich gestern Abend schon fragen … Wenn du willst, kannst du mir den Schlüssel geben. Hier …«

Er reichte ihr eine Visitenkarte.

»Das ist die Nummer und die Adresse, die Werkstatt ist in Rindby, das Finanzielle kannst du dann direkt mit ihm klären. Ich hoffe, das Abschleppen kostet kein Vermögen. Aber soweit ich weiß, ist der ADAC auch nicht gerade billig, wenn du kein Mitglied bist.«

Sie wusste nicht, was sie sagen sollte. Sie war es nicht gewohnt, dass man ihr Dinge einfach abnahm, dass jemand mitdachte.

»Ich werde mich bei dir revanchieren müssen. Darum kommst du nicht herum. Gehst du gerne essen?«

»Ich liebe Essen.« Das sah man ihm nicht an. »Fahren wir?«

»Sehr gerne! Danke, Mads.«

Auf der Fahrt nach Nordby erzählte er ihr von seiner Arbeit. In Kopenhagen hatte er Fischerei und Aquakultur studiert. Und nun half er, die Entwicklung neuer Nutztierarten zu verbessern, kein Thema, bei dem sie sich auskannte, aber das schien er auch nicht zu erwarten.

Sie hörte ihm interessiert zu und war verwundert, als sie plötzlich und unerwartet auf die Fähre fuhren.

Es war ein klarer heller Tag und der Wind war sommerlich warm. Sie blieben unten, wo die Autos parkten, und machten sich nicht die Mühe, für die kurze Überfahrt an Deck zu gehen. Das laute Brummen der Motoren und die Wellen, die durch die Zugkraft der Fähre entstanden und gegen den Bug schlugen, waren ihr mittlerweile so vertraut, dass sie das alles kaum noch wahrnahm.

»Es kann sein, dass ich aus dem Haus am Landevejen raus muss. Es ist nur bis morgen gemietet, und wenn es danach nicht mehr frei ist, brauche ich etwas Neues. Hast du eine Idee? Muss auch kein Haus sein.«

»Du könntest natürlich in den *Kro,* da gibt es schöne Zimmer und das Restaurant ist fantastisch.« Er lächelte, als er das sagte, und hatte einen freudigen Ausdruck im Gesicht. »Ist allerdings auch ziemlich teuer, und ich denke mal, dass du nicht viel dort sein wirst, um es richtig genießen zu können. Willst du nicht lieber nach Esbjerg? Dann musst du nicht immer auf die Insel zurück.«

»Ja, das wäre sicher praktischer. Aber da kenne ich niemanden und schöner finde ich es auf Fanø.«

Ihr wurde klar, dass sie auch dort kaum jemanden kannte, eigentlich nur ihn. Aber das sollte und durfte wohl kein Grund sein, auf der Insel zu bleiben. Oder doch?

Er hatte sich ein wenig seitwärts auf seinen Sitz gesetzt und hielt mit der linken Hand das Lenkrad fest. Nachdenklich sah er sie an.

»Mein Onkel hat eine Bekannte, die eine Pension in Nordby betreibt. Nichts Besonderes, aber ganz nett. Sie liegt nah am Strand, gleich hinter den Dünen. Wenn du wegen dem Haus am Landevejen Bescheid weißt, sag mir, ob ich da anrufen soll. Sie hat sicher noch ein Zimmer.«

Die Fähre legte an, und wenig später bog Mads in die Straße ein, in der sich das Krankenhaus befand.

»Ich setze dich vorne an der Ecke ab, in Ordnung?«

»Klar, kein Problem. Sehen wir uns wieder?«

»Wann immer du willst!« Er strahlte sie an, und sie freute sich mehr darüber, als sie es sich eingestehen wollte.

»Heute Abend kommt mein Bruder. Ich rufe dich an. Danke noch mal.«

Sie schlug die Beifahrertür zu und drehte sich um, aber da wendete Mads bereits den Wagen und konnte sie nicht mehr sehen.

Mit der Tasche für ihre Mutter ging sie schnell und zielstrebig durch die Eingangshalle der Klinik, ohne sich anzumelden oder jemandem Beachtung zu schenken.

Den Geruch von Desinfektionsmitteln und das Klappern der Teewagen, die durch die Gänge geschoben wurden, nahm sie nicht mehr wahr.

Sie zögerte einen Moment, bevor sie die Klinke zum Zimmer mit der Nummer 48 herunterdrückte, und atmete einmal tief ein. Vielleicht war ja alles wieder beim Alten.

Wenn ja, würde sie ihre Mutter direkt fragen können, warum Ben und ihr Vater dachten, dass sie auf Sylt sei.

Was war der Grund für diese Lüge?

»Guten Morgen, Mama.«

Sie hatte die Zeitung vergessen und ärgerte sich sofort über sich selbst. Aber eventuell konnte man hier im Krankenhaus eine kaufen. Wobei es unwahrscheinlich war, dass sie hier deutsche hatten.

»Guten Morgen, Klara. Wie geht es dir?« Ihre Mutter sah sie gut gelaunt an und wirkte in ihrem Bett völlig deplatziert.

»Wie geht es *dir?* Hast du gut geschlafen? Und war Doktor Petersen schon hier? Gibt es etwas Neues?« Sie überging die Frage ihrer Mutter und spürte Nervosität in sich aufsteigen, weil sie nicht wusste, was heute auf sie zukommen würde.

»Bisher war nur eine Schwester da und ich habe Frühstück bekommen. Klara, wie lange sind wir schon hier im Urlaub?«

Bevor sie antwortete, zog sie ihren Parka und die Strickjacke aus und legte beides über das Fußende des Bettes ihrer Mutter. Sie schob den Stuhl, der gestern noch an der Fensterseite gestanden hatte, näher zu sich heran und setzte sich.

»Wir sind am letzten Sonntag gekommen. Heute ist Freitag.«

War das Information genug? Sie wusste nicht, was ihre Mutter einordnen konnte und was nicht, befürchtete aber, dass es weniger war, als sie hoffen konnte.

»Ich habe mich im Spiegel gesehen. Ich kenne mich nicht. Klara … « Ihre Stimme brach ab, und Klara hatte keine Vorstellung davon, was gerade im Kopf ihrer Mutter vorging.

Es hatte Situationen in ihrem Leben gegeben, in denen sie sich gewünscht hatte, dass etwas passieren würde, das alles auf den Kopf stellte. Dass ihre Mutter zur Einsicht käme, sich mit ihr auseinandersetzen und Fragen beantworten würde, Fragen, die sie schon lange mit sich herumtrug. Sie war ihrer Mutter so nah, andererseits kannte sie niemanden so wenig wie sie. Es gab keinen Menschen, der sie so sehr verletzen konnte, der genau wusste, was er sagen musste, um sie zu verärgern oder zu provozieren. Und es gab niemanden, bei dem sie immer wieder in eine

Rolle gezwungen wurde, aus der sie sich längst hatte befreien wollen.

Die Tür ging auf, und die Geräusche, die vom Gang draußen kamen, rissen sie aus ihren Gedanken.

Doktor Petersen und eine Ärztin betraten den Raum, es herrschte eine gewisse Hektik, aber vielleicht kam ihr das auch nur so vor.

»Guten Morgen. Dürften wir Sie bitten, uns kurz mit Ihrer Mutter allein zu lassen? Bitte, warten Sie draußen, ich möchte Sie gleich noch sprechen.«

Er sah ernst aus. Er schaute sie freundlich an, aber etwas in seinem Blick sagte ihr, dass irgendetwas nicht stimmte.

Ohne ein Wort erhob sie sich von ihrem Stuhl, nahm die Hand ihrer Mutter, die sie einmal kurz, aber fest drückte, und wandte sich zum Gehen.

Es dauerte eine ganze Weile, bis Doktor Petersen und seine Kollegin wieder herauskamen.

Nachdem sie die Tür hinter sich geschlossen hatten, verabschiedeten sich die beiden kurz voneinander. Die Ärztin nickte Klara freundlich zu und verschwand sogleich im Nebenzimmer.

»Frau Voss …« Doktor Petersen räusperte sich und steckte den Kugelschreiber, den er in der Hand hielt, in die Tasche seines Kittels, ohne dabei den Blick von ihr abzuwenden.

»Ich habe leider keine sehr guten Nachrichten. Es war gestern nur eine Vermutung, aber wir haben nun ein umfassendes Blutbild erstellen lassen, und es besteht kein Zweifel daran, dass Ihre Mutter an einer chronischen lymphatischen Leukämie leidet. Ich gehe davon aus, dass sie davon bisher nichts wusste und es sich hier um einen Zufallsbefund handelt. Mit Sicherheit können wir das aber erst sagen, wenn die Amnesie nachlässt. Was das betrifft, bin ich sehr zuversichtlich. Ihrer Mutter geht es gut. Das Ergebnis des CT steht noch aus, wird das aber sicher bestätigen.«

Sie fühlte sich, als hätte ihr jemand einen Schlag ins Gesicht versetzt. Wie gelähmt und unfähig, Worte zu finden, sah sie sich um, wusste aber nicht, wonach sie suchte.

Doktor Petersen zählte eine Reihe von Behandlungsmöglichkeiten auf und stellte Fragen zum aktuellen Gesundheitszustand ihrer Mutter, die sie jedoch kaum beantworten konnte.

»Ihre Mutter befindet sich in einem Anfangsstadium. Sie hat keinerlei Beschwerden. Sie wird damit noch lange leben können …«

Was bedeutete »lange«? Würde sie sich an irgendwelche Prognosen halten? Klara wusste viel zu wenig und verstand nur einen Bruchteil von dem, was Doktor Petersen ihr versuchte verständlich zu machen.

»Weiß meine Mutter …?«

»Nein, ich habe bisher nicht mit ihr darüber gesprochen. Aus meiner Sicht wäre es besser, damit noch zu warten. Es ist wichtig, dass Ihre Mutter regeneriert. Sie braucht Ruhe und vertraute Menschen, die mit ihr sprechen. Wir sollten uns im Augenblick darauf konzentrieren. Es wird nicht allzu lange dauern. Glauben Sie mir.«

Klara wusste nicht, was sie glauben sollte und was nicht. Wie sollte sie mit dem eben erlangten Wissen vor ihre Mutter treten? Sie wünschte sich, ihr Vater würde eher kommen.

Doktor Petersen verabschiedete sich, und sie stand

allein vor dem Zimmer, in dem ihre Mutter lag, ahnungslos, in jeder Hinsicht. Sie hatte das Gefühl, als hätte ihr jemand den Boden unter den Füßen weggerissen. Hilflos und wackelig stand sie da, in dem Flur mit seinen kahlen Wänden, die so trostlos aussahen. Sie musste zurück zu ihrer Mutter, und es war niemand da, der sie begleiten konnte.

»Mama, ich habe dir etwas zu essen mitgebracht. Hast du Hunger?« Sie versuchte so normal wie möglich zu klingen.

»Frische dänische Brötchen mit Foie gras. Das Krankenhausessen schmeckt doch sicher nicht besonders gut, oder? Weintrauben habe ich auch noch dabei.«

»Danke, Klara, das ist lieb von dir. War wirklich nicht sehr lecker. Gib mal her.« Sie lachte und wirkte auf einmal so fröhlich und unbeschwert, dass es Klara irritierte.

»Erzählst du mir von dir?« Ihre Mutter sah sie erwartungsvoll an. Ja, das war vermutlich das Beste.

Ihre Mutter unterbrach sie hin und wieder. Manchmal stockte sie, weil ihr nicht klar war, wie viel sie bereit war preiszugeben. Es gab einiges, was ihre Mutter nicht von ihr wusste. Wollte sie das ändern? Sie erzählte von Ben, von der Hochzeit mit Nina, vom Verlag und ihrer Arbeit, von Johann. Es fiel ihr schwer, in diesem Fall nicht wertend zu klingen, aber sie wollte vermeiden, dass ihre Mutter sich Sorgen machte oder Fragen stellte, die sie sich selbst nicht würde beantworten können.

Die Zeit verging schneller, als sie es anfangs angenommen hatte.

Das Mittagessen, das für ihre Mutter in der Zwischenzeit gebracht wurde, stand unberührt und nun sicher kalt auf dem Rollwagen neben ihrem Bett. Nicht einmal den Deckel hatten sie abgehoben, um zu sehen, was es war.

Mit einem Mal dachte sie an die Ferienhausvermittlung und daran, dass sie dort ja dringend anrufen musste.

»Mama, ich muss langsam los. Vielleicht kann ich das Haus am Landevejen verlängern, wenn nicht, muss ich etwas anderes suchen ...«

»Kannst du dir denn noch freinehmen? Ich will nicht, dass du wegen mir Schwierigkeiten bekommst.«

»Mach dir keine Gedanken. Das Wochenende bleibe ich auf jeden Fall. Und dann sehen wir weiter. Heute Abend kommt Ben. Ich weiß nicht, wann, aber vielleicht schauen wir noch mal zusammen bei dir vorbei, ja?«

Sie legte die Kleidungsstücke, die sie für ihre Mutter eingepackt hatte, in den Schrank und reichte ihr das Nachthemd und den Bademantel. Siri Hustvedt legte sie auf die Fensterbank.

»So viel hast du noch nicht gelesen. Es macht also nichts, wenn du von vorne anfangen musst.«

Ihre Mutter lachte und Klara freute sich, dass sie den Scherz nicht falsch verstanden hatte. Sie drückte ihrer Mutter einen Kuss auf die Wange, nahm ihre Sachen und wandte sich zum Gehen.

Auf dem Weg zum Ausgang nahm sie ihr Handy aus der Tasche und sah, dass Ben versucht hatte sie anzurufen. Eine Nachricht hatte er auch geschrieben.

Hallo, Klara, ich fahre gegen 16 Uhr los. Habe jetzt ein Hotel für Papa und mich in Esbjerg gebucht. Gibt es schon was Neues? Muss noch das Auto bei Simon abholen. Wir sehen uns heute Abend. Kuss, Ben

Wie lange würde Ben wohl brauchen? Sie rechnete rückwärts und vermutete, dass er vor halb neun nicht bei ihr sein würde. Jetzt war es vier.

Dass sich Ben um eine Übernachtungsmöglichkeit gekümmert hatte, wunderte sie. Sollte sie ihn nach dem Hotel fragen? Vielleicht würde auch sie ein Zimmer brauchen.

Sie holte den Zettel des Vermietungsbüros hervor und wählte die Nummer, die sie sich vorher notiert hatte.

Eine freundliche Dame teilte ihr mit, dass das Haus am nächsten Morgen um zehn Uhr geräumt sein müsse, da dann die Servicekräfte kämen, um alles für die neuen Mieter herzurichten.

Sie musste sofort zurück, um zu packen. Viel Zeit blieb ihr nicht.

Der Wind blies ihr so heftig ins Gesicht, dass sie die Augen schließen musste, als sie das Krankenhaus verließ. Sie nahm den direkten Weg zum Hafen, ohne darauf zu achten, was rechts und links von ihr geschah. Das bunte Treiben auf der Straße nahm sie genauso wenig wahr wie den Fischmarkt, der unten am Wasser, vor den alten Lagerhallen, aufgebaut war und den scheinbar halb Esbjerg gerade besuchte. Sie drängte sich an den Leuten vorbei, den Blick zu Boden gerichtet, versunken in ihre Gedanken und Fragen, auf die sie keine Antwort wusste.

Das Haus am Landevejen war so klein, dass es fast wie eine Puppenstube wirkte. Auf einmal fühlte sie sich wohl hier. Es hatte etwas Vertrautes, etwas, das sie kannte, auch wenn es bisher so oft von negativen Gefühlen besetzt gewesen war. Sie empfand die Nähe zu ihrer Mutter, zu ihrer Familie, und die Einsamkeit, die sie noch draußen auf der Straße verspürt hatte, ließ hier ein wenig nach.

Fast mechanisch machte sie sich daran, alles zusammenzusuchen, was ihnen gehörte. Sie rollte die Matratze und die Decke ihrer Mutter zusammen und band beides mit einem Gürtel fest, so dass sich die Rolle nicht mehr lösen konnte. Im Schrank fand sie die grauen Müllbeutel, die ihre Mutter für den Transport verwendet hatte. Im Kopf ging sie eine Liste mit Dingen durch, die noch zu erledigen waren. Das Auto. Wie sollte sie das alles ohne Auto hier wegschaffen? Und wohin?

Sie rannte nach unten und wählte die Nummer von Mads, der hörbar erfreut gleich am Apparat war.

»Na? Alles gut? Wie geht es deiner Mutter?«

»Leider nicht so gut. Bist du schon wieder zurück? Oder bist du noch in Esbjerg?«

»Nein, ich bin hier. Brauchst du etwas?«

»Gib mir doch bitte die Nummer von der Pension, die du heute erwähnt hast. Ich muss hier leider raus … morgen früh.«

Mit einem Mal war ihr klar, dass sie auf Fanø bleiben wollte.

»Ja, sicher. Soll ich da anrufen? Dein Auto ist in der Werkstatt und müsste auch schon fertig sein.«

»Danke, Mads. Das ist toll. Ich hole es nachher ab, ich muss noch mal rüber aufs Festland. Mein Bruder kommt heute Abend und wir wollen zusammen in die Klinik.«

Sie hörte seine Schritte am anderen Ende der Leitung.

»Ich melde mich, sobald ich weiß, ob das mit dem Zimmer klargeht. Soll ich gleich zwei Zimmer anfragen? Auch eins für deinen Bruder?«

»Danke, er hat sich schon selbst um etwas gekümmert. Aber jetzt schulde ich dir mehr als ein Essen.«

Sie legte auf und fragte sich einen kurzen Moment, ob

er sich darüber wunderte, warum sie nicht in das gleiche Hotel wie Ben wollte. Dann ging sie zurück nach oben, um die restlichen Sachen ihrer Mutter einzupacken. Mit ihren eigenen würde es schnell gehen. In Ermangelung eines Schrankes in ihrem Zimmer lag noch alles zusammengepackt in der Tasche. Nur die Tüte mit den schmutzigen Klamotten würde sie noch hineinstopfen müssen.

Ihr Handy klingelte, und sie sah auf dem Display, dass es Ben war.

»Klara? Es tut mir so leid. Das Auto von Simon springt nicht an. Ich habe schon Fritz gefragt, und er leiht mir seines … aber erst morgen früh. Ich mache mich dann gleich auf den Weg und bin um zehn Uhr da, versprochen! Aber wenn ich jetzt noch mit der Bahn losfahre, wird das verdammt spät …«

»Mensch, Ben. Scheiße. Warum kauft ihr euch nicht endlich mal ein eigenes Auto? Weißt du eigentlich, was hier los ist? Entschuldige, du kannst ja nichts dafür. Aber ich hätte dich so gebraucht heute. Es gibt leider keine guten Neuigkeiten.«

Sie erzählte Ben, was Doktor Petersen gesagt hatte, und hörte, wie ihr Bruder am anderen Ende schwer ein- und ausatmete. Klara konnte nur erahnen, was jetzt in seinem Kopf vorging. Es dauerte eine Weile, bis er etwas sagte.

»Weiß Papa davon? Hast du noch mal mit ihm gesprochen?«

»Nein, hab ich nicht. Das war gestern so komisch mit ihm am Telefon. Er war ziemlich kurz angebunden. Ich glaube, es ist besser, wir reden morgen Abend gemeinsam mit ihm. Ja, Ben?«

»Okay, machen wir. Oh Mann. Wir sollten uns jetzt nicht verrückt machen. Aber das ist leichter gesagt als getan.«

Seine Stimme klang deutlich belegt.

Ob es wohl möglich war, schon an diesem Abend in die Pension zu ziehen? Jetzt hatte sie Zeit, und am kommenden Tag würde es schwierig werden.

Sie hörte ein Klopfen unten und rannte so schnell die Treppe hinunter, dass sie fast auf dem glatten Holz ausgerutscht wäre.

Mads stand in der Tür, und ehe sie etwas sagen konnte, trat er ein und blieb im Flur vor ihr stehen.

»Die ganze Pension ist frei, abgesehen von einem Zimmer. Du kannst kommen, wann du willst. Hannah ist da und erwartet dich. Das ist die Bekannte von meinem Onkel«, fügte er zur Erklärung hinzu. Er legte ihr die Hand auf den Arm und hielt sie fest, ohne seinen Blick von ihr abzuwenden.

»Komm, ich fahre dich schnell zur Werkstatt. Die Busse fahren ja heute nicht mehr so häufig.«

Was wollte er denn noch alles für sie tun?

»Okay, danke. Ich packe hier alles zusammen und nehme den ganzen Kram mit. Ben kommt erst morgen früh, und dann schaffe ich es nicht mehr. Ist das in Ordnung für dich? Ich brauche nur zehn Minuten.«

»Klar. Lass dir Zeit. Ich habe heute nichts vor.« Er sah sie nach wie vor an und lächelte. Dabei zeigten sich zwei Grübchen auf seinen Wangen, die ihr vorher noch nicht aufgefallen waren.

Einer ihrer Füße stand bereits auf der ersten Treppenstufe, als er ihren Arm losließ. »Kann ich dir helfen?«

Sie wies in die Küche. »Ich glaube kaum. Wenn du etwas trinken magst – der Kühlschrank ist voll.«

Oben war nicht mehr viel zu tun. Sie hievte den Koffer ihrer Mutter auf den Flur und sah noch einmal zurück, ob sie etwas vergessen hatte. Dabei fiel ihr eine kleine Tasche auf, die hinten neben dem Bett stand und die sie bisher nicht bemerkt hatte. Es war eine Reisetasche aus Leder, der Reißverschluss war nur halb geschlossen. Sie sah hinein und entdeckte ein paar Unterlagen, was es war, konnte sie nicht genau erkennen. Als sie die Tasche anhob, fiel ein Briefumschlag herunter, der wohl in der offenen Seitentasche geklemmt hatte.

Sie hatte keine Zeit nachzusehen, um was für einen Brief es sich handelte, lediglich der unbekannte Absender aus Dänemark fiel ihr auf, dennoch legte sie ihn auf den Koffer im Flur, um ihn später in ihrer Laptoptasche zu verstauen. Kurz darauf hatte sie ihn schon vergessen.

Nachdem sie auch mit ihren eigenen Sachen fertig war, Matratze, Decke und Schmutzwäsche verstaut waren, überlegte sie für einen kurzen Moment, ob sie ›Homo faber‹ mitnehmen sollte. Sie war nicht weit gekommen. Sicher würde niemand das Buch vermissen. Dann entschied sie sich doch dagegen und brachte alles nach unten in den Flur.

»Herrje! Habt ihr etwa euren ganzen Hausstand mitgebracht?«

Mads war mit einem Glas in der Hand in den Flur gekommen und staunte über die Berge, die sich hier vor ihm auftaten.

Sie ahnte, wie merkwürdig das aussehen musste.

»Ja … meine Mutter ist da etwas eigen. Du, hör mal,

hier ist noch so viel Essen. Das kann ich unmöglich mit in die Pension nehmen. Möchtest du etwas davon haben?«

»Ja, das hab ich gesehen. Sieht aus, als ob ihr vier Wochen hier bleiben wolltet.« Er lachte und sah sie verschmitzt an. »Ich nehm gerne was mit. Bin in den letzten Tagen nicht zum Einkaufen gekommen.«

Nachdem sie alles im Wagen verstaut hatten, sah sie noch einmal durch die Tür in das kleine Haus. Würde sie jemals wieder hierher zurückkehren? Was wäre passiert, wenn der Unfall nicht stattgefunden hätte?

Sie wollte gerade abschließen, da fiel ihr Blick auf die Kiste von Inga. Schnell nahm sie ein paar Dinge heraus und legte sie in einen der unteren Küchenschränke.

Den Rest würde sie noch zurückbringen müssen.

Sie war froh, dass gegenüber niemand öffnete, und stellte die Kiste in den Garten. Nicht ohne dabei ein schlechtes Gewissen zu haben.

Wenig später saßen sie in Mads' Auto auf dem Weg nach Nordby. Die Sonne ging langsam unter, und die kahle Heide, die links und rechts an ihnen vorbeirauschte, war kaum noch zu erkennen. Dunkel und schroff sah alles aus.

Außer in den drei kleinen Orten, die es auf der Insel gab, war es hier absolut still und einsam. Kein Haus, kaum mal ein Baum. Die Dünen ließen das Meer erahnen. Aber zu sehen war es von der Straße aus nicht.

Wenig später erreichten sie Rindby.

Mads deutete auf ein kleines Gebäude am Straßenrand. »Hier ist die Werkstatt. Geh doch schon mal voraus, ich muss noch zwei Anrufe erledigen.«

Klara nickte, sprang aus dem Wagen und ging auf das Haus zu, das so heruntergekommen aussah, dass sie sich wunderte, dass es überhaupt noch stand. Die Farbe war abgeblättert, und nur an einigen Stellen konnte man erkennen, dass es ursprünglich wohl einmal blau gewesen war. Neben der Eingangstür leuchtete eine kleine Lampe.

Die Tür knarzte gefährlich laut, und als Klara eintrat, dachte sie, dass alles, was hier drin war, wohl schon deutlich bessere Zeiten erlebt hatte.

Die zwei abgenutzten Tische stammten sicher aus den fünfziger Jahren, darauf stand ein Computer, den sie in einer solchen Art wohl das letzte Mal gesehen hatte, als ihr ein Mitschüler in der Grundschule zu Hause stolz seinen *Atari* vorgeführt hatte. Dass es so etwas überhaupt noch gab, wunderte sie.

»Hej!«

Klara hatte niemanden bemerkt, doch auf einmal stand jemand dicht hinter ihr.

»Kann ich helfen?«

Sie fuhr herum und sah in das Gesicht eines kleinen alten Mannes, der perfekt in diese Kulisse passte.

»Ja, ich wollte meinen Wagen abholen. Mads …« Ihr fiel auf, dass sie seinen Nachnamen nicht kannte.

»Ah, die junge Dame mit dem Unfall. Alles halb so wild. Ich habe nur geschaut, ob der Wagen noch fahrtauglich ist. Dellen und Kratzer können Sie irgendwann entfernen lassen, wenn Ihnen mal jemand drauffährt. Kostet ja nur.«

Jetzt wurde ihr klar, warum es hier so aussah, sie sagte aber nichts.

»Vielen Dank! Was bin ich Ihnen denn schuldig?«

Er hielt ihr einen kleinen Zettel unter die Nase, auf dem

eine Summe stand, die so lächerlich war, dass schon der Anruf beim ADAC nicht viel weniger gekostet hätte.

Sie legte ihm einen Schein auf den Tisch.

»Das stimmt so. Vielen Dank. Wo finde ich denn mein Auto?«

Der Mann lachte in sich hinein. »Steht vorne rechts. Gute Fahrt – und seien Sie nicht zu schnell!«

Mads stand draußen und wartete auf sie.

»Alles gut? Willst du einfach hinter mir herfahren?«

Hannahs Pension befand sich versteckt zwischen den Dünen und war von der Straße aus nicht zu sehen.

Der kleine Weg, der dorthin führte, war schmal und sandig. Immer wieder blitzte rechts das Meer auf, und plötzlich tauchte wie aus dem Nichts ein altes, reetgedecktes Haus vor ihnen auf, dessen Dach so weit zum Boden reichte, dass es fast eins mit den Dünen wurde.

Nichts deutete darauf hin, dass sich hier ein Hotel befand.

Erst als sie die Autos auf dem kleinen Platz vor dem Haus abgestellt hatten und Klara ausgestiegen war, um Mads beim Auspacken ihrer Sachen zu helfen, sah sie neben der kleinen roten Tür eine Tafel, auf der »Vesterhavet Hus« stand und die offizieller aussah als ein normales Schild mit einem Familiennamen.

Es blieb keine Gelegenheit, sich weiter zu fragen, wie potenzielle Gäste diesen Ort finden sollten. Aus dem Haus kam eine Frau, Mitte fünfzig, groß und mit langen roten Haaren, die sie zu einem hoch sitzenden Pferdeschwanz nach hinten gebunden hatte. Die Frisur passte nicht zu ihrem Alter, fand Klara.

»Hallo, Hannah! Da wären wir.« Er sprach sie auf

Deutsch an, und Klara fragte sich, ob er das aus Höflichkeit zu ihr tat oder ob auch Hannah aus Deutschland kam. Als sie antwortete, hörte man deutlich den dänischen Akzent.

»Hej, Mads! Schön, dich mal wieder zu sehen. Das ist ja schon ewig her. Geht es dir gut? Was macht der alte Morten?« Trotz der freundlichen Begrüßung wirkte sie mürrisch, und ihr gleichgültiger Gesichtsausdruck legte nahe, dass sie keine Frau war, die sich zu großen Emotionen hinreißen ließ.

»Danke, dass du so spontan noch ein Zimmer herrichten konntest«, erwiderte Mads. »Und liebe Grüße von Morten. Kennst ihn ja. Das ewige Gejammer wegen seiner Beine, aber es geht ihm gut. Komm doch mal wieder nach Sønderho. Warst lange nicht da, oder? Morten würde sich freuen.«

Er lachte sie an, aber sein freundlicher Blick wurde nicht erwidert. Mads ging darüber hinweg, als würde er nichts anderes erwarten, und deutete in Klaras Richtung.

»Das ist Klara. Sie bleibt ein paar Tage. Wie lange genau, steht ja noch nicht fest, oder?«

Er richtete die Frage an sie.

»Guten Abend. Schön haben Sie es hier. Vielen Dank. Ich denke, ich weiß morgen oder übermorgen Bescheid. Wie viele Zimmer haben Sie denn hier?«

Hannah musterte sie eingehend. »Zurzeit nur fünf. Normalerweise acht, aber drei müssen gerade renoviert werden, weil es einen Wasserschaden gab. Momentan ist nur eins belegt und ich habe keine weiteren Anfragen. Kommen Sie, Klara, ich zeige Ihnen, wo Sie schlafen können.«

»Das Gepäck tragen wir nachher hoch.« Mads wies auf

sein Auto, nahm Klaras Arm und zog sie hinter Hannah her, die bereits zurück auf dem Weg ins Haus war. »Mach dir keine Gedanken. Die ist manchmal so. Ich mag sie trotzdem irgendwie.«

Das Zimmer war einfach, aber hübsch. Klara mochte es sofort. Es war geräumig, hatte einen alten Dielenboden, der hellgrau lackiert war, und an der Wand befand sich ein großes Eisenbett, das sie an ihre Großmutter erinnerte.

Ein kleiner Tisch stand vor dem einzigen Fenster, das aber bodentief war und aus dem man über den weiten Strand aufs Meer blicken konnte.

In einer Ecke befand sich ein Sessel, daneben eine Stehlampe. Mehr gab es nicht in dem Zimmer, und obwohl es so karg war, hatte es etwas Gemütliches.

»Das Bad ist im Flur gegenüber. Sie haben es für sich. Der Gast, der das andere Zimmer bewohnt, hat eine eigene Dusche. Ich muss gleich noch mal weg. Ihr könnt ganz in Ruhe auspacken. Den Schlüssel lege ich unten auf den Tisch und dazu ein Kontaktformular. Wenn Sie es ausgefüllt haben, lassen Sie es einfach liegen.« Sie wandte sich an Mads. »Magst du ihr noch den Rest unten zeigen? Den Frühstücksraum und unsere Terrasse? Ich komme spät, wir sehen uns dann morgen.«

Hannah drehte sich um und winkte Mads und Klara über die Schulter zu. Klara hörte, wie sie mit schweren Schritten die Treppe nach unten ging, dann war es ruhig.

»Herrlich ist es hier. Ich gehe meine Sachen holen, ja?«

»Das Auto ist offen. Ich helfe dir gleich. Soll ich mal gucken, ob ich unten etwas zu trinken für uns auftreiben kann?«

»Gerne.« Sie freute sich, dass sie noch nicht allein bleiben musste, und gestand sich ein, dass sie darauf gehofft hatte.

Von dem anderen Gast war nichts zu sehen. Warum fuhr man hierhin? Sie schob die Frage gleich wieder zur Seite und folgte Mads, der bereits auf dem Weg nach unten war.

Die Sachen ihrer Mutter, die Decken und Matratzen lud sie nur in ihr Auto um. Sie würde am nächsten Tag alles ihrem Vater geben.

Es war bereits dunkel draußen. Die Straße war kaum mehr zu erkennen, und die Sterne leuchteten, je länger man in den Himmel sah, immer heller. Dieser Ort, an dem sie sich hier befand, hatte etwas Unwirkliches. Hier rückten die Ereignisse der vergangenen Tage und Stunden in den Hintergrund.

Sie kam mit ihrem Koffer wieder ins Haus zurück und sah Mads, der in dem Raum, der sich neben dem Foyer befand, dabei war, Holz in einen offenen Kamin zu legen.

»Ist dir kalt?« Sie konnte sich die Frage nicht verkneifen, und er drehte sich lachend zu ihr um, während er ein weiteres Stück Holz aus dem Korb vor sich nahm.

»Mir nicht. Aber ist euch Frauen nicht immer kalt?«

»Komm, lass uns auf die Terrasse gehen. Es ist noch so mild draußen. Und sicher gibt es hier auch irgendwo eine Decke.«

»Na dann. Bier oder Wein?«

»Lieber Wein. Ich fülle nur noch schnell das Formular aus und bringe den Koffer hoch.«

Als sie wieder runterkam, war von Mads nichts zu sehen.

Sie ging durch den langen schmalen Raum, öffnete die Tür, die nach draußen führte, und setzte sich auf einen der Stühle, auf denen ein Sitzkissen lag. Die Luft war angenehm, und es war hier, hinter den Dünen, fast windstill. Das erste Mal seit einer Woche fühlte sich dieser Aufenthalt auf Fanø ein bisschen nach Urlaub an.

Sie dachte an ihre Mutter und daran, dass diese eventuell noch auf sie und Ben wartete. Schnell zog sie ihr Telefon heraus und wählte die Nummer des Krankenhauses.

Nachdem sie sich auf die neurologische Station hatte durchstellen lassen, sagte man ihr, dass ihre Mutter schlafe, man werde ihr eine Nachricht zukommen lassen.

Als sie auflegte, erschien Mads mit zwei Gläsern und einer Flasche Weißwein unter dem Arm.

»Ich habe auch noch ein paar Chips gefunden. Mehr hat Hannah leider nicht da. Oder wollen wir noch irgendwo essen gehen?«

»Chips sind jetzt perfekt.«

Sie konnte nicht mit Bestimmtheit sagen, was es war, das dazu führte, dass sie sich so unbeschwert und leicht fühlte wie seit Langem nicht mehr. Alles, was in den letzten Tagen und Wochen passiert war, kam ihr weit weg vor. Dabei war es doch so nah. Vielleicht war es die Art und Weise, wie Mads sprach und was er erzählte. Vielleicht war es die Ablenkung oder nur die Tatsache, dass sie sich an einem Ort befand, mit dem ihre Familie und Johann nichts zu tun hatten. Etwas ließ sie für den Moment vergessen, in welcher Lage sie sich eigentlich befand.

Mads sprach von seiner Kindheit auf Rømø und in Berlin, von Schulwechseln und Freunden, von denen er nicht wusste, ob er sie je wiedersehen würde. Er erzählte von seiner großen Schwester Lina, zu der er eine enge Beziehung hatte und die bis heute seine wichtigste Vertraute war. Er redete ruhig und unaufgeregt, aber dennoch fesselnd, und sie spürte, dass es ihm wichtig war, dass sie etwas über ihn erfuhr.

Es war schön, ihm dabei zuzusehen, wie er in seine Vergangenheit abtauchte und trotzdem ganz bei ihr war.

Die Zeit verging schnell, zu schnell, wie sie fand.

»Der Wein ist alle. Soll ich noch eine Flasche holen? Die Kammer ist voll davon. Und Hannah hat sicher nichts dagegen.« Er streckte sein rechtes Bein unter dem Tisch aus und streifte dabei ihren Unterschenkel. Sie tat so, als hätte sie es nicht bemerkt, zog ihren Fuß aber nicht zurück, sondern genoss das Gefühl dieser leichten Berührung. Der Wind wurde kälter und am liebsten wäre sie ein bisschen näher an ihn herangerückt.

»Du musst noch fahren.« Sie lachte ihn an.

»Stimmt. Aber ich kenne mich hier ja aus. Und ich fahre einfach am Strand zurück, da gibt es keine Gräben.«

Er sah sie an, den Bruchteil einer Sekunde zu lang, doch da war es bereits zu spät, den Blick von ihm abzuwenden.

»Ich hole noch einen.«

Brauchte sie gerade noch mehr Verwirrtheit und Chaos?

Erst als es ganz dunkel war und das Meer durch die Flut, die sich in den letzten Stunden angebahnt hatte, deutlich lauter hörbar wurde, spürte sie die Müdigkeit in sich aufsteigen.

»Ich glaube, ich muss ins Bett.«

»Ja, du hast recht. Ich sollte auch mal fahren. Nicht,

dass ich nachher noch im Meer lande, weil ich den Weg doch nicht mehr finde.«

»Ich dachte, du kennst dich so gut aus?«

»Tue ich auch. Ich komme schon an.«

Er stand auf und strich sich mit der Hand durch die Haare, die durch die salzige Luft in alle möglichen Richtungen abstanden, aber ohne Bürste sicher nicht zu bändigen waren.

»Mich sieht ja heute keiner mehr.«

»Sieht gut aus.« Reflexartig nahm sie eine Strähne, die ihm immer wieder vor die Augen fiel, und strich sie hinter sein Ohr.

»Das hält so nicht.«

Er nahm ihre Hand, ohne sie von seinem Kopf zu entfernen, und sah ihr in die Augen.

»Danke für den schönen Abend.«

Sie hatte keine Zeit darüber nachzudenken, ob das, was passierte, richtig oder falsch war. Er beugte sich zu ihr hinunter, ohne ihre Hand loszulassen, und küsste sie auf den Mund, erst sanft und vorsichtig, dann zog er sie ein wenig fester zu sich heran. Er roch nach dem Waschmittel, das ihr auch schon an seiner Trainingsjacke aufgefallen war. Seine Lippen waren trocken, aber weich und auch ein wenig fordernd. Er hatte einen Arm um ihre Taille gelegt, und sie spürte, wie seine Hand ihren Rücken hochwanderte, was bei ihr ein Kribbeln auslöste, das sie schon seit geraumer Zeit nicht mehr gespürt hatte.

Sie konnte nicht sagen, wie lange sie so dastanden.

»Ich gehe dann mal. Jetzt aber wirklich.« Er lachte sie an und hielt dabei ihr Gesicht mit beiden Händen ganz nah an seins.

»Ja, das solltest du. Aber wirklich.«

Er nahm seinen Autoschlüssel, der auf dem Tisch lag, um sich im nächsten Moment gleich wieder zu ihr umzudrehen und sie abermals zu küssen.

Dann, ganz plötzlich, wandte er sich ab, als wollte er verhindern, dass sie noch etwas sagen konnte, nahm die leeren Gläser und Flaschen und verschwand hinter der Terrassentür im Haus.

Obwohl es mittlerweile deutlich kühler geworden war, war ihr warm. Sie spürte ihren Herzschlag und wusste nicht, was sie denken oder fühlen sollte. Es fühlte sich gut an, wenn auch auf eine unbestimmte und undefinierbare Weise.

»So, jetzt aber …«

Sie hatte ihn nicht zurückkommen gehört. Er stand hinter ihr und hatte seine Arme um ihre Schultern gelegt, so dass sie ihn nur spüren, aber nicht sehen konnte. Sein Mund war ganz nah an ihrem Ohr, und sie fühlte seinen Atem, der an ihrem Hals hinunterstrich.

»Sehen wir uns morgen?« Es klang nicht nach einer Frage.

»Ja. Bis morgen!« Sie drehte ihren Kopf zu ihm herum und küsste ihn. Es fiel ihr schwer, sich von ihm zu lösen, aber er drückte sie noch einmal an sich, trat einen Schritt nach hinten und ließ sie los.

Dann drehte er sich um und verschwand hinter der Hausecke. Kurz darauf hörte sie, wie sein Wagen ansprang, und sah die Scheinwerfer, die einen Lichtstrahl durch den Sand nach vorne warfen.

Nach und nach verebbte das Motorengeräusch.

KAPITEL 9

Es war fast acht Uhr, als sie am nächsten Morgen vom Klingeln ihres Telefonweckers geweckt wurde. Zu früh, wenn sie daran dachte, wann sie eingeschlafen war. Sie hatte eine Weile gebraucht, um zur Ruhe zu kommen. Müsste sie ein schlechtes Gewissen haben?

Sie war sich nicht sicher, aber das, was am Abend passiert war, empfand sie nicht als falsch. Sie lag noch eine Weile da und dachte an Mads, an seinen Mund, an seinen Geruch und an seine Arme, die sich so gut angefühlt hatten.

Dann sprang sie mit einem Satz aus dem Bett, das dabei ein lautes Knarzen von sich gab, nahm ein paar Kleider aus ihrem Koffer und ging über den Flur zum Badezimmer.

Allzu viel Frisches hatte sie nicht mehr zum Anziehen dabei. Aber vielleicht hatte Hannah eine Waschmaschine, die sie benutzen durfte. Die Jeans von gestern würden für heute reichen, dazu ein schlichtes blaues T-Shirt mit langen Ärmeln und die dünne Lederjacke, die sie auch noch eingepackt hatte, bevor abzusehen war, wie sich das Wetter auf der Insel entwickeln würde.

Von unten hörte sie Geschirr klappern und der Duft von frischem Kaffee verbreitete sich bis nach hier oben.

Sie würde sich beeilen müssen. Bis Ben im Krankenhaus ankäme, war nicht mehr viel Zeit.

Als sie nach unten kam, saß ein älterer Herr allein in dem Kaminzimmer. Während ihr Blick auf den Korb mit dem Feuerholz fiel, dachte sie unwillkürlich an Mads.

In dem Moment, als sie eintrat, legte der Mann die Zeitung, die er eben noch gelesen hatte, neben sich, schob seinen Stuhl nach hinten, um aufzustehen, und nickte ihr freundlich zu.

Es waren vier Tische eingedeckt und Klara fragte sich, für wen.

Sie wählte einen Tisch nahe dem Fenster, so dass sie nach draußen schauen konnte, auf die Terrasse, auf der sie gestern Abend gesessen hatten. Der Himmel war bedeckt und es sah frisch aus.

»Guten Morgen, Klara. Trinken Sie Kaffee oder Tee?« Hannah betrat den Raum und hatte sie sofort entdeckt. Wieder hatte sie diesen nichtssagenden Gesichtsausdruck.

»Gerne einen Kaffee. Haben Sie das Formular gefunden? Ich habe es Ihnen gestern noch ausgefüllt und vorne auf den Tisch gelegt.« Sie deutete in Richtung Tür.

Hannah nickte. »Habe ich. Danke. Ihr Name ist Voss? Ich war mir nicht sicher, ob ich das richtig gelesen habe.«

»Ja, genau. Klara Voss.«

Es sah aus, als würde Hannah einen kurzen Augenblick zusammenzucken, aber sie fing sich sofort wieder, und Klara war nicht sicher, ob sie sich das vielleicht nur eingebildet hatte.

»Ich bringe Ihnen gleich noch Brötchen und Aufschnitt. Mögen Sie Käse? Oder lieber nur Süßes?«

Klara schaute zu Hannah hoch und ihr Blick fiel auf ein kleines Loch, das sich am unteren Saum ihres weißen T-Shirts befand.

Am liebsten hätte sie gesagt, dass sie keinen Hunger hatte. Doch das wäre wahrscheinlich unhöflich gewesen. So verhielt man sich nicht. Das hatte sie viele Jahre lang von ihrer Mutter eingetrichtert bekommen.

»Gerne etwas Käse. Vielen Dank.«

Hannah drehte sich um, griff nach der Zeitung auf dem Nebentisch, klemmte sie sich unter den Arm und begann, ,dort alles abzutragen.

Merkwürdig war sie. Aber Klara schenkte ihr keine weitere Beachtung und versank in ihren Gedanken an den letzten Abend, an Mads, an seinen Mund.

Während sie ihren Kaffee trank, merkte sie, dass sie nicht einmal Appetit hatte. Obwohl es ihr albern vorkam, belegte sie sich ein Brötchen dick mit Käse, wickelte es dann in einem unbeobachteten Moment in eine Serviette und ließ es in ihrer Tasche verschwinden. Vielleicht würde sie es später essen. Ein Blick auf ihr Telefon sagte ihr, dass sie losmusste. Zum Glück hatte sie nun den Wagen, damit war sie schnell an der Fähre.

Der Parkplatz am Hafen war komplett besetzt. Heute war Samstag und in den Ferienhäusern fand der übliche Bettenwechsel statt.

Sie fuhr ein Stück zurück, ließ das Auto hinter der Kirche stehen und ging durch die kleinen Gassen zu Fuß zum Hafen. Ein Flohmarkt wurde gerade aufgebaut und bereits im Vorbeigehen sah Klara ein paar Dinge, die sie am liebsten sofort mitgenommen hätte. Aber dafür war keine Zeit. Sie freute sich, dass sie sich mittlerweile so gut auf der Insel auskannte, und nahm eine kleine Abkürzung, die direkt zum Wasser führte.

Kurz darauf stand sie auf der Fähre, ging geradewegs nach vorne zum Bug und stellte sich an die Reling.

Sie sah, wie sich das Schiff langsam vom Ufer entfernte, und beobachtete das Treiben an Land, das vor ihren Augen langsam unscharf wurde und irgendwann nicht mehr sichtbar war.

Bereits von Weitem sah sie Ben vor dem Krankenhaus auf sie warten. Er sah aus wie immer. Etwas zerzaust, schmale Jeans und Chucks, ein hellblaues Hemd, das lässig über der Hose hing, eine Jacke im Arm, und über der Schulter trug er die Tasche, die sie ihm vor ein paar Jahren zu Weihnachten geschenkt hatte.

Er lehnte an einem alten weißen VW-Käfer und war gerade dabei, sich eine Zigarette anzuzünden, da entdeckte er sie und rief etwas, was sie auf die Entfernung nicht verstehen konnte. Sie ging ein wenig schneller, um ihn nicht länger warten zu lassen.

»Ben! Wie schön, dass du hier bist.«

Die letzten Meter rannte sie. Dann schlang sie ihre Arme um seinen Hals und hielt ihn fest.

»Schwesterchen, dich kann man aber auch nie allein lassen. Was machst du denn nur für Sachen?«

»Ja, ja, schimpf nur. Du weißt doch, wie sie ist.«

Mit einem Mal war sämtliche Leichtigkeit verflogen und die Realität hatte sie wieder. Er sah sie ernst an, begann etwas zu sagen, hielt dann aber doch inne und steckte die Zigarette zurück in die Schachtel.

Er war bestimmt einen Kopf größer als sie und es fühlte sich nicht so an, als ob es ihr kleiner Bruder wäre, der da vor ihr stand.

»Wollen wir rein?«, fragte er sie, nachdem er seine

Tasche geschlossen hatte, und deutete mit einer Kopfbewegung auf die Schiebetür.

»Ja, Mama wartet sicher schon auf uns. Willst du sie zuerst allein sehen?«

»Nein, lass uns zusammen gehen. Was erwartet mich denn gleich?«

Auf dem Weg nach oben versuchte sie ihm kurz zusammenzufassen, was in den letzten zwei Tagen passiert war. Wie ihre Mutter auf Fragen reagierte, was Doktor Petersen über die Leukämie gesagt hatte.

»Wieso seid ihr hierhergefahren? Ich verstehe das nicht. Vor ein paar Wochen hat Mama noch gesagt, dass sie unbedingt allein nach Sylt will.«

»Ja, das ist wirklich alles sehr merkwürdig. Aber fragen können wir sie momentan ja auch nicht.«

»Frau Voss?« Doktor Petersen war wieder wie aus dem Nichts aufgetaucht und streckte ihr seine Hand entgegen.

»Guten Morgen, Doktor Petersen. Das ist mein Bruder. Mein Vater kommt heute auch noch.« Sie deutete auf Ben, der neben ihr stand und nicht zu wissen schien, wie er sich in dieser Situation verhalten sollte.

»Freut mich. Es ist gut, wenn Ihre Mutter vertraute Gesichter um sich hat. Je mehr, desto besser. Wir haben nun auch alle Ergebnisse, die das CT ergeben hat.«

Klara sah zu Ben, der sichtlich nervös mit seinen Fingern spielte, ohne dass er es zu merken schien.

Der Arzt sprach unbeirrt weiter. »Das Gehirn weist keinerlei Auffälligkeiten auf. Die Amnesie wurde vermutlich durch den Schock bei dem Unfall ausgelöst. Seien Sie also beruhigt, das Gedächtnis wird schneller zurückkommen, als es Ihnen vielleicht lieb ist.«

Dabei lachte er ein wenig, merkte aber sofort, dass sein Scherz fehl am Platz war.

»Sobald Ihr Vater hier ist, lässt sich sicher klären, ob Ihre Mutter bereits wusste, dass sie an CLL erkrankt ist. Zumindest können wir Kontakt mit den behandelnden Ärzten in Hamburg aufnehmen. Oder wenigstens mit dem Hausarzt. Wir sollten Ihre Mutter noch ein paar Tage hierbehalten, danach steht einer Entlassung nichts mehr im Wege. Gehen Sie zu ihr, sie wird sich freuen, Sie zu sehen. Und geben Sie mir bitte Bescheid, wenn Ihr Vater eintrifft. Ich bin heute und morgen tagsüber hier.«

Er gab ihnen die Hand und drehte sich zu einem Kollegen um, der gerade an ihnen vorbeigegangen war.

Klara deutete mit einer kurzen Geste auf den dunklen langen Gang. »Komm, Ben, wir müssen hier entlang.«

Ohne etwas zu sagen, folgte er ihr an den vielen geschlossenen Türen vorbei.

Kurz darauf standen sie im Zimmer 48 vor dem Bett ihrer Mutter, die allerdings nicht darin lag. Aus dem Bad war Wasserrauschen zu hören. Sie steht sicher unter der Dusche, dachte Klara.

»Muss ich sie irgendwie vorsichtiger behandeln?« Ben bemühte sich, leise zu sprechen, und trat näher an seine Schwester heran.

»Nein, überhaupt nicht. Erzähl ihr von dir, von Linus … Hast du Fotos dabei? Ich habe fast nichts auf meinem Handy …«

Die Tür zum Bad ging auf und ihre Mutter stand im Bademantel und mit dicken Wollsocken an den Füßen da und versuchte das Handtuch, das sie sich um den Kopf gewickelt hatte, hinten festzustecken. Erst dann sah sie auf und merkte, dass sie nicht allein war.

»Oh … Klara … ich habe dich nicht gehört.«

Sie sah zu Ben. »Benjamin? Klara hat schon gesagt, dass du bald hierherkommst!«

»Ja, Mama!« Er ging auf sie zu und umarmte sie.

Der Anblick dieser Nähe versetzte Klara einen Stich und sie drehte sich um.

Bens warme weiche Stimme, mit der er ihrer Mutter Fragen stellte und beruhigende Worte sprach, erfüllte das Zimmer.

Es war verwirrend, wie weit weg sie sich in diesem Moment fühlte, und ihr wurde klar, dass sie ihrer Mutter gegenüber lange noch nicht so sicher auftrat wie Ben. Diese Einsicht schmerzte sie und ihr wurde wieder einmal bewusst, wie schwer es ihr fiel, ungezwungen auf ihre Mutter zuzugehen.

Aber vielleicht war es nur dieser Moment? Dieses Aufeinandertreffen zu dritt, das dazu führte, dass sie sich einen Schritt nach hinten zurückgeworfen fühlte?

Sie griff in ihre Tasche und holte ihr Portemonnaie hervor.

»Ich gehe schnell runter in die Cafeteria und schau mal, ob ich da eine deutsche Zeitung für dich bekomme, Mama. Und ich hole mir einen Kaffee. Möchtet ihr auch einen?« Sie sah zu Ben und ihrer Mutter, die nebeneinander auf der Bettkante saßen.

»Nein danke, Klara!« Ihre Mutter lächelte sie so herzlich an, dass es ihr unheimlich war.

»Gerne, Schwesterchen! Mit zwei Löffeln Zucker.«

»Weiß ich doch. Bis gleich …«

Schnell verließ sie das Zimmer und war froh, ein paar Minuten für sich zu haben.

Sie entschied sich, die Treppe zu nehmen, als sie die

vielen Menschen vor dem Fahrstuhl sah. Im Treppenhaus war es ruhig, die hellen Steinstufen wirkten wie poliert, das grün gestrichene Geländer fühlte sich kalt an. Sie ließ ihre Hände auf dem glatten Metall nach unten gleiten.

Ihr Handy summte in ihrer Hosentasche und sie brauchte eine Weile, um es aus der engen Jeans hervorzuholen.

»Hej, hier ist Mads.« Es war erstaunlich, wie schnell sich ihre Laune änderte und sie in der Lage war, auf andere Gedanken zu kommen.

»Hallo! Hast du es gut nach Hause geschafft?« Ihre Stimme hallte durch das hohe Treppenhaus.

»Klar! Und du? Hast du gut geschlafen?«

»Ja. Was machst du gerade?« Sie stellte sich seine Grübchen vor und augenblicklich war sie ein bisschen aufgeregt.

»Ich sitze seit acht Uhr am Schreibtisch und versuche mich zu konzentrieren. Aber jetzt mache ich gerade eine Pause …«

Er hielt einen kurzen Moment inne.

»Sag mal, Hannah rief mich vorhin an und hat mich ein bisschen über dich ausgefragt. Sie wollte wissen, woher wir uns kennen und was du hier machst. Das war etwas seltsam. Du kennst sie nicht, oder?«

»Nein, überhaupt nicht. Ich habe sie gestern zum ersten Mal gesehen.« Sie setzte sich auf eine der Stufen auf halbem Weg nach unten, die Kälte des Steins drang sofort durch den Stoff ihrer Hose. Sie musste an ihre Großmutter denken. Pass nur auf, das könnte eine Nierenentzündung geben, hätte sie gesagt. Aber Mads' Stimme holte sie sofort zurück.

»Na ja, vielleicht ist sie auch nur neugierig. Egal. Mach

dir keine Gedanken. Bist du im Krankenhaus? Ist dein Bruder angekommen?«

»Ja, er ist gerade bei meiner Mutter …«

Sie pulte eine Strähne ihrer Locken aus dem Knoten und drehte sie um ihren Zeigefinger.

»Geht es ihr besser? Kann sie sich wieder erinnern?«

»Nein. Leider nicht. Ich bin froh, wenn mein Vater heute Abend hier ist.«

»Ja, das verstehe ich …«

Sie wollte schnell das Thema wechseln. »Und du? Wie geht es dir?«

»Das war schön gestern!«

»Ja, das fand ich auch.«

Sie konnte hören, wie er lächelte.

»Wollen wir uns heute noch sehen?«

Wie gerne wollte sie das. Am liebsten sofort.

»Ja. Ich ruf dich nachher an, okay?«

»Mach das! Hab einen schönen Tag. Ich hoffe, deiner Mutter geht es bald besser.«

»Danke, Mads. Bis später.«

Sie legte auf und sah, dass ihre Freundin Maja versucht hatte sie zu erreichen. Aber sie hatte kein Bedürfnis zurückzurufen, und wenn es wichtig war, würde Maja es sicher ein zweites Mal versuchen.

Sie steckte das Telefon zurück in ihre Hosentasche und ging die Stufen bis ganz nach unten. Die schwere Glastür dämmte alle Geräusche dahinter. Klara öffnete sie einen kleinen Spalt, und das Krankenhaus hatte sie wieder.

»Hier, dein Kaffee …«

Sie streckte Ben den heißen Becher entgegen. Er und ihre Mutter saßen noch immer auf dem Bett und beide beugten sich über das kleine Display seines Smartphones, auf dem er hastig hin und her wischte.

»Hier, Mama, das war Papas Geburtstag. Letzten Sommer! Guck, da hast du Linus auf dem Arm. In eurem Garten. Ach, und hier hat es so geregnet. Weißt du noch? Schau mal, da war die Torte runtergefallen, weil Nina an den Tisch gekommen ist, und du warst total sauer. Erinnerst du dich nicht?«

Ihre Mutter sah zu Klara hoch. Sie sah verwirrt aus und es schien, als erwartete sie von Klara die Antwort auf eine Frage, die sie selbst nicht kannte.

»Ben, das ist sicher ein bisschen zu viel. Mama sollte sich die Fotos besser allein anschauen. Vielleicht kommt ja dann etwas zurück. Gib mal das Handy her.«

Ben sah sie an und nickte. Dabei presste er seine Lippen fest aufeinander. Das hatte er früher schon immer getan, wenn er sich bevormundet fühlte.

Auf dem Display war ein Foto von Nina und Linus zu sehen. Die beiden saßen in ihrer Küche am Tisch, er in seinem roten Hochstuhl, und sie lachte in die Kamera, während sie dabei war, ihn zu füttern. Linus war bereits im ganzen Gesicht mit grünem Brei verschmiert, was aber beide nicht zu stören schien.

Klara spürte ein Unbehagen in sich aufsteigen. Sicher hatte Ben das Foto gemacht. Eine glückliche kleine Familie, stolze Eltern, die ihrem Sohn beim Größerwerden zusahen. So war das eben bei ihm.

Sie drückte auf die Ausschalttaste und legte das Telefon schnell auf den Tisch. Sie sah zu ihrer Mutter, die sich eine Hand vor den Mund hielt und gähnte.

»Ich würde gerne einen Mittagsschlaf machen. Ist das in Ordnung? Vielleicht geht ihr etwas essen und kommt nachher noch mal wieder. Bitte, entschuldigt. Ich freue mich, dass ihr hier seid.«

Ben legte ihrer Mutter den Arm um die Schultern und strich das Kopfkissen mit der freien Hand glatt.

»Klar, Mama, kein Problem! Schwesterchen, hast du Hunger?«

Sie sollte wirklich etwas essen. Auch wenn sie immer noch keinen Appetit verspürte.

»Ja. Gute Idee. Ruh dich aus, Mama. Ben, hier um die Ecke gibt es einige Restaurants und Cafés.«

»Gut, dann bringe ich schnell meine Tasche ins Hotel. Sag mal, es macht doch keinen Sinn, immer auf die Insel zu fahren. Willst du nicht deine Sachen holen und auch hierherkommen?«

»Ich bleibe erst mal auf Fanø. Hab dort eine schöne Pension gefunden.«

Als sie sich wieder zu ihrer Mutter umdrehte, war diese bereits eingeschlafen.

In Esbjerg war deutlich mehr los als in den vergangenen Tagen. Das mochte am Wetter liegen oder daran, dass Samstag war und kaum einer arbeitete.

Eine Weile schlenderten sie nebeneinander her, ohne dass einer von ihnen das Bedürfnis verspürte, etwas zu sagen.

»Was nur aus Mama werden wird?«, unterbrach Ben schließlich das Schweigen. Erst jetzt nahm sie die Lautstärke wahr, die um sie herum herrschte.

»Ich weiß es nicht. Ich hoffe, der Arzt hat recht und diese Form der Leukämie schreitet so langsam voran, wie er sagt. Dann kann es noch Jahre dauern, bis überhaupt etwas unternommen werden muss. Meinst du, die

Krankheit und diese Reise haben etwas miteinander zu tun?«

Er zuckte mit den Schultern und kniff die Augen zusammen.

Kleine erste Fältchen waren in seinem Gesicht zu sehen, das in der Sonne leuchtete.

»Ich habe wirklich keine Ahnung. Aber vielleicht, ja, das wäre eine Erklärung … nur was?«

Ben deutete auf ein Café, das sich am anderen Ende des Platzes befand, den sie gerade betreten hatten. Dann wandte er sich zu ihr um. »Schau mal, dahinten sieht es ganz nett aus. Wollen wir es da versuchen?«

Bevor sie antworten konnte, steuerte er auf einen freien Tisch unter einem hell geblümten Sonnenschirm zu.

Sie sah ihm hinterher. Ben, ihrem kleinen Bruder.

Sie hatten lange nicht mehr viel Zeit miteinander verbracht. Zumindest nicht zu zweit.

Ben saß ihr gegenüber, das eine Bein über das andere geschlagen, und Klara fragte sich, wie sich sein Leben wohl anfühlen musste. Ob er an Linus dachte? War ihm seine eigene kleine Familie mittlerweile näher als seine Eltern und seine Schwester? Sicher war es so. So musste es doch sein.

»Und Johann? Kommt der auch noch?« Es schien, als hätte er ihre Nachdenklichkeit nicht wahrgenommen.

»Nein. Der arbeitet.«

»Ja klar. Mister Wichtig!«

»Ben, lass das!«

»Warum nimmst du ihn in Schutz? Als wir das letzte Mal bei euch waren, hat er sich doch total danebenbenommen.«

Er griff in seine Hosentasche und holte eine zerbeulte Packung Zigaretten hervor, die er vor sich auf den Tisch legte, machte jedoch keinerlei Anstalten, sich eine anzustecken.

»Er war nur genervt, weil Linus auf unserem neuen Sofa rumgetobt hat und ihr nichts gesagt habt.«

»Ist doch nichts passiert. Was sollten wir denn sagen? Wir wollten ja auf den Spielplatz, aber da wollte Johann nicht hin. Und er kann ja wohl schlecht erwarten, dass ein Dreijähriger brav auf dem Sessel sitzen bleibt, wenn auf dem Couchtisch eine Schale mit Schokolade steht …«

Ben grinste sie an und sie fragte sich, wie ihr Leben wohl auf ihn wirken musste.

»Brüderchen, das waren Pralinen aus München, von Johanns Mutter, die acht Euro das Stück gekostet haben. Das hat sie extra noch betont.«

Ben verdrehte die Augen und sie wusste, dass er recht hatte.

Sie war selbst genervt gewesen von Johanns Verhalten an jenem Nachmittag. Aber sie wollte nicht über ihn sprechen und nicht an ihn denken müssen.

An den Tischen um sie herum saßen Familien, Paare, vielleicht Freundinnen, vielleicht Schwestern. Einige Papiertüten standen auf dem grauen Kopfsteinpflaster und deuteten darauf hin, dass hier die Zeit für eine Shoppingpause bei einem Cappuccino oder einer Kleinigkeit zum Essen genutzt wurde.

Ben riss sie aus ihren Beobachtungen. »Sag ich doch. Mister Wichtig, total abgehoben.«

»Ja, das ist ein Problem! Aber können wir bitte das Thema wechseln? Du magst ihn nicht, das ist für mich in Ordnung.«

»Na ja, so würde ich das nicht sagen. Ich mag ihn schon. Aber stört dich das denn nicht, wenn er sich so bescheuert verhält?«

»Ben, bitte. Mich stört da einiges. Wollen wir was bestellen?«

Sie winkte der Kellnerin zu, die mit zwei Speisekarten an ihren Tisch eilte.

Sie hatten sich einiges zu erzählen und Klara fragte sich, was der Grund dafür war, dass sie sich so selten sahen, obwohl sie doch in der gleichen Stadt lebten.

Waren es die Lebensumstände? War es die mangelnde Gewohnheit? Und würde ihr Zusammentreffen an diesem Tag etwas daran ändern?

Ben stocherte in seinem Fisch herum, der inmitten von goldbraunen Bratkartoffeln und viel Speck lag.

»Sylt! Warum hat Mama bloß die ganze Zeit gesagt, dass sie nach Sylt will, und warum hat sie dich hierher mitgenommen? Es ist doch mehr als komisch, dass sie dir vorher überhaupt nichts erzählt hat. Da stimmt doch vorne und hinten was nicht.« Er sah sie fragend an und sie wusste nicht, was sie antworten sollte.

Sie schob mit dem Messer das letzte Salatblatt, auf dem noch ein kleiner Rest des gratinierten Ziegenkäses lag, auf ihre Gabel.

»Und weißt du, was wirklich seltsam ist? Ich war vor zwei Wochen bei Mama – und jetzt fällt mir ein, dass auf dem Küchentisch ein paar uralte Dänemark- und Fanø-Reiseführer lagen.« Er hielt kurz inne und dachte einen Moment nach. »Ich hab sie gefragt, ob sie die entsorgen will, doch sie hat nur gesagt: ›Ja, das könnte deinem Vater so passen!‹, und dann hat sie alles ganz schnell weggepackt. Ich hab mich kurz gewundert, aber nicht weiter darüber nachgedacht. Sie ist ja manchmal etwas eigen …«

Die Kellnerin kam und Klara gab ihren Teller zurück. Sie sah Ben an und spürte, dass er das Gleiche dachte wie sie: Ihre Mutter musste diese Fanø-Reise schon länger und genau geplant haben. Die Frage war nur, warum?

Ihr war in den ersten Tagen nichts aufgefallen, was diese Frage beantworten könnte.

Aber nun fielen ihr ein paar Dinge ein, die sie merkwürdig gefunden hatte. Sie dachte an den Nachmittag, als sie ihre Mutter von oben aus ihrem Zimmer im Garten am Telefon gesehen hatte. Hatte sie da etwa geweint? Klara erzählte Ben von dem Streit kurz vor dem Unfall. Ihre Mutter war so wütend gewesen, sie hatte sie lange nicht so erlebt.

»Ben, ich fürchte, allein finden wir nicht heraus, warum Mama uns alle angelogen hat. Lass uns nachher mit Papa reden. Wollen wir los?«

Er trank sein Bier aus, schaute auf die Uhr und griff nach der Packung Zigaretten, die er auf den Tisch gelegt hatte.

»Es ist gleich halb drei. Ja, komm, wir gehen.«

Nachdem sie bezahlt hatten, liefen sie denselben Weg zurück, doch sie nahm keine Notiz mehr von dem bunten Treiben um sie herum.

An einer Straßenkreuzung am Ende der Fußgängerzone deutete Ben auf eine kleine Straße und holte einen Zettel aus seiner Jacke hervor.

»Da ist mein Hotel. Ich würde gerne kurz einchecken. Willst du hier warten oder kommst du mit?«

Klara wusste nicht, was sie wollte. Sie war erschöpft und in ihrem Kopf schien sich alles zu drehen. Ihre Hände fühlten sich kalt an, obwohl es so ein warmer Tag war. Sie vergrub sie in den Taschen ihrer Jeans, sah auf ihre Turnschuhe hinunter und entdeckte einen kleinen Riss an der rechten Außenseite.

»Klara? Was ist jetzt?«

»Ich bleibe hier und schau mal kurz da vorne in den Laden, okay?«

Sie hatte keine großen Ambitionen, nach Klamotten zu suchen, aber etwas anderes gab es an dieser Ecke nicht, und etwas Ablenkung, in welcher Form auch immer, schien ihr in diesem Moment willkommen.

Lustlos strich sie mit den Händen durch die ordentlich an einer Stange aufgereihten T-Shirts und Blusen, die nach Farben sortiert worden waren.

Hin und wieder hielt sie inne und schob einen Bügel ein wenig zur Seite. So sah es aus, als würde sie sich für ein Teil näher interessieren.

Eine für den Laden viel zu elegant gekleidete Verkäuferin, die gerade noch einen Stapel Jeans auf einem Tisch geordnet hatte, steuerte auf sie zu. Klara ahnte, was nun kommen würde.

Schnell griff sie nach einer hellgrauen gerade geschnittenen Bluse, Größe 36, das müsste passen, und hielt sie der Verkäuferin entgegen.

Mit einem Strahlen, das affektiert wirkte und gleichzeitig etwas Arrogantes hatte, nahm die Verkäuferin ihr das Teil ab und legte es sich ebenso lässig wie professionell über den Arm.

Dann drehte sie sich um und verschwand mit der Bluse hinter der Kasse.

Kurz darauf stand Klara wieder in der Fußgängerzone, in der Hand eine rosa Papiertüte mit goldener Aufschrift und farblich passenden Griffen, die von einem neonpinken Seidenbändchen zusammengehalten wurden.

»Na, Schwesterchen? Gleich mal ein bisschen geshoppt?« Ben umarmte sie von hinten und lachte. Wie gut, dass er da war.

Als sie im Krankenhaus vor dem Zimmer ihrer Mutter standen, zögerte sie einen kurzen Moment hineinzugehen und drehte sich zu Ben um, der dicht hinter ihr stand. Sie öffnete die Tür einen Spalt. Ihr Blick fiel auf ihre Mutter, die noch schlafend im Bett lag, und Klara bedeutete ihrem Bruder mit dem Zeigefinger an den Lippen, dass sie besser noch eine Weile draußen bleiben sollten.

Auf dem Gang wurden die Wagen mit Tabletts für Kaffee und Kuchen vorbereitet.

»Wollen wir Papa anrufen und fragen, wann er kommt?«

Klara holte ihr Handy hervor, und bevor Ben antworten konnte, hatte sie schon die Nummer ihres Vaters gewählt.

»Hallo? Papa? Hörst du mich?«

»Schlechter Empfang!«, flüsterte sie in Bens Richtung und drückte das Handy noch fester ans Ohr.

»Was? Wann kommst du an?« Klara redete so laut, dass sich eine alte Dame in einem blau geblümten Nachthemd und weißen Pantoffeln, die eben an ihnen vorbeiging, erschrocken umsah.

»Ja, gut. Wir sind im Krankenhaus. Mama schläft … Wir warten unten in der Cafeteria auf dich. Bis gleich.«

Sie legte auf, atmete tief ein und sah ihren Bruder an,

der sich gerade eine Fotowand anschaute, die den Gang zwischen dem Besucher-WC und dem Zimmer ihrer Mutter schmückte. Mit der rechten Hand strich er sich durch die Haare und zupfte an seinem Ohrläppchen. Das tat er immer, wenn er nervös war. Sie hatte es nur vergessen.

»Papa ist schon in Ribe. Dann müsste er in einer halben Stunde hier sein. Ging ja viel schneller als gedacht.«

Ben zuckte mit den Schultern und Klara sah ihrem Bruder an, dass er sich noch etwas mehr Zeit ohne ihren Vater erhofft hatte.

Das Verhältnis zwischen den beiden war seit einer Ewigkeit etwas angespannt. Wobei, da war sich Klara sicher, es nicht schwer wäre, ein paar Missverständnisse aus dem Weg zu räumen.

Ben glaubte, dass ihr Vater seinen Beruf als Grafiker noch immer für eine brotlose Kunst hielt und enttäuscht war, dass Ben nicht wie er Medizin studiert hatte, um später seine Praxis zu übernehmen.

Ihr Vater hingegen hatte das Gefühl, dass Ben sich nichts von ihm sagen lassen wollte, egal, was er ihm auch vorschlug. Also hatte er es irgendwann aufgegeben, das Gespräch mit ihm zu suchen, was Ben wiederum als Desinteresse wertete.

Klara griff ihn am Arm und schob ihn ein Stück vor sich her in Richtung Fahrstuhl.

Unten angekommen war sie überrascht, was für ein Betrieb hier herrschte. Zwischen den Patienten, die an ihren Bademänteln, Jogginganzügen oder zumindest an ihrer sehr bequemen Kleidung leicht zu erkennen waren, saßen auch einige Besucher. Klara hatte den Kaffee bisher immer aus dem Automaten geholt. Doch als sie das Angebot sah, das an der Tafel angeschrieben war, konnte sie sich den Ansturm gut erklären. Das Essen, das hier verkauft wurde, sah fantastisch aus und war zudem nicht teuer.

Vermutlich rannten alle, die es noch konnten, dem Essen auf ihren Zimmern davon und gaben gerne ein paar Kronen für etwas Besseres aus, als sie dort erwartete.

»Meinst du, ich bekomme hier ein Bier?« Ben stellte sich in der Reihe vor der Theke an. Von ihm aus war die Getränkekarte nicht lesbar.

»Sicher, guck mal, der dahinten hat doch auch eins.«

Klara schaute in die Richtung eines Mannes, vielleicht Mitte vierzig, der in einem Rollstuhl saß und aus einer Flasche trank. Abgesehen von seinem Rollstuhl wirkte er gar nicht krank. Er trug eine Jeans und ein ordentlich gebügeltes Hemd, seine Haare sahen aus wie frisch geschnitten und auf seinem Schoß stand ein Tablett mit einem belegten Baguette, das es mit denen aus den neuesten Szene-Delis in der Schanze aufnehmen konnte.

Mit Wasser und Bier gingen sie hinaus auf die zur Cafeteria gehörige Terrasse. Ganz rechts war ein Tisch für vier Personen unter der Markise frei und sie setzten sich nebeneinander, so dass beide eine gute Sicht auf den Garten hatten.

Es sah hier nicht aus wie in einem Krankenhaus, viel eher fühlte sie sich an die Außenanlagen eines Hotels erinnert. Die ordentlich aufgereihten Liegestühle mit ihren hellen Sitzauflagen am Rand der Terrasse taten ein Übriges.

»Klara!« Auf einmal stand ihr Vater in der großen Tür, die nach draußen führte, und winkte in ihre Richtung.

Sie sprang auf und rannte auf ihn zu. Sie sah gerade noch, wie Ben seine Zigarette im Aschenbecher ausdrückte, obwohl er sie erst zur Hälfte geraucht hatte, und aufstand.

Ihr Vater umarmte sie fest und lange, dann strich er ihr mit beiden Händen über den Kopf und sah über sie hinweg in Bens Richtung. »Da seid ihr ja beide! Ben, wann bist du angekommen?«

»Hallo, Papa! Ich war mittags hier. Willst du gleich zu Mama? Eben hat sie noch geschlafen …«

»Ich frage mal nach dem Arzt. Doktor Petersen, richtig?«

Sie spürte die Unruhe ihres Vaters. Er sah sich um, als würde er nach etwas suchen, was man nicht finden konnte.

»Ja, geh mal. Wir kommen gleich nach«, erwiderte sie.

Er nickte Klara zu und es schien, als zögerte er, den nächsten Schritt zu tun.

Kurz nahm er ihre Hand und drückte sie fest, dann drehte er sich um und ging zum Ausgang der Cafeteria und in den Krankenhausflur.

Klara sah ihm nach und wunderte sich, wie jung er von hinten wirkte. Sein Trenchcoat saß perfekt, er hatte noch dichtes Haar, das lediglich grau meliert war. Er war schlank, fast athletisch, und hatte einen aufrechten, festen Gang.

Überhaupt sah er gut aus und sie dachte daran, wie Maja sie vor langer Zeit einmal gefragt hatte – sie waren damals kurz vor dem Abitur –, ob ihr Vater nicht ständig angeflirtet würde.

Damals kam ihr das absurd vor. Er war ihr Vater und sie hatte ihn nie unter einem anderen Gesichtspunkt betrachtet.

Erst viele Jahre später wurde ihr selbst bewusst, wie attraktiv er war.

»Das war ja wieder mal eine nette Begrüßung!«, stellte Ben sarkastisch fest. »Und? Was machen wir jetzt?« Er sah sie an, als wüsste sie es.

Reflexartig schaute sie auf ihr Handy, um zu sehen, wie spät es war. Fast fünf.

Eine SMS war gekommen, ohne dass Klara einen Eingangston bemerkt hatte:

Ich denk an dich! M.

Sofort war sie wieder da, die Aufregung des letzten Abends.

Wie gern wäre sie jetzt sofort zum Hafen gelaufen, auf die nächste Fähre nach Fanø gesprungen und zu Mads gefahren.

»Alles okay? Warum wirst du denn so rot?« Ben sah sie belustigt an und wartete auf eine Antwort.

»Ach, nichts, alles gut! Komm, wir setzen uns wieder hin, bevor unser Tisch besetzt ist.«

Es dauerte etwa eine halbe Stunde, bis ihr Vater zurückkam. Die Terrasse hatte sich langsam geleert und es war auch etwas kühler geworden.

Ihr Vater sah erschöpft aus. Ob das vom Gespräch mit dem Arzt kam oder ob es ihr nur vorher nicht aufgefallen war, konnte Klara nicht sagen.

»Ich konnte leider nicht mit eurer Mutter sprechen. Sie haben ihr ein Beruhigungsmittel gegeben. Doktor Petersen sagte, dass sie vorhin, als ihr unterwegs wart, sehr aufgeregt war. Das Gedächtnis scheint wohl langsam zurückzukommen.« Er schnaubte Luft durch die Nase. Dann setzte er erneut an. »Klara, stand denn Sylt bei euch wirklich nie zur Debatte? Wann hat Mama dich gefragt, ob du mit nach Fanø fahren willst? Und hat sie gesagt, warum sie hierher wollte? Das kann doch alles nicht wahr sein.« Seine Anspannung war ihm deutlich anzumerken und Klara fragte sich, was ihrem Vater wohl gerade durch den Kopf ging. Sie hatte immer geglaubt, ihre Eltern hätten keine Geheimnisse voreinander. Ob er das auch geglaubt hatte?

Der Morgen, an dem ihre Mutter sie angerufen hatte, kam ihr schon so lange her vor, dennoch erinnerte sie sich noch gut an ihn.

Sie sah ihren Vater an. Ein paar kleine Schweißperlen hatten sich auf seiner Stirn gebildet, die er jedoch nicht zu bemerken schien. Sie hätte ihm am liebsten ein Taschentuch gereicht, sah aber weg.

»Das war vorletzte Woche. Donnerstag. Nein, Mama hat nie von Sylt gesprochen. Aber ich dachte, dass ihr Fanø schon lange geplant hattet und dein Seminar dazwischengekommen sei.«

Ihr Vater schüttelte den Kopf. »Nein, wir wollten nicht zusammen fahren. Das stand nie zur Diskussion. Fanø war in den letzten Jahren undenkbar. Ich habe aber eine Vermutung …«

Dann brach er ab und sah zu Ben, der seine Papierserviette zu einer Rolle geformt hatte, die er nun zwischen Zeigefinger und Daumen hin und her drehte.

»Was denn für eine? Kannst du dich bitte klarer ausdrücken?« Sie hätte am liebsten mit der Hand auf den Tisch gehauen, aber ihr Vater sah sie so ernst und hilflos zugleich an, dass sie sich zusammenriss und wartete, bis er sich gefangen hatte.

Auch Ben verhielt sich ruhig und sie ahnte, wie schwer ihm das fiel.

Leiser fing sie wieder an: »Und die Leukämie? Wusstest du davon?«

»Nein, ich hatte keine Ahnung. Ich glaube auch nicht, dass eure Mutter davon wusste …« Er stockte. »Aber vielleicht ja doch, sie hat mir schließlich nicht alles gesagt …«

»Wird Mama daran sterben?«

Klara erschrak über die Direktheit der Frage, die Ben gestellt hatte.

Ihr Vater antwortete, ohne zu zögern. »Die Wahrscheinlichkeit, dass sie trotz dieser Krankheit sehr alt wird, ist groß. Sie hat keine Symptome. Das ist gut und eure Mutter ist zäh.«

Sie saßen ein paar Minuten still an ihrem Tisch, auf dem nur noch ein fast leeres Glas stand, das nicht einmal ihnen gehörte, und noch nicht abgeräumt worden war.

Schließlich unterbrach Ben das Schweigen. »Was machen wir jetzt? Können wir heute überhaupt noch mal zu Mama?«

»Nein, ich fürchte nicht. Sie sollte sich ausschlafen …«

Ihr Vater erhob sich von seinem Stuhl und schob ihn ordentlich unter den Tisch. Das hatte ihre Mutter ihm gut beigebracht.

»Wollen wir nach Sønderho fahren und dann im *Kro* etwas essen? Was meint ihr?« Seine Stimme klang wackelig. Er sah von ihr zu Ben und wieder zurück.

»Papa, Ben hat dir hier auf dem Festland ein Zimmer gebucht. Das Haus am Landevejen ist seit heute an andere Leute vermietet. Ich bin in diese Pension kurz vor Nordby gezogen, vielleicht kennst du sie. Sie liegt etwas versteckt zwischen den Dünen und …« Sie kam nicht dazu, ihren Satz zu beenden.

»Wohin? Wieso denn das? Was für eine Pension?« Ihr Vater sah sie entgeistert an und klammerte sich augenblicklich an der Stuhllehne vor ihm fest. Es sah aus, als wüsste er nicht, ob er sich wieder setzen sollte oder doch lieber stand. Warum wirkte er so irritiert?

»Papa, das hat sich einfach so ergeben und ich musste es schnell entscheiden. Außerdem ist das doch jetzt völlig egal!« Sie löste ihre übereinandergeschlagenen Beine und rutschte mitsamt ihrem Stuhl ein wenig nach hinten, um ihrem Vater besser in die Augen sehen zu können. Er wirkte wie in einer anderen Welt.

Allmählich wurde sie ungeduldig. »Was ist jetzt? Wir können auch hier noch etwas trinken gehen und ich nehme dann später die Fähre nach Fanø.« Schnell stand sie auf und griff nach ihrer Tasche. »Wollen wir los?«

Sie richtete ihren Blick auf Ben, dann auf ihren Vater, der plötzlich einen großen Schritt auf sie zumachte, sie am Arm packte und ein Stück zu sich heranzog. Sie wusste nicht, ob er wütend war oder was ihn dazu veranlasste, sich derart ruppig zu verhalten.

»Ich bringe dich da jetzt hin. Ben, wir sehen uns später im Hotel. Schickst du mir bitte die Adresse?«

Weder sie noch Ben hatten eine Chance, darauf zu reagieren. Ihr Vater schob sie zum Ausgang und Ben folgte ihnen mit einem kleinen Abstand, keiner von ihnen sagte ein Wort. Die Menschen um sie herum nahm sie wie durch einen Schleier wahr, verdunstend unter hell scheinenden Neonleuchten.

Auf dem Parkplatz vor dem Krankenhaus trennten sich ihre Wege. Es war ein kurzer knapper Abschied. Ben sah sie fragend an, zuckte fast unmerklich mit den Schultern und war sicher froh, der angespannten Lage entkommen zu können.

Ihr Bruder war bereits losgefahren, als ihr Vater die Beifahrertür seines schwarzen und sichtlich neuen Kombis aufschloss und Klara einsteigen ließ.

Als er neben ihr saß, umfasste er mit beiden Händen das Lenkrad und schaute nach vorne auf die graue Wand, knapp zwei Meter hoch, die den Parkplatz vom angrenzenden Grundstück trennte.

»Papa, ist alles in Ordnung?« Sie griff nach hinten, um sich den Anschnallgurt zu holen, und versuchte dabei, seinen Gesichtsausdruck zu ergründen.

»Nein, Klara, ich fürchte, nichts ist in Ordnung. Ich bringe dich jetzt nach Nordby ...«

»Das musst du nicht. Wirklich. Ich habe Mamas Auto in Nordby am Hafen stehen. Du willst doch jetzt nicht so viel Geld für die Fähre ausgeben, nur um mich zu meiner Pension zu bringen, oder? Lass uns noch hier irgendwo was essen oder trinken gehen ...«

»Ich bringe dich! Mein Auto kann ich auch in Esbjerg lassen.« Er sagte das mit einer Bestimmtheit, die keine weitere Widerrede zuließ. Sie ahnte, dass ihr Vater ihr etwas verschwieg. Aber noch bevor sie eine Frage stellen konnte, kam ein Rettungswagen mit Blaulicht und Martinshorn hinter ihnen um die Ecke, so dass kein weiteres Wort zu verstehen war.

Die Fahrt zum Hafen war zu kurz, um ihrem Vater in Einzelheiten von dem Unfall und den vorangegangenen Tagen zu berichten.

Er parkte das Auto auf einem der freien Parkplätze vor der Anlegestelle der Fähre. Auch wenn er lange nicht hier gewesen war, wusste er offenbar genau, wo er hinmusste und was zu tun war. Er handelte, ohne zu zögern.

Erst als sie oben an Deck saßen, fast allein, weil es deutlich kühler geworden war und der Wind kräftig blies, konnte sie das, was sie für wichtig hielt, zu Ende erzählen. Doch es blieben viele Fragen offen. Immer wieder hatte sie darüber nachgedacht, ob es irgendetwas gab, was darauf schließen ließ, dass ihre Mutter von der Leukämie wusste oder warum sie mit ihr hierhergefahren war. Und vor allem – was hatte ihre Mutter dazu veranlasst, diese Reise vor ihrem Bruder und ihrem Vater zu verheimlichen?

Sie hatte ihren Vater lange nicht so angespannt und nervös erlebt. Er sagte kaum ein Wort und sie spürte, dass es besser war, ihm in dieser Situation keine Fragen zu stellen.

Ihr war kalt und die feuchte Luft peitschte ihnen um die Ohren. Eine dicke Wolke über ihnen und der dunkle Horizont ließen erahnen, dass es bald anfangen würde zu regnen.

»Mamas Auto steht hinter der Kirche. Wir sollten uns beeilen. Dann schaffen wir es vielleicht noch trocken bis dorthin. Komm, Papa, lass uns aufs untere Deck gehen. Da ist es nicht so windig.«

Sie stand auf und sah zurück in Richtung Esbjerg.

Wie oft war sie diese Strecke in der kurzen Zeit nun schon gefahren?

Sie waren nur noch ein paar Meter von ihrem Wagen entfernt, als es anfing heftig zu regnen. Die letzten Schritte rannten sie, aber als sie endlich die Türen von innen geschlossen hatten, waren sie bereits komplett durchnässt.

»Auch das noch! Klara, hast du hier irgendwo ein Handtuch?«

»Ja, im Kofferraum. Da sind Mamas Sachen. Alles, was sie mit in den Landevejen gebracht hat.« Sie wies nach hinten auf die Rückbank, auf der die zusammengerollten Matratzen lagen.

Ihrem Vater liefen die Regentropfen die Schläfen herunter und er wischte sie notdürftig mit seinem nassen Hemdsärmel ab.

»Egal, lass uns fahren.«

Klara ließ den Motor an und wendete, kurz darauf befanden sie sich auf der kleinen Straße, die zur Pension führte.

Es war das zweite Mal seit ihrer Ankunft auf Fanø, dass es derart regnete. Sie dachte an den Unfall.

»Wie bist du auf diese Pension gekommen?« Ihr Vater riss sie aus den Gedanken. Sein Ton klang schroff.

Sie überlegte, was sie antworten sollte, und beschränkte sich auf das Nötigste. Dass Mads bereits mehr war als nur ein Helfer nach dem Unfall, brauchte ihr Vater nicht zu wissen.

»Papa, was ist denn nur los? Willst du mir nicht sagen, was dir durch den Kopf geht?«

Er atmete tief ein und sah stur nach vorne.

»Wir reden später. Ich will jetzt erst mal in die Pension und ich möchte, dass du dir etwas Trockenes anziehst.«

Sie riss sich zusammen. Diesen Befehlston kannte sie.

Aber ihr Vater gebrauchte ihn nur, wenn ihre Mutter nicht anwesend war.

»Ich bin kein kleines Kind mehr. Warum bist du jetzt sauer auf mich?«

»Bin ich nicht. Fahr einfach.«

Sie bog in den schmalen Sandweg ein, der zur Pension führte. Das alte Haus sah im Regen und unter den dunklen Wolken unheimlich aus. Eine alte zerbeulte Ente parkte als einziges Auto davor. Am Morgen hatte Klara sie dort noch nicht gesehen.

Sie wusste nicht, warum ihr Vater so dringend mit ihr hierher wollte, doch sie spürte, dass es einen Grund dafür gab.

Als sie den Wagen ihrer Mutter abgestellt hatte, merkte sie, dass der Regen ein wenig nachgelassen hatte.

»Da sind wir. Ich gehe jetzt hoch und ziehe mich um. Unten gib es einen Kamin. Wenn du willst, machen wir ihn an und dann sagst du mir endlich, was hier los ist, ja?«

»Klara, das ist nicht so einfach …«

»Das ist mir schon klar. Komm, gehen wir erst mal rein.«

»Geh du vor, ich komme gleich nach.« Er sah sie ernst an.

Sie griff nach ihrer Tüte mit der Bluse, die sie auf die Rückbank geworfen hatte, stieg aus und knallte die Autotür ein wenig zu heftig zu, was sie im gleichen Moment bereute.

Sie liebte ihren Vater, aber seine sonst so positive und optimistische Art war ihm in den letzten Stunden abhanden gekommen. Er tat ihr leid, dennoch empfand sie Wut, weil sie die letzten Tage mit dieser ganzen Situation allein gewesen war und alles ja vielleicht überhaupt nichts mit ihr zu tun hatte. Oder doch?

Klara ging schnell über den kleinen Weg zur Tür und fühlte die kalte Nässe auf ihrer Haut durch den Wind noch stärker. Aus der Küche war Geschirrgeklapper zu hören, aber sie wollte in diesem Moment niemandem begegnen.

Möglichst geräuschlos trat sie über das alte Holz in der Diele, um zur Treppe zu gelangen, die sich gegenüber dem Eingang befand.

Hinter ihr vernahm sie laute Schritte, die näher kamen.

»Frau Voss? Ich habe Ihren Wagen gehört …«

Klara drehte sich zu Hannah um. Sie stand nicht mehr als einen Meter von ihr entfernt und roch nach Zigaretten und gebratenem Fett. Sie trug ein etwas zu großes kariertes Männerhemd über einer ausgebeulten Jeans, an den Füßen hatte sie Clogs, die den lauten Gang erklärten.

»Guten Abend, Frau …« Klara überlegte, ob Mads ihr Hannahs Nachnamen genannt hatte oder ob sie ihn vielleicht auf dem Anmeldeformular gelesen hatte, aber er fiel ihr nicht ein. Sie stockte.

»Lindholm. Hannah Lindholm. Sie sind ja ganz nass. Möchten Sie einen Tee?« Es war sicher nett gemeint, aber etwas in ihrer Stimme klang hart und unfreundlich.

»Danke. Ich gehe erst mal nach oben und ziehe mich um. Vielleicht nachher.« Sie dachte an ihren Vater, der sicher gleich kommen würde. Aber da sie nicht wusste, wie es nun weitergehen würde, erwähnte sie ihn nicht.

»Ja, ziehen Sie sich um, bevor Sie sich erkälten. Ich bin unten in der Küche.« Mit diesen Worten drehte sich Hannah um und verschwand hinter der Tür, aus der sie wohl gekommen war.

Als Klara in ihrem Zimmer stand, sah sie durch das

Fenster über dem Meer einen Streifen hellen Himmel. So spät war es noch nicht. Vielleicht sieben? Die Papiertüte mit der neuen Bluse war auch nass geworden, sie stellte sie vor ihrem Fenster ab. Dann zog sie sich aus, griff nach einer grauen Hose und ihrem olivfarbenen Kapuzen-Sweatshirt und überlegte, ob sie und ihr Vater nun doch noch etwas essen gehen würden. Sie hatte Hunger, der Salat lag schließlich schon Stunden zurück.

Die nassen Sachen hängte sie über das Fußteil ihres Bettes, nahm eine Decke, die auf dem Stuhl daneben lag, und wickelte sich darin ein. Sie griff nach ihrem Handy. Mads hatte noch nicht versucht sie anzurufen.

Das Holz unter ihren Füßen fühlte sich kalt und glatt an. Sie hatte die Lampe nicht eingeschaltet und nur durch das Treppenhaus schien ein wenig Licht nach oben in den fast quadratischen Flur, von dem einige Zimmer und die Treppe nach unten abgingen. An einer Wand stand ein alter Frisiertisch, auf dem, soweit sie es erkennen konnte, ein paar Zeitschriften lagen.

Sie hörte, wie unten die Tür ins Schloss fiel. Dann wieder die lauten Schritte von Hannah.

Die Stimme ihres Vaters ließ sie stehen bleiben, statt ins Bad zu gehen.

»Hannah! Was um alles in der Welt ist hier los?«

Er klang wütend und aufgebracht. Was passierte hier?

»Woher soll ich das wissen? Zuerst taucht deine Frau hier auf und verschwindet wieder, ohne ein Wort zu sagen, und dann bringt mir Mads deine Tochter. Sie weiß nichts, oder?«

Klara hatte das Gefühl, dass ihr der Boden unter den Füßen weggerissen wurde. Unfähig, einen Schritt nach vorne oder nach hinten zu gehen, blieb sie stehen. Woher kannten sich die beiden?

»Klara Voss! Ist doch deine Tochter, oder nicht, Georg?«

Sollte sie nach unten gehen? Was, wenn sie es täte? Hatte ihr Vater vorgehabt, ihr etwas davon zu erzählen? Hatte er etwa schon geahnt, wo sie hier untergebracht war? Und warum ihre Mutter unbedingt nach Fanø wollte? War das die Vermutung, von der er im Krankenhaus gesprochen hatte?

Die Fragen in ihrem Kopf ließen sich nicht ordnen. Ihr war kalt und sie zog die Decke fester um sich, als könnte sie sie vor dem beschützen, was ihr nun bevorstand.

»Ja …« Sie hörte, wie ihr Vater hustete. Nervös, als wollte er damit Zeit schinden. Das kannte sie von ihm. Ihre Mutter machte es rasend. Es konnte Minuten dauern, bis er weitersprach. Manchmal sagte er auch gar nichts mehr.

»Georg, es ist so lange her. Wieso kommst du jetzt? Ich will euch nicht hier haben. Es war nicht einfach, aber ich habe die Zeit mit dir aus meiner Erinnerung gelöscht. Und ich will, dass alles so bleibt. Geht … bitte.«

Welche Zeit meinte sie? Wie lange lag diese Geschichte zurück? Und hatte ihre Mutter wohl etwas darüber herausfinden wollen?

»Hannah, ich weiß nicht, was ich sagen soll. Ich hatte ja keine Ahnung. Bis Klara mich vor ein paar Tagen anrief und mir sagte, dass sie auf Fanø ist …«

»Hör zu! Du verschwindest hier und nimmst deine Tochter gleich mit. Verstanden?«

Den leiser werdenden Schritten nach zu urteilen hatte Hannah ihren Vater allein in der Diele stehen lassen.

Ohne das Bad zu betreten, drehte Klara sich um und ging zurück in ihr Zimmer. Leise schloss sie die Tür hinter sich, drehte den Schlüssel um, warf die Decke zur Seite und zog sich hektisch an. Die Socken – sie überlegte, in welcher Tasche sie sie verstaut haben könnte, bevor Mads sie hierher gebracht hatte. Hannah und ihr Vater ...!

Mit einem Ruck drehte sie sich um und stolperte über ihren Laptop, den sie an der Wand auf den Boden gestellt hatte. Nicht auch das noch. Schon einmal war ihr ein Rechner auf diese Weise kaputtgegangen.

Hastig zog sie ihn aus der Hülle, um nachzusehen, ob wenigstens hier alles in Ordnung war.

Etwas fiel heraus, rutschte über ihre Knie und landete unter dem Bett. Sie sah den Umschlag, der aufgerissen worden war. Die Rückseite zeigte nach oben und sie las den dänischen Absender. *H. Lindholm.* Hannah? Sie hatte diesen Brief völlig vergessen.

Klara beugte sich nach unten und griff nach dem Papier. Sie drehte den Brief um und sah, dass er an ihren Vater adressiert war. Der blaue Kugelschreiber hatte schon nach dem Straßennamen ihrer Eltern seinen Geist aufgegeben. Die Hausnummer war schwarz, mit einem Fineliner, überschrieben worden. So etwas konnte ärgerlich sein, wenn die Briefmarke schon vorher aufgeklebt worden war.

Sie zögerte einen Moment, bevor sie den Brief aus dem Umschlag holte.

Für einen kurzen Augenblick schloss sie die Augen und atmete tief ein.

Dann begann sie zu lesen.

Horsens, 27. Januar 2016

Georg,

ich kenne dich nicht und du kennst mich nicht.
Vor fast zwei Monaten ist der Mann gestorben, von dem ich immer dachte, er wäre mein Vater – mein leiblicher Vater.
Aber das war er nicht. Das sagte er mir, ein paar Tage bevor er starb und bevor ich weitere Fragen stellen konnte. Er nannte mir dich als meinen Erzeuger und es war nicht ganz einfach, dich in Hamburg ausfindig zu machen.
Ich habe meine Mutter Hannah gefragt. Aber sie wollte mir nicht mehr sagen als das, was ich ohnehin schon wusste.
Ich war wütend, aber langsam hat sich die Wut gelegt.
Du weißt nichts von mir, das sagt zumindest meine Mutter.
Ein Vater hat mir nie gefehlt. Ich war zufrieden mit dem, den ich hatte.
Aber eine Mutter, eine glückliche Mutter, die hatte ich nicht. In den letzten Wochen habe ich viel verstanden und ich ahne, warum meine Mutter so ist, wie sie ist: in sich gekehrt und voller negativer Gedanken. Anders kenne ich sie nicht.
Ich würde gerne mehr erfahren und verstehen, warum sie bis heute schweigt.

Henrik

Unter seinem Namen stand noch eine Telefonnummer.

KAPITEL 10

Klara las die Zeilen ein zweites Mal. Ihre Hände zitterten, doch sie nahm es nur wahr, weil das Papier vor ihr auf und ab flatterte. Ihr Vater hatte einen Sohn von der Frau, die im Stockwerk unter ihr in der Küche stand und seine Geliebte gewesen war. Die diese Pension besaß, in die Klara rein zufällig geraten war.

Was wusste ihre Mutter von dieser Geliebten? Und von Hannahs unehelichem Sohn? War diese Geschichte der Grund für die Reise? Wollte sie mit Klara gemeinsam das Geheimnis ihres Vaters vollends aufdecken? Die Gedanken in ihrem Kopf überschlugen sich.

Sie hörte Schritte auf der Treppe. Kurz darauf klopfte es. Unfähig, etwas zu sagen, saß sie nur da, auf ihrer Bettkante, und starrte zur Tür.

»Klara? Bist du da drin?« Die Stimme ihres Vaters klang dunkel und tief durch das alte Holz.

»Klara! Mach bitte auf! Ich möchte mit dir sprechen.«

Da war er wieder, dieser Befehlston. Wenn auch nicht mehr ganz so bestimmend wie vorher im Auto.

Sollte sie ihren Vater mit dem, was sie gehört hatte, direkt konfrontieren? Sollte sie ihm den Brief zeigen?

Hatte er ihn überhaupt gelesen? Hatte er von diesem Sohn jemals erfahren?

Sie hörte, wie ihr Vater wieder nach unten ging und wie die Tür laut ins Schloss fiel. Sicher würde er draußen auf sie warten. Ihr war kalt. Zwar hatte sie jetzt trockene

Sachen an, aber eine heiße Dusche vorher hätte ihr bestimmt gutgetan.

Nachdem sie ihre Stiefel angezogen hatte, band sie sich ein Tuch um den Hals, graublau mit einem geometrischen Muster, sie hatte es von Maja zum letzten Geburtstag bekommen, und schlüpfte in ihren Parka.

Sie hoffte, Hannah nicht ein zweites Mal zu begegnen an diesem Abend.

Unbemerkt gelangte sie durch die Haustür nach draußen und sah ihren Vater von hinten. Er stand auf der nächsten Düne, nur ein paar Meter vom Haus entfernt, und schaute in Richtung Meer.

Als sie sich ihm näherte, drehte er sich zu ihr um.

Elend sah er aus, so durchnässt, wie er war. Seine Hände steckten in den Hosentaschen und es schien, als wüsste er nicht, ob er stehen oder gehen sollte.

Sie fragte sich, ob sie wütend auf ihn sein müsste. Jeder Schritt, den sie ihm näher kam, ließ die Frage größer werden: Warum hast du das getan?

Sie spürte ihr Handy in ihrer Hosentasche vibrieren und versuchte, es zu ignorieren. Auch wenn sie sich ziemlich sicher war, dass es Mads war, der da versuchte sie zu erreichen.

Noch konnte sie nicht genau sagen, was es war, aber irgendetwas hatte sich geändert, seit sie den Brief gelesen hatte. Irgendetwas, was das Gefühl ihrer Mutter gegenüber betraf.

»Klara …« Ihr Vater kam auf sie zu und streckte die Arme nach ihr aus.

Ehe er sie berühren konnte, wich sie zurück. Bevor sie nicht wusste, welche Rolle er in diesem Spiel einnahm, und bevor er sich ihr nicht erklärte, hatte sie das Bedürfnis, sich ihn auf Abstand zu halten, auch wenn das zu diesem Zeitpunkt nur körperlich möglich war.

»Bitte, lass uns ein Stück Richtung Meer laufen, weg von diesem Haus.« Sie befürchtete, Hannah könnte sie sehen oder hören und das wollte sie unbedingt vermeiden.

»Ich weiß nicht, wie ich anfangen soll …« Ihr Vater ging neben ihr her, ohne sie dabei anzusehen. Seine Stimme klang zittrig und deutlich sanfter. Der unebene Boden unter ihren Füßen gab nach und sie spürte, wie Sand in ihre Schuhe drang.

»Papa, ich habe dich und Hannah gehört, vorhin, als ich oben war und ihr in der Diele gesprochen habt.«

Ihr Vater blieb stehen und schaute auf. Es sah aus, als wäre er froh darüber, nicht mehr alles erzählen zu müssen. Dass sie bereits einen Schritt weiter waren, als er wohl angenommen hatte.

»Wann war das mit Hannah? Wie lange hat es gedauert?« Sie fragte ihn ohne Umschweife.

Er atmete tief ein, bevor er ihr antwortete.

»Es hörte auf, nachdem wir das letzte Mal alle zusammen hier waren …« Er stockte und ihm war anzumerken, dass es ihm nicht leichtfiel, darüber zu sprechen.

»Neunzehn Jahre ist das her. Ich war froh, dass Hannah alles beendet hat. Auch wenn ich damals traurig darüber war. Aber es war die einzige Möglichkeit, irgendwie weiterzumachen. Mit euch, mit deiner Mutter …«

»Aber wie ging das alles? Wir waren doch nur in den Ferien hier.«

»Ich habe Hannah kennengelernt, als du ungefähr dreizehn, vielleicht vierzehn warst. Weißt du noch, wie diese Jahre waren?«

Doch er ließ sie nicht zu Wort kommen.

»Deine Mutter war dauernd unzufrieden. Mit sich, mit ihrer Rolle zu Hause und als Mutter, ständig gab es Streit und Vorhaltungen …«

»Aber deshalb beginnt man doch keine Affäre.«

Klara ärgerte sich über die Art und Weise, wie er versuchte sich für das zu rechtfertigen, was passiert war. Es war sicher damals nicht einfach gewesen. Sie erinnerte sich genau daran, wie ihre Mutter ihren Vater häufig angeschrien hatte, weil er so viel Zeit mit seiner Arbeit, aber kaum Zeit mit ihr verbrachte. Dass er nie gewusst hatte, wann in der Schule etwas Wichtiges stattfand und was alles im Haus zu tun war. Ihre Mutter hoffte wohl auf Dank und Anerkennung, aber darin war ihr Vater nicht gut. Er sagte lieber gar nichts, bevor er etwas Falsches sagte. Dabei fand sie fast alles falsch, was er tat und von sich gab.

Ihre Mutter verbündete sich mit Ben, der noch klein war und ihr gab, was sie brauchte: Geborgenheit und Liebe.

Klara hingegen hielt sich lieber von der häufig so anstrengenden Familie fern. Sie war froh um jede Stunde und jedes Wochenende, das sie bei Maja oder einer anderen Freundin verbringen konnte.

Ihr fielen sofort einige Situationen am Esstisch beim Abendbrot ein, in denen Ben eifrig ihre Mutter unterstützt hatte, wenn es darum ging, ihrem Vater seine angebliche Tatenlosigkeit vorzuwerfen. Klara bemitleidete ihn oft, aber sie unterstützte ihn auch nicht. Und wie unschuldig war ihr Vater damals wirklich?

Sie waren stehen geblieben und die Düne, die sich hoch vor ihnen auftürmte, schützte sie ein wenig vor dem Wind, der immer kälter wurde.

»Nein, du hast recht. Deshalb beginnt man keine Affäre«, gab ihr Vater mit matter Stimme zu. »Ich habe auch nicht danach gesucht. Ich sah Hannah das erste Mal rein zufällig in Nordby. Deine Mutter hatte mich zum Einkaufen geschickt. Im Anschluss wollte ich noch irgendwo ein Bier trinken. Allein. Das war ich ja sonst nur selten …«

Ob er wohl merkte, dass er schon wieder dabei war, sich zu rechtfertigen?

»Sie saß einige Tische weiter und las ein Buch. Sie wirkte so entspannt und glücklich. Dann lachte sie mich an und fragte, ob sie sich zu mir setzen dürfe. Hätte ich Nein sagen sollen? Sie war gerade nach ein paar Jahren in Deutschland nach Fanø zurückgekehrt. Ihre Eltern hatten hier eine Pension. Die dahinten, in der du jetzt wohnst. Sie wollte weiterstudieren, nach Kopenhagen ziehen. Hannah hatte viel vor und jede Menge Ideen. Sie hat damals sehr mit mir geflirtet und ich habe ihr nicht gleich erzählt, dass ich eine Familie habe, mit der ich hier war …«

Klara versuchte, sich ihren Vater vorzustellen. Wie war er mit vierzig gewesen? Nach vielen Jahren Ehe und mit Familie? Er war damals kaum älter als sie jetzt. Das kam ihr absurd vor, machte aber einiges verständlicher.

Er sah sie mit dunklen Augen an. »Weißt du, Klara, da war auf einmal jemand, der wieder mich sah. Meine Person. Der sich für mich interessierte. Wir haben uns dann ein paarmal getroffen. Ich habe mir damals ein Rad geliehen und bin viel herumgefahren. So hatte ich ein paar Stunden für mich … und für Hannah.«

Die Bilder in ihrem Kopf waren verschwommen und blass.

Wie alte Fotos, bei denen man nur noch erahnen kann, wer oder was darauf abgebildet ist. Es war kaum vorstellbar, dass sich ihr Vater mit Hannah vergnügt hatte, während ihre Mutter, Ben und sie im Landevejen saßen und darauf warteten, dass er zurückkam.

»Hat Mama denn nichts gemerkt?«

»Nein, ich glaube, sie hat sehr lange nichts gemerkt. In Hamburg war ja auch wieder alles wie immer. Sie war zu Hause, ich habe gearbeitet. Zweimal war ich allein auf Fanø. Dass es damals noch keine Handys gab, war mein Glück. Ich habe irgendwelche Seminare vorgetäuscht, um Hannah sehen zu können. Dadurch, dass sie nicht in meinem Alltag vorkam, war vieles einfacher.«

»Aber Mama muss doch gemerkt haben, dass du anders warst als sonst, oder nicht?« Klara dachte an ihre Mutter, die normalerweise den kleinsten Stimmungsumschwung wahrnahm. Oder hatte sie es nicht sehen wollen?

Sie hatten die Dünen hinter sich gelassen und gingen über den festen Sand, der von den Autos ganz platt gefahren war. Die Reifenspuren waren durch den Regen verschwunden. Ab und an krachte eine zerbrechende Muschel unter ihren Schuhen.

»Ich glaube, dadurch dass Hannah alles so locker nahm, hielt sich auch mein schlechtes Gewissen in Grenzen. Sie wollte nichts Festes. Das hat sie zumindest lange gesagt. Aber von Mal zu Mal wurde die Sache schwieriger. Ihre Eltern hatten Geldsorgen, sie sollte die Pension übernehmen, und das wollte sie nicht. Ich glaube allerdings, dass sie sich auch verpflichtet fühlte. Irgendwann kam ein Brief, den sie mir in die Klinik geschickt hatte. Sie schrieb, dass sie mit mir zusammen sein will, dass sie mich liebt …

ich weiß es nicht mehr genau. Auf einmal tat sich für mich diese Gelegenheit auf und ich habe wirklich überlegt, zu ihr zu gehen.

Als wir hier unseren letzten gemeinsamen Urlaub verbrachten, ist alles eskaliert. Ben war unausstehlich, deine Mutter nur genervt, und du hattest keine Lust, wieder auf der Insel zu sein. Die Stunden mit Hannah waren schön, aber auch nicht mehr so wie zu Beginn. Sie hatte sich verändert …«

Ihr Vater bückte sich und hob etwas hoch. Es war nicht mehr hell genug, um zu erkennen, was es war. Er behielt es in der Hand.

Langsam drehten sie wieder um und gingen auf die düsteren Dünen zu, die nun wie eine schwarze Wand vor ihnen lagen und alles, was dahinter war, wie eine Schutzmauer von ihnen fernhielten.

»Und dann? Du hast gesagt, sie hat die Sache mit dir beendet?«

»Ja, aber erst nachdem wir zurück in Hamburg waren. Ich habe sie gebeten, mir etwas Zeit zu geben, damit ich in Ruhe mit meiner Frau sprechen kann, allerdings nicht hier. Aber deine Mutter kam mir dann zuvor. Sie hatte eine Notiz von Hannah gefunden, die noch irgendwo in meiner Tasche steckte. Klara, ich habe deiner Mutter nie alles erzählt. Aber wahrscheinlich weiß sie nun doch mehr. Nach ein paar Wochen rief Hannah an und sagte, sie wolle alles beenden und sie wolle mich nie wieder auf Fanø sehen. Aber dorthin wollten wir ohnehin nicht mehr zurück. Ich habe deiner Mutter gesagt, dass ich Schluss gemacht habe. Das war nicht die ganze Wahrheit, ich weiß.«

Er sackte auf die Knie und setzte sich in das spärliche,

noch feuchte Gras der Düne, die sie gerade erreicht hatten.

Vielleicht wusste er tatsächlich nichts von Henrik. Er hatte ihn nicht erwähnt, was darauf schließen ließ.

Sie dachte an ihre Mutter, die in ihrem Zimmer im Krankenhaus lag. Sollte die Amnesie inzwischen nachgelassen haben, war es nur wahrscheinlich, dass sie sich darüber aufregte, dass die ganze Familie anwesend war und dass nun alles herauskäme. Aber war das nicht sogar gut? Was war wohl am Nachmittag in ihrer Mutter vorgegangen? Schließlich bestand die Möglichkeit, dass Klara den Brief gefunden hatte. Das musste ihr klar sein. Die letzten Tage hatten etwas verändert und auf einmal war es nicht mehr nur das Geheimnis ihrer Mutter, nun war es eins, das sie alle miteinander verband, ob sie es wollte oder nicht.

In diesem Moment war sie sich sicher, zuerst mit ihrer Mutter sprechen zu müssen, bevor sie ihrem Vater von diesem Brief erzählen würde. Das war sie ihr und sich selbst schuldig.

Klara war müde und hungrig. Der Gedanke, zurück in die Pension und zu Hannah zu gehen, kam ihr abwegig vor. Was war das für eine Frau? Die ihrem Sohn den Vater verschwieg und den Vater nichts von seinem Sohn wissen ließ?

Was für ein absurder Zufall, dass Mads sie ausgerechnet hierhergebracht hatte. Mads … Sie hatte sich noch nicht bei ihm zurückgemeldet. Konnte sie jetzt, nach diesem Tag, einfach zu ihm fahren?

Sie sah zu ihrem Vater hinunter, der immer noch im Gras saß.

»Papa, lass uns gehen. Wir sprechen morgen weiter, ja?

Mit Mama. Und du musst auch mit Ben reden … und zwar noch bevor er etwas von Mama erfährt. Okay?«

Sie wusste, dass ihr Vater ihr nicht widersprechen würde, auch wenn er sich sicher gewünscht hätte, dass Klara das mit ihrem Bruder regeln würde.

»Komm.« Sie legte eine Hand auf seine Schulter, nahm sie jedoch schnell wieder weg und ging ein paar Schritte voraus.

Sie griff nach ihrem Handy, und ehe sie darüber nachdenken konnte, ob es eine gute Idee war, hatte sie die SMS bereits losgeschickt.

Hey, Mads. Bist du zu Hause?
Kann ich zu dir kommen?
Klara

Die Antwort kam, schon bevor sie das Telefon zurück in ihre Tasche gesteckt hatte.

Hey! Klar. Ich freu mich!
Aber fahr vorsichtig …
Mads

Sie musste lächeln.

Ihr Vater stand hinter ihr.

»Komm mit nach Esbjerg, Klara. Du solltest jetzt nicht hier allein sein.«

»Nein, ich komme nicht mit. Aber ich bleibe auch nicht bei Hannah. Ich fahre nach Sønderho … Bitte, frag jetzt nicht, warum. Ich bringe dich noch zur Fähre.«

Ihr Vater kam ihrem Wunsch nach und sagte auch sonst kaum ein Wort mehr. Er sah müde und erschöpft aus, fast hilflos.

Sollte er ihr etwa leidtun? Was würde sich nun für ihn ändern? Für ihre Eltern und sie als Familie?

Als sie ihn abgesetzt hatte und auf dem Weg nach Sønderho war, dachte sie noch einmal über das nach, was ihr Vater ihr erzählt hatte.

Es würde sicher eine Weile dauern, bis alles bei ihr angekommen war, bis sie verstand, was diese Geschichte für sie bedeutete. Dennoch spürte sie so etwas wie Erleichterung.

Es war vielleicht eine Erklärung dafür, wie ihre Mutter in all den Jahren geworden war.

Sie sah auf die Uhr hinter dem Lenkrad. Es war fast halb elf. Dieser nicht enden wollende Tag steckte ihr in den Knochen, und während sie über die leere Straße durch die Dunkelheit fuhr, fragte sie sich, was sie Mads wohl erzählen würde. Konnte man jemanden, den man gerade erst kennengelernt hatte, gleich mit derart erschütternden Familiengeschichten konfrontieren? Diese kleine Leichtigkeit, die sie mit Mads erlebt hatte – wäre sie dann sofort wieder vorbei?

Als sie in den Landevejen abbog, sah sie, dass in ihrem alten Häuschen Licht brannte. Im Vorbeifahren nahm sie eine Person in der Küche wahr, in die man durch das winzige Fenster über dem Flur schauen konnte. Es war keine Woche her, seit sie und ihre Mutter hier angekommen waren. Nun lagen Welten zwischen den Tagen davor und denen danach.

Aus dem *Kro* drang laute Musik auf die Straße. Klara fuhr mit dem Auto auf den Parkplatz, stieg aus und sah zu dem Haus, das Mads gehören musste. Es sah von außen nur wenig größer aus als ihr Ferienhaus und war mindestens genauso alt. Daher sein geübter Gang unter den niedrigen Decken.

Die Tür ging auf und Mads kam ihr entgegen.

»Hej, da bist du ja!«

Er strahlte sie an und sie fühlte sich augenblicklich besser.

»Hej. Ich hoffe, ich überfalle dich hier nicht, mitten in der Nacht.« Sie stand fast vor ihm.

»Du darfst mich gerne überfallen.« Dann umfasste er mit beiden Händen ihr Gesicht und küsste sie. Erst vorsichtig, im nächsten Augenblick schon deutlich intensiver.

»Ich hab mich auf dich gefreut. Wollen wir reingehen?«

Er legte den Arm um ihre Schultern und bewegte sie sachte in Richtung Tür. Wie konnte alles so vollkommen durcheinander sein und sich gleichzeitig wirklich gut anfühlen?

Sobald er die Tür hinter sich geschlossen hatte, legte Mads ihr beide Arme von hinten um die Taille und drehte sie zu sich herum.

Ihre Finger vergruben sich in seinen Haaren, sein Mund war fordernd und sanft zugleich. Sie spürte, wie er ihr die Jacke abstreifte und zu Boden fallen ließ. Sein Atem strich über ihren Hals und ihr Ohr, sein Oberkörper fühlte sich fest und warm an.

»Bleibst du heute hier?« Er flüsterte es fast.

Sie nickte, schob ihre Hände unter sein T-Shirt und spürte die glatte Haut.

Ohne sich von ihr zu lösen, schob er sie durch den Flur in den gegenüberliegenden Raum. Er trat mit dem Fuß die Tür von innen zu, nahm ihre Hand und zog sie fest zu sich heran, während er langsam rückwärts auf sein Bett glitt.

KAPITEL 11

Die Sonne schien durch die hellen Leinenvorhänge, die jegliche Sicht nach draußen versperrten. Die Position, in der sie lag, ließ kaum eine Bewegung zu. Mads hatte seinen Arm fest um ihre Hüfte geschlungen, ein Bein lag auf ihrem.

Wann war sie das letzte Mal so mit Johann aufgewacht?

Die aufkommenden Gedanken und Fragen mischten sich mit dem Schönen, das sie gerade erlebt hatte, und ließen nicht zu, dass sie den Moment, den sie so gerne in die Länge gezogen hätte, unbeschwert genießen konnte.

Sie wurde unruhig. Ben und ihr Vater waren im Hotel. Verschwommene Bilder gingen ihr durch den Kopf. Ob sie wohl noch miteinander gesprochen hatten, nachdem er von der Insel gekommen war? Wie spät war es jetzt? Sollte sie nicht längst auf dem Weg nach Esbjerg sein?

Ihr Magen knurrte. Mads machte ein Auge auf und blinzelte sie an. »Na du? Guten Morgen!«

»Guten Morgen!« Sie lächelte ihm zu und augenblicklich war ein Stück von der Sorglosigkeit zurückgekehrt.

Mit einem Ruck rollte er sich auf sie und hielt ihr beide Arme über den Kopf, so dass sie nicht entkommen konnte.

»Was machst du mit mir?« Er fragte es, während er sie küsste.

Klara musste lachen. »Die Frage ist doch eher: Was machst du mit *mir?*«

Sie löste sich von ihm und drehte sich auf die Seite, so dass ihr Gesicht ihm zugewandt war.

»Weißt du …« Sie merkte, wie er zögerte. Er küsste sie wieder. »Wollen wir etwas essen? Ich kann schnell zum Bäcker laufen. Und dann erzählst du mir von gestern? Wir sind ja überhaupt nicht dazugekommen …« Er lächelte sie an und sah dabei aus wie jemand, der etwas angestellt hat.

»Tja, das stimmt.« Mit einem Satz sprang sie aus dem Bett und zu ihrer eigenen Überraschung empfand sie es nicht als unangenehm, so nackt bei Licht vor ihm zu stehen.

Er sah sie einen Moment an, dann stand er auf, stellte sich hinter sie und umarmte sie.

Er küsste sie auf die Schulter und drehte sich um.

»Ich bin gleich wieder da.« Dann verschwand er aus dem Zimmer und sie hörte, wie sich eine Tür draußen öffnete und wieder schloss.

Klara sah sich um. Außer dem großen Bett aus weiß gestrichenem Holz befand sich hier nur eine alte Kommode mit einem Spiegel darüber. In der Ecke stand ein Stuhl, der nicht zu erkennen war, da eine Tagesdecke darüber hing. Auf dem Boden lagen ihre Klamotten. Sie griff nach ihrer Jeans und holte ihr Telefon aus der Tasche.

In diesem Moment hörte sie, wie Mads das Haus verließ.

Es war viel früher, als sie gedacht hatte.

Ihr Akku war kaum noch geladen, und sie überlegte, noch einmal in die Pension zu gehen, bevor sie nach Esbjerg fuhr. Der Brief. Sollte sie ihn nicht auch mitnehmen?

Schnell schlüpfte sie in ihre Sachen vom Vortag und

ging barfuß aus dem Zimmer. Es sah aus, als ob Mads noch nicht allzu lange hier wohnte. Kaum ein Bild hing an der Wand, die Einrichtung war spärlich, wenn auch nicht ungemütlich. Die Räume befanden sich alle auf einer Ebene, das Dach war im Gegensatz zu ihrem Haus am Landevejen nicht ausgebaut worden.

Der Fußboden war hellgrau lackiert, ebenso die Türen. Die weißen Wände leuchteten im Sonnenlicht, das durch die Fenster fiel. Rechts neben dem Schlafzimmer ging es in die Küche, von der ein weiterer Raum abging.

An der Decke über der Arbeitsplatte aus Beton hingen alte Industrielampen. Der Gasherd aus Edelstahl mit seinen sechs Kochfeldern wirkte fast überdimensional, aber die darüber hängenden Töpfe und Pfannen ließen vermuten, dass er tatsächlich benutzt wurde. Neugierig öffnete sie den Kühlschrank. Neben Milch, Käse, Eiern und zwei Flaschen Weißwein fanden sich etliche Gläser mit Pesto, Senf und anderen Inhalten, die sie so schnell nicht erkennen konnte. Ihr Blick fiel auf eines der Marmeladengläser ihrer Mutter, das Mads von ihr mitgenommen hatte. Selbstverständlich war das kleine weiße Etikett ordentlich beschriftet und die Wörter *Heidelbeere und Vanille* sprangen ihr in der schönen geschwungenen Handschrift ihrer Mutter entgegen. Sie hörte Schritte und im nächsten Moment stand Mads bereits hinter ihr. Er warf eine Tüte auf die Ablage, packte sie am Bund ihrer Hose und zog sie näher zu sich. »Du bist ja schon angezogen! Ich hab mich extra beeilt …«

Wie gern hätte sie einfach mitgemacht und sich weiter von ihm und seiner Laune anstecken lassen.

»Mads, ich muss unbedingt nach Esbjerg. Es ist gestern so viel passiert. Meine Mutter kann sich wohl wieder erinnern, ich habe noch gar nicht mit ihr gesprochen und wir haben einiges zu klären … Ich kann dir das jetzt nicht alles so schnell erzählen. Außerdem willst du dir dieses krude Familiendurcheinander bestimmt sowieso nicht anhören.«

Sie sah ihn an und ehe sie sich fragen konnte, ob sie ihn nun in Bedrängnis gebracht hatte, nahm er sie in den Arm.

»Hey, das will ich hören. Jederzeit, okay? Vielleicht heute Abend? Ich könnte was kochen.«

»Sehr gerne.« Sie gab ihm einen Kuss auf den Mund und griff nach der Brötchentüte, um zu sehen, was er gekauft hatte.

»Wo ist dein Bad?«

Er zeigte durch den angrenzenden Raum auf eine kleine blaue Tür. »Da drüben. Handtücher liegen unter dem Waschbecken. Wie trinkst du deinen Kaffee?«

»Nur mit ein bisschen Milch. Danke.«

Im Bad war es ähnlich leer wie in den anderen Zimmern auch. Die ebenerdige Dusche war nur durch einen Vorhang abgetrennt. In dem in die Mauer eingelassenen Regal standen eine Dose Niveacreme und ein Glas, in dem zwei Zahnbürsten steckten. Aber was sagte das schon?

Sie wusste nicht, wo das alles hingehen würde, aber sie musste Mads bald von Johann erzählen.

Aus der Küche hörte sie, wie der Espressokocher pfiff.

Sie zog sich aus und sprang unter die Dusche.

»Na? Alles gut?« Mads strahlte sie an und seine grünen Augen sahen so hinreißend aus, dass sie sich augenblicklich noch ein bisschen mehr in ihn verliebte. Er stand in dem Raum zwischen Küche und Bad und hielt eine Tasse Kaffee in der Hand, die er ihr nun entgegenstreckte.

»Ich habe Marmelade, Käse und Croissants. Oder was kann ich dir sonst noch Gutes tun?« Er küsste sie auf die Schläfe, legte einen Arm um sie und wartete nicht auf eine Antwort.

»Wie viel Zeit hast du noch? Soll ich den Tisch draußen decken oder essen wir lieber nur schnell was in der Küche?«

»Es ist so schön draußen … Aber ich muss dringend zu meinen Eltern und meinem Bruder. Ich glaube, ich sollte mich ein bisschen beeilen. Nicht, dass ich das unbedingt will, aber …«

»Nein, ich will das auch nicht.« Er zog sie wieder fest zu sich heran und vergrub seine Finger in ihren Locken, die wirr vom Kopf abstanden. Das taten sie immer, wenn sie sie abends nicht zusammenband, und eine Bürste hatte sie im Bad nicht gesehen. »Du riechst gut.«

Es sah aus, als wollte er dem noch etwas hinzufügen, aber sie nahm seine Hand und zog ihn hinter sich her in die Küche.

Neben den Croissants lagen zwei dänische Brötchen mit weißem Mohn und Klara dachte sofort an ihre Mutter.

Ob ihr Vater bereits mit ihr gesprochen hatte? Wusste Ben schon Bescheid? Sie würde beide gleich anrufen.

Hastig trank sie ein paar Schlucke Kaffee, nahm sich eines der Brötchen und bestrich es mit Gorgonzola, den Mads neben ein paar anderen Käsesorten auf ein Brett gelegt hatte.

Obenauf einen Löffel Himbeermarmelade, so war es perfekt.

»Das schmeckt dir?« Er sah sie belustigt und gleichzeitig versonnen an. »Was soll ich dir denn heute Abend kochen?«

»Ach, was du willst«, erwiderte sie. »Ich esse fast alles. Na ja, Karpfen mag ich nicht und Leber auch nicht. Aber ansonsten ...«

»Dann habe ich ja jetzt den ganzen Tag Zeit zu überlegen.«

»Hast du noch irgendwas vor?« Sie merkte, wie wenig sie über ihn wusste.

»Ich wollte eigentlich rüber nach Rømø, meine Mutter besuchen. Ich war schon seit drei Wochen nicht mehr da. Seit mein Vater gestorben ist, ist sie manchmal ein bisschen einsam. Aber es geht ihr gut. Sie war schon immer eine Optimistin und ist in allem total pragmatisch. Sie hat ihren Garten und liest pro Tag ein Buch.«

»Das klingt so, als würde ich deine Mutter mögen.«

»Sie würde dich auch mögen.« Er lachte sie an. »Hast du noch Hunger? Oder willst du was mitnehmen?«

»Ja, gute Idee. Ich nehme eins von denen mit, einfach so.« Sie zeigte auf die Croissants.

Sie hatte ihre Schuhe angezogen und wollte sich nur noch verabschieden. Etwas in ihr zögerte und sie wusste nicht, ob es an Mads lag oder an dem, was ihr an diesem Tag noch bevorstand.

Der Flur war klein und außer einem Bild, einer alten Schwarz-Weiß-Fotografie, auf der ein reetgedecktes Haus zu sehen war, gab es hier nichts. Neben der Tür stand ein Paar Gummistiefel, über das Klara fast gestolpert wäre.

»Vorsicht!« Mads umarmte sie und drückte sie fest an

sich. »Das war schön. Ich hoffe, heute wird ein guter Tag für dich.«

Sie küsste ihn. Erst kurz, dann noch einmal, deutlich länger.

KAPITEL 12

Abgesehen von ein paar wenigen Leuten, die auf dem Weg zum Bäcker waren oder mit ihren Hunden spazieren gingen, wirkte Sønderho wie ausgestorben. Langsam fuhr sie über die kleine Straße, die zur Kirche führte, von dort ging es rechts ab in Richtung Nordby.

Es war nur ein kleiner Augenblick, aber sie zögerte, Gas zu geben, um so schnell wie möglich ans andere Ende der Insel zu gelangen. Auf der rechten Seite entdeckte sie einen Parkplatz vor dem Geldautomaten, maximal zwei Autos würden hier hintereinander stehen können, und sie kam, ohne weiter darüber nachzudenken, zum Halt, jedoch ohne den Motor abzustellen.

Sie griff nach ihrem Handy, das neben ihr auf dem Beifahrersitz auf ihrer Tasche lag, und wählte die Nummer ihres Vaters. Es klingelte viermal, ehe er abnahm.

»Klara, guten Morgen.« Seine Stimme klang, als hätte er schon einige Zigaretten geraucht.

»Hallo, Papa. Wie geht es dir? Hast du mit Ben gesprochen?«

Er räusperte sich und sie konnte Unruhe im Hintergrund hören und wie geredet wurde.

»Ich bin gerade dabei. Wir sitzen noch beim Frühstück. Es ist nicht einfach, dein Bruder …«

»Ja, das glaube ich. Du musst aber trotzdem mit ihm reden. Sag ihm, dass ich in etwa einer Stunde da bin. Er soll in der Cafeteria im Krankenhaus auf mich warten.

Wirst du inzwischen zu Mama gehen?« Die Sonne blendete sie, aber ihre Sonnenbrille lag noch in der Pension.

»Ja, in Ordnung, Klara. Wir sehen uns dann gleich. Hast du gut geschlafen?«

»Danke, Papa, alles gut bei mir. Wir bekommen das schon hin, nicht wahr?«

»Ich hoffe es. Bis gleich, mein Schatz.«

Sie hatte gerade aufgelegt, als ihr Telefon klingelte.

Johann. Sie würde mit ihm sprechen müssen. Auf jeden Fall. Aber dies war weder der Zeitpunkt noch der Ort, an dem es sich gut reden ließ. Trotzdem hob sie ab.

»Hallo, Jo. Guten Morgen.«

»Klara, wie geht es dir? Geht es deiner Mutter besser?«

»Ich bin gerade auf dem Weg zu ihr. Aber ja, ich denke schon. So, wie es aussieht …«

»Meinst du, du kommst bald nach Hamburg zurück?«

Sie wusste nicht, was sie antworten sollte. »Ich muss mal schauen. Ich habe das Gefühl, dass ich noch ein bisschen hierbleiben sollte. Kann ich dich später zurückrufen?«

»Ja, mach das. Ich wollte nachher mit den Jungs auf der Alster segeln, ist ein super Wind heute. Aber abends müsste ich zurück sein. Sonst morgen früh, okay? Ich hab erst um zehn einen Termin.«

Sie hörte, wie er einen Schluck trank. Sicher saß er mit Espresso und Zeitung auf ihrer Terrasse und genoss die tolle Aussicht.

Immerhin hatte er sich gemeldet. Und sie hatte ihm nicht die Gelegenheit gegeben, viel zu fragen.

»Okay. Ist sonst alles in Ordnung bei dir?«

»Alles bestens. Wir haben den Wettbewerb gewonnen und nächste Woche geht es dann schon an die genaue Planung. Die Finanzierung steht. Wird viel Arbeit, aber ich freu mich drauf. Auch darüber muss ich mit dir sprechen. Sieht aus, als ob ich in den nächsten zwei Jahren oft nach Melbourne muss …«

»Nach Australien?« Wenn sie ehrlich war, fühlte sie bei dem Gedanken eine gewisse Gleichgültigkeit.

Sie ließ ihn nicht antworten. »Jo, ich muss mich jetzt wirklich ein bisschen beeilen. Ich melde mich später.«

»Du bist nicht sauer?«

»Was soll ich sagen? Du machst doch sowieso, was du willst.«

Ihr Blick fiel nach unten auf den Boden vor dem Beifahrersitz. Dort lag eine angebrochene Flasche Mineralwasser, die Kohlensäure war sicher bereits entwichen. War es die Flasche, die sie auf die Fahrt von Hamburg hierher mitgenommen hatte?

Johann brauchte einen kurzen Moment, um ihr zu antworten. Seine Stimme holte sie aus ihren Gedanken zurück.

»Das muss ich, Klara. Das Ganze ist eine Riesenchance für mich.«

»Ich weiß. Bis später. Viel Spaß beim Segeln heute.«

Sie legte das Handy auf die Ablage hinter der Handbremse und fuhr entschlossen los.

Sie wollte jetzt schnell in die Pension und sich umziehen, den Brief und auch das Aufladekabel holen. Es war gut möglich, dass sich Mads vor dem Abend noch einmal meldete. Doch was, wenn sie Hannah begegnen würde? Sie musste gemerkt haben, dass Klara die Nacht nicht in der Pension verbracht hatte, zumindest war sie nicht beim Frühstück erschienen.

Eilig ging sie durch den Empfangsraum und hatte schon den ersten Treppenabsatz erreicht, als unten eine Tür aufgerissen wurde. Erschrocken fuhr Klara herum, stellte aber erleichtert fest, dass es nur der ältere Herr war, der andere Gast, der aus dem Frühstücksraum kam und eine große Tasche hinter sich herzog. Es sah nach Abreise aus.

Sie nickte ihm zu und verschwand schnell nach oben. Als sie ihr Zimmer betrat, spürte sie, wie ihr Puls schneller ging.

Wo hatte sie am Abend zuvor den Brief hingelegt?

Ihr Laptop lag noch auf dem Bett, ebenso die ungewaschenen Kleider, die sie achtlos dort hingeworfen hatte.

Die Luft kam ihr stickig vor und die Schönheit, die dieses Zimmer bei ihrer Ankunft ausgestrahlt hatte, war auf groteske Weise verloren gegangen. Wie sehr wünschte sie sich in das Haus am Landevejen zurück, das trotz allem, was dort passiert war, eine gewisse Sicherheit und Vertrautheit barg.

Der Umschlag schaute unter dem Handtuch hervor, das neben ihrem Rechner auf dem ungemachten Bett lag. Sie las die Zeilen ein weiteres Mal. Wie alt mochte dieser Mann sein, der ihr Halbbruder war und von dem wohl keiner wusste außer ihr. Und ihre Mutter. Sie überschlug es im Kopf. Wahrscheinlich achtzehn, vielleicht neunzehn Jahre.

War es möglich, dass sich alles nur um einen Irrtum handelte? Stand es wirklich außer Frage, dass ihr Vater gleichzeitig auch Henriks Vater war? Nur Hannah würde das mit Bestimmtheit beantworten können. Klara könnte nach unten gehen und ihr diese Fragen stellen. Aber bereits während sie darüber nachdachte, wurde ihr klar, dass das keine Option war und dass es sich auch sicher nicht um ein Missverständnis handelte, selbst wenn sie das gerne glauben würde. Henrik hatte den Kontakt zu seinem Vater gesucht, und vermutlich ahnte Hannah nicht einmal davon.

Sie holte ihren Koffer unter dem Bett hervor, nahm ihre letzte saubere Hose heraus und warf alles, was sie im Zimmer verteilt hatte, hinein. Sie schlüpfte in die Bluse, die sie am Tag zuvor gekauft hatte, und ließ die leere Papiertüte des Klamottengeschäfts auf dem Boden stehen.

Sie hatte noch sechshundert Kronen in bar und ihr fiel auf, dass sie nicht nach dem Zimmerpreis gefragt hatte.

Hannah hatte sie bereits entdeckt, als sie den ersten Treppenabsatz erreicht hatte.

»Klara, Sie reisen ab?« Ihre Stimme drang barsch zu ihr herauf und trotzdem meinte sie, etwas wie Erleichterung darin wahrzunehmen. Hannah lehnte mit verschränkten Armen am Empfangstresen, auf dem ein alter Krug mit Lilien stand. Die Blumen passten nicht hierher und wirkten in ihrer Lieblichkeit in dieser Situation völlig deplatziert. Der intensive Duft der Blumen vermengte sich mit dem Gestank von altem Bohnerwachs.

»Ja …« Klara überlegte einen kurzen Moment, ob sie dem noch etwas hinzufügen wollte. Aber was konnte sie schon sagen, ohne ihr Wissen preiszugeben. »Was schulde ich Ihnen für die zwei Nächte?«

»Fünfhundertdreißig Kronen. Ich nehme nur Bargeld.«

Klara fühlte sich beobachtet, während sie ihren Koffer auf den Boden stellte, ihre Jacke darauflegte und in ihrer Tasche nach ihrem Portemonnaie suchte. Hier flog alles durcheinander. Das Aufladekabel hatte sich in ihrer Sonnenbrille verfangen, der kleine Kosmetikbeutel war wohl offen gewesen und der komplette Inhalt herausgefallen. Außerdem hatte sich die kleine Dose mit Minzpastillen geöffnet und die vielen weißen Kügelchen waren in jede Ritze der Tasche gerollt.

Ihr schossen Tränen in die Augen, doch sie versuchte alle Gefühle zu unterdrücken, die sich in ihr angestaut hatten.

Sie zog ein paar Scheine heraus und legte sie auf das kleine silberne Tablett, auf dem ein paar Visitenkarten des Hauses lagen. Dabei vermied sie es, Hannah anzusehen.

»Stimmt so.« Sie griff nach ihren Sachen, drehte sich um und ging zur Tür, ohne noch einmal zurückzusehen.

Es war ihr egal, was Hannah dachte.

Frische Seeluft kam ihr entgegen und es war deutlich wärmer als in den vergangenen Tagen. Sie legte ihren Koffer auf die Rückbank des Wagens, den Rest warf sie schnell auf den Beifahrersitz und knallte die Tür laut zu.

Die Reifen drehten im Sand kurz durch, bis sie Halt fanden und Klara das Auto wenden konnte. Weg von Hannah, weg von der Pension und der Geschichte, die daran haftete.

Die Fähre war gerade abgefahren, als sie den Hafen erreichte. Fast alle Parkplätze vor der Anlegestelle waren frei. Es war Sonntag und die Schiffe fuhren alle zwanzig Minuten. Ihr Bruder war sicher bereits im Krankenhaus und wartete auf sie. Die Akku-Anzeige auf dem Display ihres Handys zeigte nur noch vier Prozent an.

Ben, tut mir leid, ich habe die Fähre verpasst.
Bin in einer guten halben Stunde da.
Ich hoffe, alles ist o. k.!
Kuss, K.

Dann erlosch der letzte Rest an Kapazität und der Bildschirm wurde schwarz.

Sie schloss das Auto ab und ging zu dem Mäuerchen neben der Straße, hinter dem sich das Meer befand.

Es war Ebbe, die Sandbänke ragten wie Inseln aus dem flachen Wasser. Auf einer von ihnen lagen vier Robben, die sich in der Sonne wärmten, und es schien, als würden sie schlafen.

Ein kleines Fischerboot war zu erkennen, das sich langsam entfernte, und die Möwen kreischten am Himmel, dessen Blau nur von ein paar blassen Wolkenschlieren durchzogen war.

Klara dachte an ihre Mutter. Vor genau einer Woche waren sie hier angekommen, nicht ahnend, wie sich die Dinge entwickeln würden. Was wäre passiert, wenn sie keinen Unfall gehabt hätten? Sie fand darauf keine Antwort.

Es war fast halb zwölf, als sie die Klinik erreichte. Sie ging direkt in die Cafeteria, durch den vertrauten Flur mit der gelben Tapete. Weder Ben noch ihr Vater waren zu sehen. Es gab noch kein Mittagessen, daher fanden sich kaum Besucher, der Ansturm würde wohl erst später erfolgen.

Ihr war warm. Die Bluse klebte am Rücken und ihre Haare kräuselten sich über ihrem Nacken, so dass sie sie bei jeder Kopfbewegung spürte. Sicher hatte sie in den

Tiefen ihrer Tasche auch ein Haargummi, aber sie hatte es zu eilig, um danach zu suchen.

Sie warf einen kurzen Blick auf die Terrasse und selbst hier war niemand, außer einer alten Dame, die in einen weißen Bademantel gehüllt auf einem der Liegestühle lag und lustlos in einer Zeitschrift blätterte.

Hatte Ben nicht länger auf sie warten wollen? War er inzwischen zu ihrer Mutter gegangen? Sie hätte ihn gerne kurz allein gesprochen, bevor sie wieder alle zu viert waren.

Der Weg zum Zimmer Nummer 48 war zu kurz, um sich genau vorstellen zu können, was sich dort am Vormittag schon abgespielt haben mochte, welche Gespräche zwischen ihrer Mutter, ihrem Vater und Ben stattgefunden hatten. Mit jedem Meter, den sie näher kam, spürte sie die innere Unruhe stärker.

Sie klopfte, wartete aber nicht auf eine Antwort, sondern trat einfach ein. Ihre Mutter stand mit dem Rücken zu ihr und fuhr erschrocken herum, als Klara die Tür hinter sich schloss. Das Klopfen hatte sie anscheinend nicht wahrgenommen.

»Klara!« Ihre Mutter sah blass aus. »Es tut mir leid …« Sie stockte.

»Was tut dir leid, Mama? Wo sind Papa und Ben?«

Es war offensichtlich, dass ihre Mutter sich auf einmal wieder an alles erinnerte. Er war wieder da, der kühle, distanzierte Gesichtsausdruck, den Klara so gut kannte. Dennoch schien etwas anders zu sein, auch wenn sie nicht sagen konnte, was es war.

»Dein Vater hat mir gesagt, dass du Bescheid weißt.« Sie wartete Klaras Reaktion nicht ab. »Georg und Ben sind rausgegangen. Sie haben sich gestritten. Ich fürchte, dein Bruder kann deinem Vater die Sache mit Hannah nicht so schnell verzeihen. Du weißt, wie angespannt es zwischen den beiden ist. Aber nun gibt es endlich einen Grund dafür, dass Georg sich jahrelang nicht mit ihm beschäftigt hat. Zumindest sieht Ben das so. Willst du dich nicht hinsetzen?« Ihre Mutter schob den zweiten Stuhl, der neben der Tür zum Bad gestanden hatte, an den Tisch heran und nahm Platz. Vor ihr standen ein Glas Wasser und eine blaue Tablettenbox mit drei Fächern. In jedem davon lagen verschiedenfarbige Pillen und Kapseln.

Klara hängte ihre Tasche über das Fußteil des Bettes und legte ihre Jacke darauf ab.

»Musst du die alle nehmen?« Sie zeigte auf den Tisch und sah, wie ihre Mutter zusammenzuckte. Sie wusste, was ihr gleich bevorstand.

»Setz dich doch.« Ihre Mutter wies auf den zweiten Stuhl ihr gegenüber. »Willst du etwas trinken? Viel Auswahl gibt es hier leider nicht.«

»Nein, danke, Mama.« Klara zog den Umschlag mit Henriks Brief aus der Tasche und legte ihn auf den Tisch. »Ich habe den hier gefunden. Weiß Papa davon?«

Ihre Mutter schaute sie an und schien etwas sagen zu wollen, doch sie tat es nicht und schüttelte nur den Kopf.

»Wann ist der angekommen? Mama, rede mit mir. Wieso hat Papa den Brief nicht bekommen? Was wolltest du auf Fanø?«

Sie hatte den Eindruck, dass ihre Mutter auf dem Stuhl immer mehr in sich zusammensackte. Es war ein ungewöhnliches Bild, das Klara nicht zuordnen konnte. Ihrer Mutter musste bewusst sein, dass es keinen Ausweg für sie gab.

»Mensch, Mama, sag doch was. Ich habe Papa nichts

von dem Brief erzählt. Aber irgendwann muss er es erfahren. Und zwar von dir. Das ist dir doch hoffentlich klar.«

Ihre Mutter erhob sich von ihrem Stuhl und sah sie ernst an. »Ach ja? Von *mir* muss er das erfahren? Er hätte es längst von Hannah erfahren sollen. Vor zwanzig Jahren, als sie schwanger war. Diese Frau ist doch dafür verantwortlich, und nicht ich!«

Ihre Mutter stand auf und stieß ihren Stuhl mit einem kräftigen Tritt nach hinten. Die dünnen Stahlrohrbeine gaben einen hohen Quietschton von sich, als sie über den Linoleumboden glitten und der Stuhl beinahe das Gleichgewicht verlor. Aber es passierte nichts weiter. Ihre Mutter sah erregt an die Decke, wo sich nur eine Neonröhre fand, umhüllt von durchsichtigem Plastik.

»Aber du hast den Brief genommen und gelesen. Warum?«

»Warum? Weißt du es denn nicht? Dein Vater hat dir wohl noch nicht alles erzählt ...«

Klara stand auch auf und stellte sich vor ihre Mutter.

Die letzte Nacht hatte etwas verändert. Klara fühlte sich stärker und gelassener – und was sollte schon passieren? War es nicht endlich an der Zeit, offen mit ihrer Mutter zu sprechen? Auch wenn das keine Gewohnheit war, die sie teilten.

»Er hat mir einiges erzählt«, sagte sie in einem herausfordernden Ton. »Ob das alles war, weiß ich nicht. Aber sag du mir doch, was passiert ist.«

Ihre Mutter setzte an, etwas zu erwidern, drehte sich dann aber um und stellte sich vor das Fenster. Sie öffnete es und warme Luft strömte ins Zimmer.

»Mir ging es damals nicht gut. Und das lag nicht nur daran, dass ich mit euch alleine war und Georg sich praktisch aus allem herauszog, was für die Familie oder uns als Paar wichtig gewesen wäre. Dabei hat er ja auch nicht die ganze Zeit nur gearbeitet. Sicher, die Klinik stand für ihn an erster Stelle, aber er ging häufig abends noch aus. Mit Klaus etwas trinken. Zum Sport. Ich hatte keine Chance, auch mal etwas für mich zu machen …«

Klara konnte sehen, wie ihre Mutter sich langsam wieder beruhigte. Sie griff nach einem Tuch, das wie zufällig hingeworfen auf ihrer Bettdecke lag, und legte es sich um den Hals.

»Waren wir nicht schon alt genug, um allein zu Hause zu bleiben? Du hättest durchaus etwas unternehmen können.« Sie unterbrach ihre Mutter und sah ihr an, wie schwer ihr dieses Gespräch fiel.

»Ja, vielleicht. Am Anfang. Ich hätte es einfach machen sollen. Dann wäre sicher einiges anders gekommen. Aber irgendwann war es zu spät. Ich hätte nicht mal gewusst, wen ich anrufen sollte. Mal abgesehen von den Müttern eurer Klassenkameraden …«

Klara dachte an die Abende, an denen ihre Eltern Gäste eingeladen hatten. Es war nicht häufig vorgekommen, aber sie erinnerte sich vor allem an Kollegen ihres Vaters. Ihre Mutter stand vorher stundenlang in der Küche. Hatte sie nie für ihre eigenen Freunde gekocht? Wer war das damals gewesen?

Heute hatte ihre Mutter einige Freunde, die Namen fielen immer mal wieder. Mit einer von ihnen war sie im letzten Sommer nach Stockholm geflogen.

»Klara, heute würde man wohl sagen, dass ich damals depressiv war. Aber ich war es nicht im klassischen Sinn. Ich habe funktioniert. Mal besser, mal schlechter. Und deinem Vater ging es immer hervorragend. So kam es mir zumindest vor. Ich konnte nicht anders, als meinen Ärger über mein Leben an ihm auszulassen …«

»Und an mir, Mama!«

Sofort fielen ihr Situationen ein, in denen ihr damals schon klar war, dass nicht sie der Grund für den Ärger war, den ihre Mutter hatte und den sie dennoch an ihr ausließ. Sie hatte mit den Jahren gelernt, damit umzugehen, auch wenn sie es nicht akzeptieren konnte.

»Ja, ich weiß. Ich war manchmal ungerecht. Und du hast einfach dein Ding gemacht. Sicher war ich auch neidisch auf dich. Auf das, was noch vor dir lag, auf all die Möglichkeiten, die du hattest.«

Einsicht war eine Eigenschaft, die sie bisher nicht mit ihrer Mutter in Verbindung gebracht hatte, und die letzten Sätze überraschten sie.

»Und dann?« Von draußen waren laute Stimmen und das Rattern der Speisewagen zu hören. Ihre Mutter schien es nicht wahrzunehmen.

»Ach, weißt du, es lief alles so vor sich hin. Ich war nicht glücklich, das hat Georg gespürt. Aber anstatt mit mir zu reden oder mich zu unterstützen, hat er sich immer mehr zurückgezogen. Dass wir überhaupt noch zusammen in den Urlaub gefahren sind, war ein Wunder. Na ja, später nicht mehr. Da kannte er Hannah ja schon.« Sie schüttelte ihren Kopf, während sie es sagte. »Immerhin war er in den Wochen auf Fanø dann netter und wandte sich uns mehr zu. Vielleicht hatte er ein schlechtes Gewissen. Ich habe das damals darauf geschoben, dass er nicht gearbeitet hat. Ich war einfach zu blöd, es zu merken. Ich habe es erst Jahre später in Hamburg entdeckt …«

»Der Zettel? Papa hat davon erzählt.«

»Ja. Aber im Grunde war es da ja schon wieder vorbei.

Georg hat mir gesagt, wie viele Jahre es ging. Es hat lange gedauert, bis ich ihm wieder vertrauen konnte. Vielleicht kann ich es bis heute nicht.« Ihre Mutter setzte sich auf die Fensterbank und stellte die Füße auf die Bettkante.

»Nach unserem letzten Urlaub auf Fanø, der ja wirklich grauenvoll war, bist du kaum noch zu Hause gewesen. Ich weiß nicht, wie oft du bei Maja warst, aber es hat sich fast so angefühlt, als wärst du ausgezogen. Ich weiß, so was darf man nicht sagen, aber ich war froh darüber. Jedes Mal wenn wir uns gesehen haben, gab es Streit. Du hast immer zu deinem Vater gehalten, das war nicht einfach …«

In diesem Moment klopfte es, die Tür wurde aufgerissen und eine Schwester kam mit einem Tablett herein. Sie lachte ihrer Mutter zu.

»Frau Voss. Haben Sie jetzt Hunger? Sie haben nichts gefrühstückt.« Sie hatte eine klare, helle Stimme.

»Lassen Sie das Tablett ruhig hier. Danke.« Der Ton, in dem ihre Mutter antwortete, klang entspannter als vorher.

Klara ging ein Stück zur Seite, um der Schwester Platz zu machen. Sie sah auf einen Zettel, der neben dem Teller auf dem Tablett lag, und las den Namen ihrer Mutter in der ersten Zeile. Die Schwester folgte ihrem Blick.

»So, wie es aussieht, werden Sie morgen früh entlassen, Frau Voss. Doktor Petersen kommt um zehn Uhr noch mal zu Ihnen, um die weiteren Behandlungsmöglichkeiten zu besprechen.«

Sie nahm den Bogen, steckte ihn zu den anderen Unterlagen in die Klarsichtfolie, die am Bett angebracht war, und schaute Klara fröhlich an. »Sie sehen Ihrer Mutter sehr ähnlich.«

Dann drehte sie sich um und ging eilig aus dem Zimmer. Die Tür schloss sie so energisch, wie sie sie geöffnet hatte.

Klara brauchte einen Moment, um den Anschluss an ihr Gespräch zu finden. Hatte sie wirklich immer zu ihrem Vater gehalten? Daran konnte sie sich gar nicht mehr erinnern.

Ihre Mutter war aufgestanden und kam auf sie zu.

Jetzt wäre der Moment gewesen, in dem sie sich in den Arm hätten nehmen können. Aber sie taten es nicht.

Ohne sie zu berühren, ging ihre Mutter an ihr vorbei, öffnete die Tür zum Bad und drehte den Wasserhahn über dem Waschbecken auf. Klara beobachtete sie und erkannte ihre eigene Angewohnheit, sich die Hände zu waschen, wenn sie unruhig war.

»So langsam könnte Georg sich auch mal wieder blicken lassen. Es ist sicher schon zwei Stunden her, seit Ben und er nach draußen gegangen sind.«

Die Seife hatte einen penetranten Geruch und Klara drehte sich weg. Sie wusste nicht, warum sie ausgerechnet in diesem Moment an ihr Handy dachte. Sie kramte das Ladekabel aus der Tasche und fand eine freie Steckdose unter dem Tisch.

Ihre Mutter, die mit einem Handtuch aus dem Bad gekommen war, sah ihr zu. Das Telefon gab ein Summen von sich und das Display leuchtete auf, bisher war weder ein Anruf noch eine SMS angekommen. Einen kurzen Augenblick war Klara enttäuscht.

»Bist du bald fertig?« Ihre Mutter wurde ungeduldig, das ließ ihre Stimme vermuten.

»Ja, alles okay … Scheiße!« Beim Aufrichten war sie mit der Stirn gegen die Tischkante geknallt. Der stechende Schmerz fuhr ihr durch den ganzen Körper.

»Klara, pass doch auf! Brauchst du etwas zum Kühlen?«

Sie hielt sich ihre Hand an den Kopf und spürte die Wärme, die sich darunter bildete.

»Nein, es geht schon.«

»Was machen wir denn jetzt?« Die Betonung lag auf dem *Wir.* Ihre Mutter wollte sie zu ihrer Verbündeten machen.

Klara zuckte mit den Schultern und sah sie fragend an.

»Wo um alles in der Welt stecken die beiden denn die ganze Zeit? Ich halte es hier kaum mehr aus. Diesen Krankenhaus-Mief kann ja keiner ertragen.«

»Mensch, Mama, jetzt reiß dich zusammen. Du kannst froh sein, dass alles so gut gelaufen ist, wirklich!«

Ihre Mutter sah sie vorwurfsvoll an und warf das Handtuch, das sie noch immer in der Hand hielt, auf ihr Bett.

»Froh sein? Worüber soll ich froh sein? Dass du in den Graben gefahren bist und wir einen Unfall hatten? Dass dein Vater jetzt weiß, warum ich hierhergefahren bin ...?«

Sie schaute ihrer Mutter in die Augen und spürte den inneren Widerstand, den sie ihr entgegenbrachte. Aber hier gab es kein Entkommen. Keine von ihnen konnte sich entziehen, wie sie es sonst immer taten.

»Warum hast du mich in die ganze Sache reingezogen? Warum hast du Papa und Ben belogen? Was sollte diese ganze Geschichte mit Sylt?«

Es waren zu viele Fragen auf einmal. Dabei war ihr klar, dass es nur langsam gehen würde.

Ihre Mutter setzte sich auf die Bettkante und atmete tief ein. Erschöpft sah sie aus.

»Ich werde dir darauf leider keine befriedigende Antwort geben können. Ich wollte anfangs tatsächlich nach Sylt. Eine Woche am Meer, ganz allein. Dein Vater und ich sind so lange nicht im Urlaub gewesen, immer ist irgendetwas mit der Praxis dazwischengekommen.« Ihre Mutter griff nach einer Tube Handcreme, die sich auf ihrem Nachtisch befand, drehte den Schraubverschluss auf und drückte eine erbsengroße Portion des weißen Inhalts auf ihren Handrücken. Sie sah ihn sich einen Moment an, ehe sie ihn verrieb. Dann blickte sie wieder zu Klara auf. »Susanne hat mir von dem schönen kleinen Hotel erzählt, in dem sie letztes Jahr war. Ich war ewig nicht allein unterwegs, ganz allein …« Sie stockte.

Susanne war die älteste Freundin ihrer Mutter, Klara kannte sie schon, als sie selbst noch ein Kind war. Die immer fröhliche, gemütliche Frau war das komplette Gegenteil ihrer Mutter. Sie hatte sich häufig über Susanne mokiert, die unorganisiert und chaotisch sei. Trotzdem hing sie an ihr und der Kontakt war auch dann nicht abgerissen, als Susanne sich irgendwann von ihrem Mann getrennt hatte und in ein hübsches altes Gut in der Holsteinischen Schweiz gezogen war.

»Und dann?« Ihre Stirn schmerzte noch immer. Sie holte eine Locke hervor, die sie über die inzwischen leicht angeschwollene Stelle legte, ohne dabei ihre Mutter aus den Augen zu lassen.

»Dann kam dieser Brief.« Ihre Mutter wies auf den Umschlag, der noch auf dem Tisch vor der Tablettenbox lag, und es sah aus, als würde sie meinen, das wäre Erklärung genug.

»Ja, aber der war nicht für dich. Warum hast du ihn denn aufgemacht?«

Ihre Mutter zuckte mit den Schultern und sah sich um, als suchte sie nach etwas. Dann machte sie einen Schritt auf den Tisch zu, griff nach dem Brief und hielt Klara die beschriebene Rückseite so dicht vor die Augen, dass sie ein wenig zurückweichen musste, um lesen zu können, was dort stand. Dabei wusste sie es auch so schon.

Langsam sank ihre Mutter zurück auf die Bettkante.

»Lindholm, schau doch mal, der Absender: H. Lindholm. Natürlich habe ich sofort an Hannah gedacht. Ich habe den Brief erst mal zwei Wochen mit mir herumgeschleppt. Und dann musste ich ihn einfach lesen. Warum ein Brief, nach so vielen Jahren? Hättest du das nicht auch komisch gefunden?«

Klara beobachtete ihre Mutter, wie sie unruhig auf dem Bett hin und her rutschte, als würde es das Geschehene besser erträglich machen. Dieses Zimmer war wie ein Käfig.

»Ja, das verstehe ich schon. Trotzdem, der Brief war nicht für dich. Du hättest ihn auch Papa geben und ihn mit ihm zusammen lesen können.«

Sie ging ein paar Meter in Richtung Tür, um zu hören, ob die Schritte, die sie draußen wahrgenommen hatte, näher kamen. Aber das taten sie nicht, es wurde ganz still. Nur das Summen der Notrufanlage und der Atem ihrer Mutter waren zu hören. Klara sah, wie ihr Kinn zu zittern begann, und in ihren Augen sammelten sich deutlich erkennbar Tränen.

Es dauerte eine ganze Weile, bis sie weitersprach.

»Mich hat seine Affäre mit Hannah damals sehr verletzt, Klara. Es war nicht nur eine Nacht oder eine Sache von zwei Wochen, damit hätte ich vielleicht irgendwie umgehen können. Aber dein Vater war verliebt. Er hat ernsthaft darüber nachgedacht, uns alle zu verlassen …«

Die Vergangenheit holte ihre Mutter ein, das spürte

Klara deutlich. Wie tief musste dieser Schmerz sitzen, der nun mit einer solchen Wucht hochkam?

»Aber Papa hat sich für dich entschieden, nicht für Hannah …«

Draußen schob sich eine dicke Wolke vor die Sonne, so dass es im Zimmer augenblicklich dunkler wurde. Das Gesicht ihrer Mutter verfinsterte sich.

»Ja, weil Hannah die Sache beendet hat. Danach hat Georg sich immer mehr in die Arbeit gestürzt. Und ich habe mich noch mehr allein gelassen gefühlt. Ben war der Einzige, der da war, der mich gebraucht hat …«

»Mama, das stimmt so nicht. Ich habe dich auch gebraucht. Das hast du nur nicht mitbekommen. Oder du wolltest es nicht. Warum hast du damals nie mit mir über das alles gesprochen? Ich war immerhin schon fast zwanzig.«

Sie schob es mit Nachdruck hinterher. Hatte ihre Mutter sie jemals als Erwachsene wahrgenommen? Sie fühlte sich so oft in die Rolle der kleinen Tochter zurückgedrängt.

»Ich sollte etwas essen …« Es war keine Antwort auf ihre Frage, aber wenn sie ehrlich war, hatte sie auch mit keiner gerechnet.

Ihre Mutter stand auf und hob die graue Plastikhaube vom Teller, um zu sehen, was sich darunter befand. Bereits ihr Blick ließ erahnen, dass sie es nicht essen wollte.

Klara hatte eine Idee und sie fragte sich, warum sie nicht schon vorher darauf gekommen war. »Mama, darfst du das Zimmer verlassen? Im Café unten gibt es auch andere Sachen.« Sie ging auf ihre Mutter zu und nahm ihre Tasche, die auf dem Boden stand.

»Mich kann doch hier keiner einsperren. So weit

kommt es noch. Und du hast es ja gehört: Morgen werde ich sowieso entlassen.«

Ihre Mutter öffnete die Schranktür und griff nach einer Jeans sowie einem hellen Pullover aus Kaschmir. Mit beidem verschwand sie im Bad, ohne noch etwas hinzuzufügen.

Klara beugte sich unter den Tisch, griff nach ihrem Telefon, das mittlerweile fast aufgeladen war, und steckte es in ihre Tasche.

Draußen hatte es sich immer mehr zugezogen und es schien windig zu sein. Die Äste der Bäume wiegten sich stark hin und her. Wie lange so ein dünner Stamm das wohl aushalten konnte?

Sie hätte jetzt gerne mit ihrem Vater gesprochen, aber sie wusste, dass sie ihre Mutter zuerst noch einiges fragen musste. Ob sie inzwischen von der Leukämie erfahren hatte?

Klara drehte sich um und schaute auf die Tür zum Bad. Sie hörte, wie der Wasserhahn wieder aufgedreht wurde, kurz darauf war es still. Was, wenn ihre Mutter es tatsächlich noch nicht wusste? Aber das war unwahrscheinlich.

Als ihre Mutter aus dem Bad kam, hatte sie einen energischen Ausdruck im Gesicht. Sie sah aus, als ob nichts von dem, was in den letzten Tagen passiert war, geschehen wäre, und wirkte hier völlig deplatziert.

Die zuvor noch unordentlichen Haare hatte sie hochgesteckt und sogar ein wenig Rouge und etwas Lippenstift aufgetragen. So war sie, dezent elegant.

»Dann lass uns mal nach unten gehen.« Klara ging vor, nach draußen auf den Gang, und hielt ihrer Mutter die Tür auf. Für sie musste alles neu sein. Als sie hierherkam, war sie bewusstlos gewesen, sie kannte kaum mehr als das Zimmer 48.

Vor dem Fahrstuhl wartete eine Gruppe von Menschen, die augenscheinlich nicht alle zusammengehörten. Eine Frau, die ein langes weißes Nachthemd trug, sprach sehr laut auf den Mann ein, der neben ihr stand. Sie gestikulierte wild mit den Händen und es schien, als würde der Mann nicht begreifen, worum es ihr ging. Ein kleiner Mann stand vor ihr und hielt sich an einem Ständer fest, an dessen oberem Ende ein Infusionsbeutel hing. Eine hellrote Flüssigkeit tropfte über einen Schlauch in seine Handvene. Er murmelte etwas vor sich hin, was sich wie ein Singsang anhörte. Auch wenn kaum ein Wort zu verstehen war, sah Klara ihnen gespannt zu und fragte sich, welche Schicksale da wohl vor ihr standen.

Die kurze Ablenkung tat gut, doch ihre Mutter riss sie viel zu schnell aus ihren Gedanken. »Das ist ja furchtbar hier mit all den Kranken. Ich hab noch nie verstanden, wie Georg es die ganzen Jahre im Krankenhaus ausgehalten hat.«

Der Fahrstuhl kam und sie betraten der Reihe nach die kleine enge Kabine, wohl darauf bedacht, keinen der anderen dabei zu berühren. Ihre Mutter ekelte sich offenbar. Angewidert sah sie auf ein großes Pflaster, das auf dem Schienbein einer jungen Frau, vielleicht Mitte zwanzig, klebte und an dessen Oberfläche ein wenig Wundsekret durchsickerte.

Die Schiebetür öffnete sich automatisch im Erdgeschoss, sie hatte den Knopf nicht betätigt.

Klara ging kurzerhand vor und deutete in Richtung Cafeteria, ihre Mutter folgte ihr mit resolutem Schritt.

»Mama, hat Doktor Petersen heute Morgen mit dir gesprochen?«

Klara hielt es nicht länger aus zu warten. Sie hatte eine Flasche Wasser und zwei *Smørrebrød* mit Lachs und Frischkäse geholt und einen Tisch am Rand der Terrasse gefunden. Nachdem sie sich gesetzt hatten, fragte sie ohne Umschweife, was ihre Mutter offensichtlich nicht weiter überraschte.

»Ja. Was willst du wissen? Ob ich weiß, dass ich krank bin?«

Mit dieser Antwort hatte sie nicht gerechnet. Der Ton klang abgeklärt und unbeeindruckt.

»Ja … wusstest du schon vorher davon?«

»Nein, aber ich wusste, dass irgendetwas nicht in Ordnung ist. Ich hatte vor ein paar Wochen einen Termin in Hamburg wegen meiner Kopfschmerzen. Aber die haben damit wohl überhaupt nichts zu tun.«

Der Tisch wackelte bei jeder Berührung ein wenig, was ihre Mutter dazu veranlasste, ihn leicht hin und her zu schieben. Das änderte nichts an der Tatsache. Sie hätten einen Bierdeckel gebraucht, aber hier gab es keine.

Ihre Mutter sah zu Klara auf und sprach weiter. »Ich sollte für ein persönliches Gespräch zum Neurologen kommen, damit er mich über das Ergebnis der Untersuchung informiert. Die haben ein paarmal angerufen aus der Praxis. Aber wegen dem Brief und allem hier habe ich den Termin vor mir hergeschoben. Mir war klar, dass es nichts Harmloses ist. Zum Glück ist es ja weniger schlimm, als es sein könnte.«

War ihre Mutter wirklich so abgebrüht oder tat sie nur so? Wie würde sie selbst mit einer solchen Diagnose umgehen?

Ihre Mutter biss in ihr Brot. Ein wenig Remoulade tropfte dabei auf ihren Teller.

»Lecker. Musst du mal probieren.«

Sie ignorierte die Aussage und versuchte, ihrer Mutter in die Augen zu sehen.

»Mama, wie geht es dir jetzt damit? Das ist ja keine Kleinigkeit. Machst du dir Sorgen?«

Ihre Mutter sah von ihrem Teller auf. »Was willst du denn hören? Dass ich in Selbstmitleid versinke? Es ist nicht zu ändern. Mir geht es gut. Ich habe keine schlimmen Symptome. Laut Doktor Petersen kann ich noch zwanzig Jahre oder länger wunderbar damit leben. Soll ich mich jetzt verrückt machen? Nein, ich habe gerade ganz andere Sorgen, wie du dir vielleicht denken kannst.«

Was sollte sie darauf antworten? Sie nahm ihrer Mutter die Gelassenheit nicht ab, aber momentan war Abwehr wohl die einzige Strategie, die ihr einfiel.

»Da seid ihr ja endlich!« Ihre Mutter sprang auf und Klara drehte sich um. Ihr Vater und Ben kamen quer über die Terrasse auf sie zu. Sie sahen halbwegs entspannt aus, wie sie fand.

»Hier seid ihr also. Wir haben schon die halbe Klinik nach euch abgesucht.« Ben gab Klara einen Kuss auf die Wange und fragte sie flüsternd, ob alles in Ordnung sei.

»Na ja … wie man es nimmt. Lass uns später reden, ja?« Sie zog zwei weitere Stühle an ihren Tisch heran und wartete, bis sich alle gesetzt hatten.

Da saßen sie nun zu viert und nichts war, wie es vorher war.

Keiner sagte etwas und die Stille, die sie umgab, hatte etwas Beunruhigendes. Ben saß breitbeinig auf seinem

Stuhl und seine Füße wippten auf und ab. Sein rechtes Knie berührte bei jedem Hochkommen ihre Tasche, die sie auf dem Schoß liegen hatte. Was war das für eine nervige Angewohnheit, die so viele Männer hatten? Wie oft hatte sie sich schon über diese merkwürdige und, wie sie fand, häufig respektlose Macke geärgert. Sie dachte an eine überfüllte U-Bahn, samstagmittags, Richtung Jungfernstieg. Oder einen Flug in der engen Economy-Class, auf dem sie einmal, als sie zu einer Preisverleihung eines Autors nach New York unterwegs gewesen war, sieben Stunden neben einem deutlich übergewichtigen Mann hatte aushalten müssen. War das Reviermarkierung? Sollte es klarmachen, wer hier der Stärkere war? Bei Ben war ihr das noch nie aufgefallen.

Ihre Mutter kam ihr zuvor. »Ben, kannst du nicht mal still sitzen?« Es hörte sich an, als wäre ihr Bruder keine fünf Jahre alt, und Klara fiel es schwer, ein Grinsen zu unterdrücken.

Ihr Vater räusperte sich und machte ein ernstes Gesicht. Was ging in ihm vor? Er fühlte sich sicher verantwortlich für die Situation, in der sie sich befanden. Aber war er es überhaupt?

Hier waren nicht alle auf dem gleichen Wissensstand, aber war sie dafür zuständig, das zu ändern? War das nicht eigentlich die Aufgabe ihrer Mutter?

Klara wandte sich an Ben und ihren Vater. »Möchtet ihr etwas trinken? Ich kann euch was holen!« Ihr fiel nichts anderes ein, außer Zeit zu schinden, indem sie flüchtete. Sie war schon aufgestanden. Ihr Blick fiel auf ihr angebissenes Brot. Ihre Mutter war gerade mit ihrem eigenen fertig geworden. Sie faltete die Serviette, die vorher auf ihrem Schoß gelegen hatte, ordentlich zusammen und legte sie auf ihren leeren Teller, den sie Klara nun entgegenstreckte.

»Hier, das kannst du gleich mitnehmen. Oder räumen die hier etwa ab?«

Klara schüttelte den Kopf. Ob als Antwort auf die Frage oder als Reaktion auf die Anspruchshaltung ihrer Mutter, war ihr selbst nicht klar.

»Wasser?« Sie sah zu Ben, der sich erhob und in seine hintere Hosentasche griff, um seinen Geldbeutel hervorzuholen.

»Ich komme mit. Ich muss auch etwas essen.«

Ohne etwas hinzuzufügen, ging er voraus und Klara eilte ihm hinterher, bevor ihre Eltern die Möglichkeit hatten, sie aufzuhalten.

»Oh Mann! Was für eine verdammte Scheiße ist das denn?«

Ben klang nicht so, als würde er ernsthaft eine Antwort von Klara erwarten. Irgendwie fühlte sie sich jedoch verpflichtet, ihm zu sagen, was er noch nicht wusste. Und sie ahnte, dass das, was nun auf ihn zukam, ihn zutiefst erschüttern würde.

Die Frau vor ihnen in der Schlange schien sich nicht entscheiden zu können. Immer wieder legte sie den Kopf schief und ihre langen glatten Haare fielen ihr von einer Schulter auf die andere. Klara konnte ihr Gesicht nicht erkennen, dachte aber kurz, dass es sicher schön war. Der junge Mann hinter dem Tresen hatte Geduld. Für ihn war die Zeit, die er hier verbringen musste, immer gleich lang, egal wie viele Menschen er bediente. Nur Klara wurde unruhig und wollte nicht länger warten.

»Ben?« Sie sah zu ihm auf, wie er da neben ihr stand

und genauso nervös darauf wartete, dass es vor ihnen weiterging.

»Ja? Willst du auch noch was essen?«

»Nein, eigentlich nicht. Keine Ahnung …«

Endlich nahm die Frau ihr Tablett, auf dem nun ein Salat stand und eine kleine Flasche Cola light, und drehte sich um. Sie war deutlich älter, als Klara vermutet hatte. Schönheit war vergänglich.

»Ich nehme das, was du hattest. War das gut?« Ben riss sie aus ihren Gedanken und zeigte auf die Theke, in der das *Smørrebrød* mit unterschiedlichem Belag hinter streifenfrei geputztem Glas lag und darauf wartete, bestellt zu werden.

Nachdem er bezahlt hatte, standen sie nebeneinander mitten im Gewusel und keiner von ihnen machte Anstalten, wieder zurück zu ihrem Tisch zu gehen.

Sie griff ihn am Arm, fast ein wenig zu heftig, aber er fing sich, ehe sein Teller zu kippen drohte.

»Komm mit, wir gehen kurz an einen anderen Tisch. Ich muss dringend mit dir sprechen.« Sie zog ihn hinter sich her und steuerte einen Tisch an der Wand an, von dem man einen guten Blick auf die Terrasse und ihre Eltern hatte. Die beiden saßen mit dem Rücken zu ihnen und schwiegen sich offenbar weiter an.

»Aber Mama und Papa warten doch auf uns.« Ben zögerte etwas, aber sie hatte sich bereits auf dem Stuhl niedergelassen, was dazu führte, dass er ihr gegenüber Platz nahm.

Sie redete, vielleicht ein bisschen zu schnell, aber so verlor sie den Faden nicht. Der Brief, der Halbbruder, den keiner von ihnen kannte und von dem vor ein paar Wochen noch niemand etwas geahnt hatte, Hannah, die alte Liebe, die Geschichte, die plötzlich in ihrer aller Leben geraten war, das nun völlig neu geordnet werden musste.

»Klara, ich gehe jetzt sofort da hinaus. Das kann doch wohl nicht wahr sein, dass Papa nichts davon weiß … Was ist das für ein Typ? Was will der jetzt von ihm?« Er sah blass aus. Sein Brot stand völlig unberührt vor ihm. Es wäre sicher besser gewesen, sie hätte ihn zuerst essen lassen.

»Bleib hier. Mama muss Papa selbst sagen, warum sie hier ist. Warum sie den Brief gelesen hat. Das ist weder deine noch meine Aufgabe. Ich habe ihr gesagt, dass sie es machen muss.«

Aber wann hatte ihre Mutter je auf sie gehört?

Ihr Vater war eben aufgestanden und hatte sich neben den Stuhl ihrer Mutter gestellt. Seine Hand ruhte auf ihrer Schulter, doch sein Gesichtsausdruck war von ihrem Platz aus nicht zu erkennen.

Ihre Mutter sagte etwas, sah zu ihm hoch, dann wieder hinunter auf den Tisch.

Wie in einem Stummfilm spielte sich alles vor ihnen ab. Statt von Musik wurde die Szene von Stimmengewirr und Geschirrgeklapper begleitet.

Ben unterbrach ihr Schweigen. Er fuhr sich mit der Hand durchs Haar, ehe er etwas sagte.

»Ich muss morgen wieder in Hamburg sein. Nina hat viel zu tun und bei mir stapelt sich auch alles. Was ist mit dir? Soll ich dich nicht mitnehmen? Wir können doch hier ohnehin nichts tun, oder?«

Sie sah kurz nach draußen, bevor sie ihm antwortete. Ihr Vater hatte sich wieder hingesetzt und es sah aus, als ob ihre Eltern ruhig und konzentriert miteinander reden würden. Das Drumherum schien unbemerkt an ihnen vorüberzugehen. Es war ein schönes Bild, ein ungewöhnliches und vielleicht auch hoffnungsvolles.

»Ich bleibe noch hier. Ich weiß, das klingt absurd, und bitte behalte es erst mal für dich. Ich habe jemanden kennengelernt …«

»Was? Wann? Wen denn?« Bens Gesicht hellte sich auf. Neugier war eine der Eigenschaften, die er schon als kleiner Junge nicht hatte unterdrücken können.

»Ben, lass das. Ich werde es dir schon irgendwann erzählen, aber momentan weiß ich noch nicht, was da gerade mit mir passiert. Ich brauche noch ein paar Tage.«

Sie sah ihm seine Enttäuschung an. Ihre abwehrende Reaktion hatte ihn an seinen Hunger erinnert und er griff nach seinem Brot, aus dem der Lachs leicht angegraut hervorlugte. Aber das störte ihn nicht, vielleicht hatte er es nicht einmal bemerkt.

»Und deine Arbeit? Kannst du so einfach hierbleiben?«

Er sprach mit vollem Mund. Wie gut, dass ihre Mutter nicht bei ihnen saß.

»Ja, ich habe mit dem Verlag gesprochen. Die wissen von dem Unfall …« Sie hatte keine große Lust, ihm alles zu erklären. So würde er nicht weiter nachfragen. Sie würde am nächsten Tag eine Mail an Anne und die Personalabteilung schicken.

»Hier seid ihr!« Die Stimme ihres Vaters unterbrach sie und Klara war überrascht, dass sie nicht wahrgenommen hatte, wie er näher gekommen war.

»Papa, ist alles okay? Wo ist Mama?« Sie sah sich um und konnte ihre Mutter nirgendwo entdecken.

»Sie ist hochgegangen, in ihr Zimmer. Ich soll euch grüßen, aber sie möchte jetzt ein bisschen allein sein …«

Ben stand auf und sah seinen Vater so eindringlich an, dass er die Frage, die er stellen wollte, gar nicht mehr stellen musste. Sein Vater verstand ihn auch so. Klara spürte, dass es ihm nicht leichtgefallen war, dieses Gespräch mit ihrer Mutter zu führen. Er ließ sich stumm auf einen der Stühle an ihrem Tisch fallen und griff nach einer Broschüre, die vor ihm lag.

Ihr war schon lange nicht mehr warm, doch sie hatte es kaum bemerkt. Eine Gänsehaut lief ihr über den Unterarm und sie krempelte die Blusenärmel herunter. Viele kleine Stofffalten umspielten nun ihre Handgelenke.

Sie nahm die Hand ihres Vaters und drückte sie fest.

»Und jetzt? Was hat Mama dir denn eben gesagt, Papa?«

Er sah sie dankbar an, erwiderte den Druck ihrer Finger, und sein Ehering, breit und golden, grub sich in ihren Handteller, so dass es schmerzte.

»Du weißt ja von dem Brief …« Er hielt inne und sah zu Ben hinüber. Klara nickte ihrem Vater zu und gab ihm so zu verstehen, dass auch er bereits davon wusste. Ihr Vater atmete tief ein, ehe er wieder ansetzte. Seine Stimme klang fremd.

»Ich muss eine Weile nachdenken. Vielleicht sollte ich auch noch einmal zu Hannah gehen …«

Klara unterbrach ihn, ohne von ihm abzulassen. »Meinst du? Aber die will dich ja gar nicht hier haben. Das hat sie doch gesagt. Und wahrscheinlich weiß sie auch nicht, dass Henrik sich bei dir gemeldet hat. Vielleicht solltest du zuerst mit ihm Kontakt aufnehmen? Den Brief hat er ja schon vor Wochen geschrieben. Er wartet bestimmt, dass du dich bei ihm meldest.«

»Kann ich den mal lesen?« Ben hatte sich wieder hingesetzt.

In diesem Moment spürte sie ihr Handy in der Tasche vibrieren. Dankbar, dem Moment entfliehen zu können, griff sie nach dem Telefon und ging in Richtung Terrasse.

Es war fast halb fünf. So viel Zeit war vergangen?

Mads' Stimme meldete sich. »Hej, ich bin's! Wie geht es dir?« Er lachte ins Telefon und sie freute sich über die gute Laune, die er offenbar hatte und die sie sofort in den Bann zog.

»Hej! Ganz gut. Bist du noch auf Rømø?« Sie sah sich um, aber Ben und ihr Vater waren so in ihr Gespräch vertieft, dass sie keine Notiz von ihr nahmen. Hatte sie erst gehen müssen, damit eine Unterhaltung zwischen den beiden möglich war?

Mads räusperte sich und hinter ihm waren laute Motorengeräusche zu hören. »Gerade zurück. Jetzt stehe ich vor *Brugsen* in Nordby … Worauf hast du Lust? Fisch oder Fleisch? Pasta oder Kartoffeln?«

Es fiel ihr nicht leicht, jetzt ans Essen zu denken. Und Entscheidungen zu treffen erst recht nicht.

»Vielleicht Pasta? Mit Fisch?« Sie antwortete, ohne lange zu überlegen, und dachte an ihr Brot, von dem sie nur ein einziges Mal abgebissen hatte. Es stand natürlich längst nicht mehr auf dem Tisch von vorhin.

»Wunderbar! Dann gehe ich jetzt schnell und kaufe ein. Weißt du schon, wann du bei mir sein kannst?« Er klang fast ein wenig ungeduldig und sie war irritiert, wie aufgeregt sie das machte.

»Ich sitze hier noch ein wenig mit meinem Vater und meinem Bruder zusammen. Vielleicht gegen sechs? Oder ist das zu früh?«

»Je früher desto besser! Ich freu mich auf dich.«

Sie musste lächeln. »Ich freu mich auch.«

Dann legte sie auf und sah in den Himmel, der langsam wieder aufklarte. Hatte es zwischendurch geregnet?

Sie hörte nur noch das Ende des Satzes, den Ben zu ihrem Vater gesagt hatte, und der machte keine Anstalten, etwas zu entgegnen oder ihr zu erklären, worum es ging.

Ben wandte sich zu ihr und sein Gesicht verriet, dass er ahnte, mit wem sie gerade gesprochen hatte. »Na, Schwesterchen? Alles okay?« Er zwinkerte ihr zu.

Sie versuchte seinem Blick auszuweichen und sah zu ihrem Vater hinüber. »Willst du heute noch mal zu Mama gehen?«

»Ich habe ihr gesagt, dass ich sie später aus dem Hotel anrufen werde. Sie meint auch, dass ich zu Henrik fahren und mit ihm reden soll …« Er brach ab und fuhr sich nervös über die Stirn, auf der sich abermals kleine Schweißperlen gebildet hatten.

»Und du? Fährst du heute noch zurück nach Hamburg?«, wollte sie nun von Ben wissen, denn sie hatte beschlossen, ihren Vater vorerst mit weiteren Fragen in Ruhe zu lassen. Wie sehr musste ihn das alles beschäftigen?

Ben antwortete mit einer kleinen Verzögerung. »Ja … ich denke, das wäre besser. Dann kann ich Linus morgen in die Kita bringen. Nina muss ziemlich früh weg. Dann müssen wir nicht noch einen Tag den Babysitter bezahlen …«

Sie zuckte leicht zusammen, als sie das Wort hörte. Wie es ihm wohl dabei ging, sein Kind immer wieder abgeben zu müssen? Sie hatte nicht mal eines zum Abgeben.

Schnell schob sie die aufkommenden Gedanken an

Johann und die nicht vorhandene eigene Familie beiseite, indem sie sich nützlich machte. Sie griff nach Bens Teller und der leeren Flasche Wasser, die ihr Vater auf dem Tisch abgestellt hatte, und brachte beides zu dem Fließband, das sich neben dem Ausgang befand und in einer kleinen Luke in der Wand verschwand. Hier wurde alles geschluckt, egal was es war. Über der Luke hing ein Poster im Stil der fünfziger Jahre. Es zeigte eine Frau mit einem Turban, der aus einem Geschirrhandtuch gebunden war. Sie hielt einen Kochlöffel in der rechten Hand und im Arm ein speckiges Baby, das sich an der knochigen Schulter seiner Mutter festklammerte. Sein Gesicht war über und über mit Tomatensauce beschmiert. Die Frau lachte. Den darunter stehenden Satz auf Dänisch konnte sie nicht lesen.

»Gehen wir?« Ben stand dicht hinter ihr und folgte ihrem Blick. »Komm!«, sagte er und schob sie sanft vor sich her zur Tür, wo ihr Vater bereits auf sie wartete.

Es war ein kurzer Abschied. Eine innige Umarmung, das Versprechen beiderseits, in den nächsten Tagen zu telefonieren und sich dann in Hamburg wiederzusehen. Die Anwesenheit ihres Vaters führte dazu, dass sie nicht viel mehr sagten als das, was nötig war. Sie waren beide nervös, jeder auf seine Art und Weise. Wie weit würden sie sein, wenn sie sich das nächste Mal wiedersahen? Ben beendete die angespannte Situation. Er wollte schnell zum Hotel, um seine Sachen zu holen. Klara sah ihn schon vor sich, in dem alten klapprigen Käfer, die Musik voll aufgedreht, irgendeinen deutschen Rap, hart, aber gut, auf dem Weg über die Autobahn Richtung Nina und Linus, weg von allem hier. Bereits heute Abend würde er in seinem alten Leben sein, bei einem Bier am Küchentisch oder auf dem Sofa. Vielleicht würde er Nina alles genau erzählen, vielleicht auch nicht. Klara hatte keine Vorstellung davon, wie die Beziehung der beiden funktionierte. Ben war keiner, bei dem man viel mitbekam.

»Und du, Klara?« Ihr Vater legte ihr den Arm um die Schulter, während sie gemeinsam ihrem Bruder nachsahen, der auf dem Weg, der leicht abwärts führte, immer kleiner wurde und schließlich schemenhaft mit seiner Umgebung verschmolz.

»Ich habe das Auto drüben auf der Insel. Wir sehen uns morgen, ja? Rufst du mich an, wenn du weißt, wann Mama entlassen wird?«

Er strich ihr sanft über den Kopf und drückte sie fest an sich. »Ja, mache ich. Danke, mein Schatz.«

Dann drehte er sich um und folgte dem Weg, den auch Ben gegangen war.

Es war ein paar Minuten vor fünf. Die Fähre um 16 Uhr 50 war also schon weg. Ohne weiter darüber nachzudenken, ging sie zurück zum Krankenhaus. Zielsicher und eilig lief sie durch das Treppenhaus nach oben. Sie war wieder allein auf dem Flur, der monotone Hall ihrer Schritte war das Einzige, das sie wahrnahm.

Ohne zu klopfen, betrat sie das Zimmer ihrer Mutter und ihr Blick fiel als Erstes auf den Koffer, der aufgeschlagen auf dem Bett lag. Sie vermutete ihre Mutter hinter der geöffneten Schranktür, da sich dort jemand geräuschvoll mit irgendetwas beschäftigte.

»Mama?« Klara machte einen Schritt auf sie zu und ihre Mutter, die ihr Eintreten wohl nicht bemerkt hatte, wich rasch zurück, als wäre sie bei etwas Verbotenem erwischt worden.

»Klara! Was machst du denn hier? Ich dachte, du bist mit deinem Vater und Ben …«

Sie unterbrach sie. »Nein, ja … das war ich. Aber Ben fährt jetzt zurück nach Hamburg und Papa ist ins Hotel gegangen.«

Es war eher ein Reflex, etwas, was sie sich nicht zuvor überlegt hatte. Sie ging einen Schritt auf ihre Mutter zu und ehe diese zu begreifen schien, was da geschah, umarmte sie sie fest und streichelte ihr über den Rücken.

Es verging ein Moment, ein paar Sekunden, vielleicht eine Minute. Der leise Atem ihrer Mutter an ihrer Schulter hatte etwas Beruhigendes.

Sie löste sich genauso schnell aus der Nähe, wie sie entstanden war. »Du packst schon?«

Es war, als wäre das eben Geschehene überhaupt nicht passiert.

Resolut drehte sich ihre Mutter um und holte aus dem Schrank einen kleinen Stapel fein säuberlich zusammengelegter T-Shirts und Pullover.

»Du glaubst doch nicht, dass ich hier auch nur eine Minute länger bleibe als nötig. Die Visite ist morgen früh um zehn und die sind froh, wenn sie das Bett dann gleich frisch beziehen können und Platz haben für den nächsten Patienten.«

Der Ton klang so energisch, dass Klara es nicht wagte zu widersprechen. »Und dann?« Reichte die Frage so aus?

»Das musst du deinen Vater fragen. Vielleicht sollte er wirklich als Erstes zu seinem Sohn fahren.«

War das tatsächlich in Ordnung für ihre Mutter? Warum hatte sie dann den Brief, nachdem sie ihn gelesen hatte, so lange vor ihrem Vater verheimlicht? Vermutlich hatte die jetzige Lage bei ihr zu einer anderen Sicht der Dinge geführt.

Nachdem ihre Mutter die Sachen in den Koffer gelegt hatte, drehte sie sich zu ihr um. »Wir haben uns anders entschieden. Ich bleibe noch bis Dienstag. Dein Vater holt mich hier ab, wenn er aus Horsens zurückkommt.«

Ihre Mutter schnaubte durch die Nase.

»Und wo willst du übernachten?«, fragte Klara ungläubig. »Ich weiß nicht, ob es irgendein Hotelzimmer in Esbjerg …«

»Du denkst doch nicht allen Ernstes, dass ich in dieser Stadt bleiben will? Nein, im *Kro* wird doch wohl ein Zimmer für mich frei sein. Ist ja gerade keine Hauptsaison.«

Sie wusste nicht, was sie von der Aussicht halten sollte, noch zwei Tage mit ihrer Mutter auf Fanø zu verbringen.

Bisher hatte ihre Mutter keine Ahnung gehabt, wo sie in den letzten Tagen gewesen war. Wollte sie das ändern?

Sie sah auf die Uhr, die ihre Mutter am Handgelenk trug. Es war zwanzig nach fünf. Wenn sie die nächste Fähre nicht verpassen wollte, würde sie sich beeilen müssen.

»Mama, es tut mir leid, aber ich muss langsam los. Ich will noch was für den Verlag vorbereiten.« Etwas Besseres war ihr auf die Schnelle nicht eingefallen und sie wollte verhindern, dass ihre Mutter ihr weitere Fragen stellte.

Zu ihrer eigenen Verwunderung nickte ihre Mutter nur. Hatte die Umarmung doch etwas ausgelöst? Es hatte sich schön angefühlt. Fremd, aber dennoch gut.

Klara dachte für einen kurzen Moment daran, ihre Mutter noch einmal an sich zu drücken. Aber waren sie schon so weit?

»Okay, Mama. Dann hole ich dich morgen früh hier ab und wir fahren zusammen zum *Kro.*«

Ihre Mutter machte sich schon wieder an ihrem Koffer zu schaffen und schien zu überlegen, ob die Ordnung darin sinnvoll war oder nicht. Sie nahm etwas heraus, was sie an anderer Stelle gleich wieder verstaute. Klara konnte nicht erkennen, was es war.

»Das wird schon alles. Hoffentlich.« Sie schob das letzte Wort mit Nachdruck hinterher, aber ihre Mutter ignorierte es, drehte sich zu ihr um und gab ihr einen Kuss auf die Wange.

»Bis morgen! Ich rufe dich an. Ich gehe heute bald ins Bett.«

»Dann schlaf gut. Bis morgen, Mama.«

Draußen war die Luft klar und frisch und fühlte sich fast sommerlich an. Keine Wolke fand sich mehr am Himmel, ein paar Möwen flogen nah an die Reling, um dann kurzerhand wieder kehrtzumachen und in die entgegengesetzte Richtung davonzufliegen. Sie drehte sich nicht um. Esbjerg und das Krankenhaus lagen hinter ihr und vor ihr blitzten bereits die ersten Häuser von Nordby auf. Auch wenn es noch nicht spät war, man konnte den Abend bereits erahnen. Auf dem Wasser glitzerte die Sonne, sie färbte das Meer orangerosa und an manchen Stellen silbrig.

Klara hatte sich nicht hingesetzt, ihre Tasche hing schwer über ihrem Arm, aber sie hatte keine Lust, sie für die kurze Überfahrt abzustellen.

Einsam und wie vergessen stand das Auto ihrer Mutter dort, wo sie es am Mittag abgestellt hatte. Außer ihr gingen ein paar wenige Leute von Bord, aber da sie die Erste war, die die Insel betrat, achtete sie nicht weiter auf das Treiben hinter ihr.

Sein Haus war dunkel, nur aus der Küche schien etwas Licht nach draußen und sie nahm Mads' Umrisse wahr, die sich aus dem Zimmer entfernten.

Sie hörte Musik, und als sie näher kam, erkannte sie, was es war. Sie hatte Leonard Cohen lange nicht gehört und fragte sich jetzt, warum nicht. Aber so war es wohl, wenn etwas in Vergessenheit geriet, von dem man nicht mal mehr wusste, dass man es früher gerne mochte.

Sie machte sich nicht die Mühe zu klingeln, sondern ging gleich um das Haus herum in den Garten.

Die Terrassentür stand offen und sie fragte sich einen kurzen Moment, ob sie einfach so hineingehen konnte.

»Hey, da bist du ja!«

Sie hatte ihn nicht bemerkt, aber jetzt spürte sie seine Nähe in ihrem Nacken und seinen Mund, der sich auf ihre Wange drückte.

Sie drehte sich zu ihm um und konnte nicht anders, als ihm gleich mit den Händen durch die wirren Haare zu fahren und ihn im nächsten Augenblick zu küssen. Er legte ihr seinen linken Arm um die Taille, seine rechte Hand fand unter ihre Bluse und fuhr ihren Rücken nach oben, wo sie einen Moment verweilte.

Wann hatte sie zum letzten Mal Johann geküsst? Richtig geküsst? Es fiel ihr nicht ein und sie ärgerte sich, dass es ihr nicht gelang, ihn für diesen Moment aus dem Gedächtnis zu verbannen.

Mads nahm ihre Hand und sah sie an. Seine grünen Augen leuchteten in dem Licht, das durch die Baumäste des Nachbargartens auf seine kleine Terrasse fiel, wo nicht viel mehr stand als zwei große Terrakottakübel mit weißen Hortensien.

Mads war barfuß, seine Jeans, die genau das richtige Alter hatte, um weder zu neu noch ungepflegt zu wirken, hatte er hochgekrempelt und seine schon leicht gebräunten Knöchel sahen unglaublich sexy aus.

»Hast du Hunger?« Er lachte sie fragend an und wartete nicht auf ihre Antwort. »Sag jetzt nichts Falsches! Ich habe eben eine Riesenportion Tomatensauce mit Thunfisch und Kapern gekocht. Da könnten wir noch den ganzen *Kro* einladen, aber gierig, wie ich bin …«

»Ich habe sehr großen Hunger!« Im gleichen Moment spürte sie ihren Magen, der seit dem Frühstück nichts Vernünftiges mehr bekommen hatte.

»Na, dann setze ich mal das Wasser für die Spaghetti auf. Kommst du mit rein?« Er zog sie hinter sich her und hielt ihre Hand dabei so fest, dass sie sich wünschte, er würde sie nie wieder loslassen. Sein weißes Hemd sah so ordentlich aus, als hätte er es erst kurz bevor sie gekommen war, angezogen. Ein Knick, der beim Bügeln entstanden war, lief quer über seinen Rücken und war sicher nicht beabsichtigt, sah aber umso charmanter aus. Leonard Cohen sang gerade ›So long, Marianne‹ und sie fragte sich, aus welchem Zimmer die Musik kam. Eine Anlage konnte sie im Wohnzimmer nicht entdecken und eigentlich klang es auch wie von weiter weg.

»Das riecht aber gut!«

Die Dunstabzugshaube über dem Herd gab das typische Rauschen von sich und überdeckte die Melodie. Auf der Arbeitsplatte standen allerlei Gewürze, auf einem Brett lagen noch Überreste der Tomaten, die er hier wohl geschnitten hatte. Sie schaffte es meistens nicht zu kochen, ohne sich dabei zu bekleckern. Erst recht, wenn es sich um Tomatensauce handelte. Vielleicht trug er deshalb das frische Hemd?

Sie hatte keine Zeit, weiter darüber nachzudenken, denn er tunkte einen Löffel, den er aus der obersten Schublade neben dem Herd genommen hatte, in die Sauce, probierte erst selbst ein wenig, wiederholte die Prozedur und hielt ihr den Löffel, Silber mit einer Gravur aus zwei Initialen, an die Lippen.

Er hatte nicht an den Peperoncini gespart. Die Schärfe breitete sich blitzartig in ihrem Mund aus, war aber nicht unangenehm, sondern unterstrich den Geschmack der süßen Tomaten und der säuerlichen Kapern, der den Thunfisch wunderbar begleitete. War sie nur zu hungrig oder von ihm geblendet? Oder hatte er vielleicht den falschen Beruf gewählt? Sie selbst liebte es zu kochen, bekam aber selten etwas so gut hin, dass sie es als perfekt einstufen würde. Sicher war sie oft zu kritisch mit sich selbst, aber ihr fehlte die Kreativität. Fast nie traute sie sich von Rezepten abzuweichen und sie hielt sich sklavisch an das, was Jamie Oliver oder Donna Hay in ihren Büchern rieten. Leider sah es am Ende nicht so aus wie auf den Fotos und es schmeckte auch selten richtig gut. Sie war in der Küche das Gegenteil ihrer Mutter. Die experimentierte wild herum, sammelte Rezepte aus der ›Brigitte‹ oder aus ›essen & trinken‹, archivierte sie ordentlich und schrieb daneben auf, was nicht funktionierte und welche Zutat ersetzt werden musste. Zum Beispiel Brühwürfel. Nie würde ihre Mutter zu einem Brühwürfel greifen. *Hefeextrakt ist das Gleiche wie Glutamat,* hörte sie sie innerlich.

»Und? Wie schmeckt die Sauce?« Mads hatte ihre

Nachdenklichkeit wohl als Moment des Genießens aufgefasst und war nicht weiter irritiert, als sie nicht sofort reagierte.

»Fantastisch!« Sie gab ihm einen Kuss auf seinen schönen Mund und er lächelte verschmitzt.

»Weißwein?« Er ging einen Schritt auf seinen Kühlschrank zu, wartete aber, bis sie antwortete.

»Gerne! Wo hast du Gläser?«

»Hinter dir. Oben rechts.«

Sie öffnete den Schrank, der rechts neben der Tür zum Flur hing und holte zwei Gläser hervor, die sie passend und schön fand. Sie sahen aus wie aus einer anderen Zeit und waren deutlich kleiner als die, die es heute überall zu kaufen gab. Jetzt legte man Wert darauf, dass der Wein, egal ob weiß oder rot, genug Platz hatte, um sein Bouquet zu entfalten. Oder man tat zumindest so. Aber von diesen alten Gläsern hatte sie nur zwei im Schrank entdeckt, ganz hinten, als ob sie selten benutzt würden.

Es kam ihr fast unmöglich vor, dass dieser Mann keine Beziehung hatte.

Der Korken ploppte aus der Flasche, die Mads sich zwischen die Knie geklemmt hatte. Mit zwei Schritten ging sie auf ihn zu und hielt ihm die Gläser hin, die er stillschweigend füllte. Dabei ließ er sie nicht aus den Augen und sah sie auf eine Art an, dass sie für einen Moment alles um sie herum vergaß.

»Wie war es bei deiner Mutter auf Rømø?« Sie nahm einen kleinen Schluck Wein, nachdem sie ihm eins der Gläser gereicht und ihres zum Wohl leicht angehoben hatte. So hatte sie es bei ihrer Mutter gelernt. Wer stieß schon die Gläser richtig aneinander? Gut, ihre Schwiegereltern, aber die kamen auch aus München.

»Schön. Es geht ihr richtig gut. Sie hat sich mit ihrer Nachbarin angefreundet und jetzt machen die beiden wohl nichts mehr ohne einander. Sie wollen sogar zusammen in den Urlaub fahren.« Er lachte amüsiert und schien sich tatsächlich sehr für seine Mutter zu freuen.

»Ich habe ihr ein bisschen im Garten geholfen und ein Regal angebracht, das sie schon vor Monaten gekauft hat und das noch nicht mal ausgepackt war. Aber so etwas ist ihr auch nicht wichtig. Wie ich schon gesagt habe, sie liest und liest und vergisst darüber alles andere. Na ja, und jetzt hat sie ihre neue Freundin Tilda …«

Mads nahm ihre freie Hand und verschlang seine Finger in ihren. Sie machte noch einen Schritt auf ihn zu und kam nah an die Arbeitsplatte, an der er mit dem Rücken lehnte. Er nahm ihr Glas, stellte es neben seines in sichere Entfernung zum Rand und gab ihr einen Kuss, fest, fordernd und zärtlich zugleich.

»Du bringst mich ganz schön durcheinander.« Er blinzelte sie durch seine halb geöffneten Augen an und sie wusste nicht, was sie darauf sagen sollte. In ihr machte sich ein Gefühl von freudiger Erregung, aber auch schlechtem Gewissen breit. Was wollte sie hier? Was wollte sie von ihm? Sie fand keine Antwort, nicht so schnell, ahnte aber, dass es kein Zurück mehr gab und dass sie das, was sich gerade entwickelte, nicht ewig würde zurückhalten können.

»Mads … du bringst mich auch durcheinander. Aber …«

Er unterbrach sie unvermittelt. »Es gibt da jemanden, richtig?«

Sie war überrascht, dass er sie so direkt fragte.

»Das dachte ich mir.« Er griff nach ihrer rechten Hand,

nach ihrem Finger, auf dem der Ring steckte, den man nicht eindeutig als Ehering erkennen konnte und den sie schon seit geraumer Zeit nicht mehr wahrnahm. Er war wie ein Körperteil, dem man wenig Beachtung schenkte, und in all den Jahren zu einer Einheit mit ihr verwachsen, ohne dass sie es gemerkt hatte. Er war selbstverständlich geworden, auf eine ungute Art und Weise.

»Ja ...«

»Du musst jetzt nichts sagen. Lass dir Zeit. – Ach, das Wasser kocht!« Er hatte sie nicht losgelassen und sah auch nicht aus, als ob er das vorhätte. Sie griff an ihm vorbei zu einer Packung Spaghetti, die neben den Weingläsern stand, und hielt sie ihm unter die Nase. Dann küsste sie ihn. Seine Lippen fühlten sich warm an.

»Danke, Mads!«

Auf der Terrasse gab es noch mehr außer den Hortensien. Ein altes Fahrrad stand umgedreht am Rand der großen grauen Steinplatten, offensichtlich war Mads mit der Reparatur noch nicht fertig geworden. Rundherum lagen allerlei Schraubenschlüssel auf dem Boden verstreut und eine kleine Flasche Schmieröl.

Sie saßen sich gegenüber an dem grünen Tisch aus Eisen, auf einfachen Holzstühlen, wie Klara sie bei ihrer Nachbarin Inga im Garten gesehen hatte. Die weiße Farbe war an einigen Stellen abgeblättert und hier und da blitzte es blaugrau durch, ob gewollt oder ungewollt konnte sie nicht sagen, aber die hatten in ihrer Unvollkommenheit genau das, was sie in ihrer Wohnung in der Hafencity so oft vermisste.

Sie aßen schweigend, doch die Stille fühlte sich nicht beklemmend an.

Trotzdem hatten die wenigen Worte in der Küche etwas von der anfänglichen Leichtigkeit geschluckt. Mads hatte in allem, was er tat, etwas Ruhiges und Gelassenes, so dass sie wusste, er hatte wirklich gemeint, was er gesagt hatte.

»Magst du noch mehr?« Er lächelte sie an, beugte sich zu ihr und strich ihr mit dem Daumen zärtlich über die Wange.

»Nein danke, ich bin absolut satt. Leider – es war köstlich!« Sie griff nach seiner Hand, die noch immer an ihrer Wange lag, und küsste ihn auf die Finger.

Dann stand sie auf, schob vorsichtig den Tisch ein wenig beiseite und setzte sich auf seinen Schoß.

Mit beiden Armen umfasste er ihre Hüfte, dann küsste er sie so innig, dass sie nicht wusste, wie sie je wieder einen klaren Gedanken fassen sollte, wenn das so weiterging.

Sie zog die Decke ein wenig höher, so dass ihre Brust fast komplett verdeckt war. Ihr linkes Bein ruhte auf seiner Hüfte, sein Arm lag ausgestreckt unter ihrem Nacken und ihre Haare bedeckten seine Schulter. Sie fühlte die leicht feuchte Wärme ihrer beiden Körper, die nicht voneinander lassen wollten und nun etwas träge und erschöpft dalagen.

Es war finster in seinem Schlafzimmer und sie wunderte sich, dass sie nicht einmal mitbekommen hatte, wie es langsam dunkel geworden war. Das Licht der Straßenlaterne, die ein paar Meter neben seinem Haus stand, fiel durch die halb geschlossenen Vorhänge.

»Erfahre ich jetzt endlich etwas über dein wildes Familienleben? Oder willst du mir gar nichts erzählen?«

Er klang plötzlich alles andere als müde, beugte sich über sie und küsste sie sachte auf den Mund. »Du hast mich wieder verführt. So geht das nicht.« Er kniff die Augen zusammen und sah sie schelmisch an.

»Na, wer hat denn hier wen verführt?« Sie zog seinen Kopf wieder zu sich herunter und konnte sich ein Lächeln kaum verkneifen. Dabei versuchte sie ernst zu bleiben, was ihr letztendlich aber nicht gelang.

Er fragte sie nach dem Tag im Krankenhaus. Nach ihrer Mutter und ihrem Vater. Sie erzählte von dem Brief und von Hannah, über die auch er nicht viel wusste, ihren Sohn hatte er nur zweimal flüchtig gesehen. Hier auf der Insel wurde nicht viel geredet. Man lebte schon eng genug zusammen, daher ließ jeder den anderen sein Ding machen und wahrte die nötige Distanz. Das war komplett anders als zu Hause in Hamburg, dachte sie.

Er hörte ihr aufmerksam zu, hakte nur gelegentlich nach und ließ sie sprechen, ohne dass er sie dabei aus den Augen verlor. Seinen Kopf hatte er auf seine linke Hand gestützt, sie lagen sich gegenüber, und als sie nicht wusste, was sie noch hinzufügen könnte oder ob sie etwas vergessen hatte, schloss sie die Augen und sank nach hinten in das zerwühlte Kissen.

Sie spürte seine Nase an ihrem Haar, sein Atem war weich und warm. Sie drehte sich um und er schlang von hinten einen Arm um sie. Dann schliefen sie ein, sie hatte keinerlei Vorstellung davon, wie spät es wohl war.

KAPITEL 13

Draußen fiel eine Tür ins Schloss und es klang unbeabsichtigt laut. Vielleicht war der Wind schneller gewesen.

Sie brauchte nur den Bruchteil einer Sekunde, um genau zu begreifen, wo sie war. Kurz darauf öffnete sich die Zimmertür einen Spaltbreit und Mads schaute zu ihr herein.

»Guten Morgen, meine Schöne.« Mit wenigen Schritten war er bei ihr, setzte sich neben sie auf die Bettkante und beugte sich zu ihr herunter, um sie zu küssen.

»Guten Morgen.« Sie richtete sich auf und schlang ihre Arme um seinen Hals. »Ich habe schon wieder Hunger!«

»Wie gut, dass ich gerade Brötchen holen war. Der Kaffee ist schon fertig.«

Sie hätte ihn lieber noch einmal zu sich ins Bett gezogen, aber da stand er schon auf und machte sich auf den Weg in die Küche.

Ihre Sachen waren alle im Auto. Die Bluse vom Vortag lag zerknittert auf dem Boden, die Jeans würde vielleicht noch einen Tag gehen. Ihr Blick fiel auf sein Hemd, das er am Abend getragen hatte und das über der Stuhllehne hing. Sie kam sich ein bisschen vor wie in einem dieser etwas kitschigen Liebesfilme, die sonntagabends parallel zum ›Tatort‹ liefen. Trotzdem griff sie danach und zog es sich über.

Er stand mit dem Rücken zu ihr vor dem geöffneten Kühlschrank und stellte alles Mögliche auf ein Tablett, das neben ihm auf der Ablage stand.

»Senf? Zum Frühstück?« Sie sah ihn belustigt an.

»Ja, passt doch wunderbar zu Käse. Komm, du isst Marmelade auf Gorgonzola, sei du mal ganz still.«

Er sah sein Hemd an ihr und sie war sich für einen kurzen Moment nicht sicher, ob er es okay fand, dass sie es angezogen hatte. »Entschuldige, meine komplette Wäsche ist schmutzig. Ich hab nicht damit gerechnet, dass ich so lange hierbleiben würde …«

»Du kannst hier gerne nackt rumlaufen.« Er sah sie verschmitzt an. »Ich habe aber auch eine Waschmaschine. Steht dir ganz gut, mein Hemd«, fügte er nach einer kurzen Pause hinzu.

»So, so … nackt! Das könnte dir so passen.« Sie umarmte ihn und gab ihm einen Kuss, den er leidenschaftlich erwiderte.

Die Luft war noch feucht von der Nacht und es war offensichtlich früher, als sie angenommen hatte.

»Was meinst du, wie lange du noch hierbleiben wirst?«

Eine Frage, die sie sich selbst nicht wirklich beantworten konnte. Sie schluckte den letzten Bissen Croissant herunter und nahm ein wenig von dem Orangensaft, den er frisch gepresst und den sie bisher noch nicht angerührt hatte.

»Du weißt, dass du bei mir bleiben kannst. So lange du möchtest. Ich hoffe nicht, dass du heute schon fährst.«

»Ich warte mal ab, was meine Eltern jetzt vorhaben …«

Während sie es sagte, wurde ihr klar, dass es darum nicht ging und dass ihr Zögern, nach Hamburg zurückzufahren, schon längst nicht mehr nur mit ihrer Mutter zu tun hatte.

»Neben der Tür hängt ein zweiter Schlüssel. Ich muss gleich los zu meinem Onkel, wir haben heute ein paar Termine. Du kannst hier waschen, du kannst arbeiten. Wie du möchtest. Ich freue mich, wenn du heute Abend noch hier bist.«

Dachte er wirklich, sie würde einfach so wegfahren?

»Ich bin heute Abend noch hier. Versprochen! Und ich würde ja vorschlagen, etwas zu kochen, aber ich fürchte, ich kann mit dir nicht mithalten …«

»Ich bin gegen fünf zurück, dann überlegen wir, was wir machen, ja?« Er gab ihr einen Kuss auf die Nase, stand auf und klemmte sich die Zeitung unter den Arm, die ungelesen auf dem Stuhl neben ihm gelegen hatte.

Sie wollte gerade unter die Dusche steigen, als sie hörte, wie er seinen Wagen startete. Dann überdeckte das Rauschen des Wassers den Lärm des Motors.

Das Telefon klingelte.

»Guten Morgen, mein Schatz.« Ihr Vater klang zum ersten Mal seit einigen Tagen deutlich besser gelaunt. »Hast du gut geschlafen?«

»Ja, danke, Papa. Und du? Wo bist du?« Hinter ihm waren Geräusche zu hören, die sie nicht einordnen konnte.

»Ich habe gerade deine Mutter aus dem Krankenhaus abgeholt. Wir sind schon auf der Fähre und fahren nach Nordby hinüber. Wo ist denn das Auto mit Mamas Sachen?«

Jetzt hörte sie ganz deutlich das Kreischen einer Möwe und dann das laute Tuten der Schiffshupe, das ihr mittlerweile altbekannt vorkam.

»Das habe ich hier. Ich meine, hier in Sønderho …«

Was dachten ihre Eltern wohl, wo sie war? Bisher war sie von der Frage verschont geblieben.

»Na, dann wird sie ja wohl nach Nordby kommen können, um mich abzuholen«, hörte sie ihre Mutter im Hintergrund. Offensichtlich hatte ihr Vater die Lautsprechfunktion aktiviert.

Zielstrebig, wie sie war, hatte ihre Mutter natürlich alles im Griff und wusste, was als Nächstes zu tun war.

»Ich fahre gleich los. Wo wollen wir uns treffen? Soll ich zum Hafen kommen oder lieber in die Stadt?«

Ihr Vater antwortete nicht, sondern schien darauf zu warten, dass ihre Mutter entschied.

Plötzlich hörte sie ihre Stimme ganz nah an ihrem Ohr. Wahrscheinlich hatte sie ihrem Vater das Handy abgenommen. So war es schließlich einfacher.

»Wir könnten doch zu dritt noch einen Kaffee trinken. Dein Vater macht sich dann gleich wieder auf den Weg. Wollen wir ins Café Else? Die müssten um die Zeit schon geöffnet haben. Und da schmeckt der Cappuccino wenigstens.«

Wie viel hatte sich wohl bei ihrer Mutter verändert, nach allem, was passiert war? Der resolute Ton war der alte.

Aber sicher würden sie beide auch noch ein bisschen brauchen, um ein Gespür für die unausgesprochenen Zwischentöne zu finden.

»In Ordnung, Mama, bis gleich.«

Die Waschmaschine lief und außer einem dunkelblauen T-Shirt, das auch nicht mehr frisch war, aber wenigstens nicht komisch roch, hatte sie nichts, was sie hätte anziehen können. In einem Männerhemd wollte sie ihren

Eltern ungern begegnen. Hastig hievte sie ihre restlichen Sachen aus dem Auto und stellte sie in Mads' Diele. Ihren Laptop legte sie auf den Esstisch im Wohnzimmer. Es war eigenartig, wie fremd und doch vertraut ihr diese Zimmer vorkamen. Irgendwann würde sie sich bei Johann melden müssen. Sofort versuchte sie den Gedanken daran von sich wegzuschieben.

Sie wusste, sie hatte nicht viel Zeit. Die Fähre brauchte nicht lange und ihre Mutter wollte gewiss nicht ewig auf sie warten. Dennoch schrieb sie schnell eine Mail an Anne. Nur noch ein paar Tage, dann werde es ihrer Mutter sicher besser gehen, sie werde sich am nächsten Tag telefonisch melden, ansonsten sei alles in Ordnung, sie sei optimistisch. Wie es ihr denn selber gehe? Sie hoffe, gut.

Schon war die Nachricht abgeschickt. Sie hatte ein schlechtes Gewissen, eine so gute Freundin anzulügen.

Klara sah ihren Vater bereits aus der Ferne. Er hatte eine seiner karierten Baskenmützen auf und verdeckte die Sicht auf ihre Mutter, die wohl ihm gegenüber Platz genommen hatte. Gerade servierte ihnen die Kellnerin ihren Kaffee, außerdem eine Flasche Wasser und einen Teller mit Gebäck, das sie beim Näherkommen als Zimtkringel erkannte.

Der Trenchcoat ihrer Mutter leuchtete hell zwischen all den dunklen Kleidungsstücken, die die Leute um sie herum trugen. Es standen nur sechs Tische vor dem kleinen Café aus dunkelrotem Backstein, und alle waren besetzt.

Ihre Mutter entdeckte sie als Erste und bedeutete Klara, dass sie noch einen weiteren Stuhl am Tisch benötigten. Im Vorbeigehen griff sie nach einem, der allein und wie zufällig abgestellt neben dem Eingang stand, und ging damit zu ihren Eltern hinüber, die sie die ganze Zeit beobachteten.

»Guten Morgen, Mama, hallo, Papa!« Sie gab beiden einen Kuss auf die Wange und setzte sich auf den freien Platz.

»Dein Vater fährt dann also heute nach Horsens …« Ihre Mutter zögerte einen Augenblick und es hatte den Anschein, als ahnte sie, dass Klara genau wusste, was das bedeutete. In Wirklichkeit brauchte sie einen Moment. Horsens war der Ort, wo Henrik wohnte. Der Name hatte zumindest oben auf dem Brief gestanden, erinnerte sie sich.

Sie sah ihren Vater an, der mit übereinandergeschlagenen Beinen auf seinem Stuhl saß und auf seine blank polierten Schuhe aus cognacfarbenem Kalbsleder starrte.

»Papa?«

Er machte keine Anstalten, zu ihr aufzusehen.

»Willst du wirklich ganz allein da hinfahren?«

Ihre Mutter schaute ihren Vater mit scharfem Blick an.

»Georg? Willst du nichts dazu sagen?«

Ihr Vater räusperte sich, sah erst ihre Mutter an und dann Klara. »Ja, ich denke, das sollte ich tun. Ich habe Henrik gestern Abend angerufen. Er ist heute zu Hause … Ich glaube, er war sehr überrascht, dass ich mich gemeldet habe.«

Ihre Mutter sah betreten zur Seite. Sie wusste, sie war schuld daran, dass er erst jetzt zu seinem Sohn fahren konnte, über dessen Existenz er seit wenigen Stunden informiert war.

»Wie war das Gespräch mit Henrik?«, fragte sie ihren Vater.

Er lächelte sie an und hatte etwas so Unbeholfenes an

sich, dass sie ihn am liebsten in den Arm genommen hätte. Aber ihre Mutter saß dabei, daher ließ sie es bleiben.

»Es war sehr kurz. Was soll ich sagen? Er hat nur ein paar Dinge gefragt. Ob ich Hannah gesehen habe.« Ein wenig nervös nestelte er ein bereits gebrauchtes Taschentuch aus seiner Hosentasche und hielt es sich an die Nase, jedoch ohne sich zu schnäuzen. »Ich denke, er will nicht, dass seine Mutter von dem Treffen erfährt.«

»Es kann euch doch egal sein, was Hannah davon hält. Die hat ja nun wirklich genug angerichtet.« Ihre Mutter fuhr aufbrausend hoch, setzte sich aber gleich wieder auf das geblümte Kissen, das auf ihrem Korbsessel lag und kurz unter ihr aufschien.

Ihr Vater sah sie verständnislos an.

Langsam füllte sich die Fußgängerzone am anderen Ende des Straßencafés. Es war Montag, Einkäufe mussten erledigt werden, die Woche begann auch hier mit mehr Elan, als sie geendet hatte.

»Und was habt ihr verabredet?« Klara legte ihre Hand auf den Arm ihres Vaters und sah ihn eindringlich an.

»Ich habe für heute Nacht ein Hotelzimmer in Horsens gebucht. Wir gehen in irgendein Lokal … ich habe den Namen aufgeschrieben …« Er hielt seine Hand an die Manteltasche. Sie ging davon aus, dass sich dort der Zettel befand, auf dem er die Adresse notiert hatte.

»Er wohnt in einer WG«, fuhr er fort. »Da können wir uns nicht gut treffen. Ein neutraler Ort ist vielleicht auch besser.«

»Und morgen Nachmittag bist du wieder hier?« Ihre Mutter klang besorgt, wie sie fand, aber vielleicht bildete sie sich das auch nur ein.

»Ja, dann kann ich dich abholen, Elisabeth.«

Wie lange hatte sie den Namen ihrer Mutter nicht mehr aus dem Mund ihres Vaters gehört? Es klang fast liebevoll.

»Klara, was ist mit dir? Musst du nicht langsam zurück in den Verlag? Oder vielleicht möchtest du nach allem noch ein wenig bleiben? Du könntest mein Auto noch hierbehalten. Wenn ich morgen mit deinem Vater zurückfahre, bringst du mir den Wagen einfach irgendwann in Hamburg vorbei.«

Sie wusste nicht, was sie antworten sollte. Derart viel Verständnis und Rücksichtnahme hatte sie selten bei ihrer Mutter erlebt. Sie freute sich, nickte dankbar in ihre Richtung und wechselte das Thema. »Soll ich dich jetzt in den *Kro* bringen?«

Ihre Mutter schaute auf die Uhr und winkte die Kellnerin zum Bezahlen an ihren Tisch.

Mit großen Schritten eilte ihr Vater auf der schmalen Straße davon, über der Schulter den edlen Weekender von *Bree*, den er letztes Jahr zum Geburtstag bekommen hatte. Dann bog er rechts ab und schlug einen Weg ein, der hinunter zum Hafen führte.

Nun stand sie da, allein mit ihrer Mutter, und es fühlte sich einen winzigen Augenblick lang so an, als wären die letzten Tage nie gewesen. Doch dann sah sie, dass ihre Mutter lächelte. Es wirkte fast schüchtern, fragend.

»Wollen wir fahren, Mama?«

Ihre Mutter nickte ihr dankbar zu und Klara fragte sich, was wohl in ihrem Kopf vor sich ging.

Auf dem Weg zum Auto liefen sie schweigend nebeneinander her. Sie hatten noch nicht über die letzte Visite vor der Entlassung ihrer Mutter gesprochen. Über das, was ihr bevorstand, und wie es jetzt weitergehen würde. Fernab von dem, was ihr Vater gerade tun musste.

Ben war weg, ihr Vater auf dem Weg zu seinem Sohn, den er nicht kannte, und sie und ihre Mutter, die Leukämie hatte und sich offensichtlich noch nicht damit beschäftigen wollte, waren hier auf der Insel, wo sie vor einer guten Woche angekommen waren.

Sie musste es sich selbst ins Gedächtnis rufen, um ein wenig Ordnung in das Chaos zu bringen, das sich immer weiter vor ihr ausbreitete. Aber inwieweit hatte es überhaupt noch mit ihrer Mutter zu tun?

»Mama?«

Ihre Mutter sah gleichgültig in die Auslagen der Schaufenster, an denen sie vorübergingen.

»Ja?«

»Warum wolltest du, dass ich mit dir auf die Insel komme?«

Ihre Mutter blieb stehen und sah sie an. Es dauerte eine ganze Weile, bis sie reagierte, und die Antwort schien ihr nicht leichtzufallen.

»Ich habe mich einfach nicht getraut, allein zu fahren. Ich wusste nicht, was mich hier erwartet. Wahrscheinlich wusste ich nicht einmal genau, was ich hier überhaupt wollte. Eigentlich wollte ich Hannah zur Rede stellen. Aber das habe ich nicht geschafft. Ich hab sie zwar ausfindig gemacht, aber als sie mich sah, habe ich sofort umgedreht …«

»Was für eine scheiß Idee.«

»Ja, eine ziemlich dumme Idee.« Ihre Mutter lächelte sie an und auch wenn es nicht ausgesprochen wurde, fühlte es sich nach ein bisschen echter Nähe an.

Der Weg nach Sønderho, ihre Mutter auf dem Beifahrersitz und sie am Steuer, kam ihr grotesk vor. Es war der Weg, den sie nicht zu Ende gefahren waren. Der im Graben geendet hatte. Jetzt fuhren sie nicht in ihr Haus am Landevejen, jetzt war alles anders.

»Wo ist es passiert?« Ihre Mutter holte sie aus den Gedanken und ihr fiel auf, dass sie selbst nicht mehr genau wusste, an welcher Stelle sie die Kontrolle über den Wagen verloren hatte. Hier sah alles so gleich aus. Mal mehr, mal weniger Büsche, die Heide mal näher am Straßenrand, mal weiter weg. Hin und wieder sah man Häuser mit Reetdach, eins aus Backstein, das andere verputzt, wer achtete schon darauf.

Vor *Brugsen* stand die übliche Schlange vor dem Fischwagen, der diesmal aber rechts vom Supermarkteingang parkte. Der Antikladen öffnete gerade, die Inhaberin, wie immer mit roten Clogs an den Füßen, baute die Kisten mit den Sonderangeboten vor ihren Fenstern auf. Alle anderen Läden hatten noch geschlossen. In Sønderho begann die Woche eigentlich erst am Dienstag.

»Du musst hintenrum fahren. Da ist der Parkplatz. Du kannst dich doch nicht einfach an den Straßenrand stellen. Das machen hier nur die Leute, die sich nicht auskennen.«

Ihre Mutter schnaubte verächtlich und schüttelte den Kopf, um ihre Abneigung gegen die Touristen noch deutlicher zu machen, die in Rindby oder Fanø Badeurlaub machten und nur hierherkamen, um einen Kaffee im *Kro*-Garten zu trinken, weil sie sich mehr nicht leisten konnten.

Klara versuchte es zu ignorieren. Sie folgte der kleinen

Straße, die eher ein Fußweg war und dann einen Bogen nach links machte, vorbei an Mads' Haus, das unbeteiligt dort stand und ihr Geheimnis hütete, und fuhr auf den Platz hinter dem *Kro*.

Hier parkte ein grüner Jaguar neben einem brandneuen Touareg, und der kleine dunkelblaue Golf ihrer Mutter, der seine besten Jahre schon hinter sich hatte und nun mit Dellen und Kratzern versehen war, wirkte ein wenig beschämend, wenigstens war er nicht rot.

»Du hast reserviert, nicht wahr, Mama?«

»Bin ich schon mal irgendwo hingefahren, ohne vorher zu reservieren?«

Ihre Mutter hatte natürlich recht und Klara überlegte, wieso sie die Frage überhaupt gestellt hatte.

Aus dem Kofferraum holte sie das Gepäck mit dem Kosmetikkoffer und einen schlichten blauen Nylon-Shopper, auf den ihre Mutter bestand und von dem sie nicht wusste, was sich eigentlich darin befand. Hatte Klara ihn beim Packen überhaupt aufgemacht?

Die Eingangstür, die sich in der Mitte des historischen und mit viel Liebe zum Detail restaurierten Backsteingebäudes befand, stand offen. Ihre Mutter ging voraus, Klara folgte ihr mit einem Meter Abstand und hatte Mühe, den schweren Koffer über den Sandweg zu ziehen. Sie hätte ihn tragen können, aber das schien auch nicht leichter zu sein.

Rechts und links vor dem Haus standen je zwei Bänke, davor Tische, auf denen kleine blau-weiß bemalte Vasen standen, die mit Pfingstrosen in unterschiedlichen Rosatönen gefüllt waren.

Obwohl sie ihre Mutter nicht von vorne sehen konnte, wusste sie, dass ihr der Anblick gefiel, der im Kontrast zum Krankenhaus eine Wohltat für ihr empfindsames Auge war.

Im Haus ging ihre Mutter, ohne zu zögern, in den Raum, der sich gleich rechts neben der kleinen Diele befand.

Die Wände darin waren mit den inseltypischen Kacheln gefliest, es war eine echte Friesenstube mit einem alten Ofen, vor dem mehr als drei Leute gemütlich Platz finden konnten, wenn sie ihre Rücken wärmen wollten. Breite Dielen, sicher einige hundert Jahre alt und mit zahlreichen Kratzern und Schrammen, verliefen parallel zu den Balken, die sich kaum einen Meter achtzig hoch über die Decke zogen.

An der Wand zu ihrer Linken gab es einen kleinen Tresen, auf dem ein paar Teller, gestapelt und unbenutzt, neben einem Körbchen mit Besteck standen. Er diente wohl als zusätzliche Abstellfläche beim Frühstücksbuffet für die Hotelgäste.

Eine Tür am anderen Ende des Zimmers wurde geöffnet und ein Mann, offensichtlich ein Angestellter, was durch die Kleidung, die er trug, gut zu erkennen war, kam freundlich lächelnd auf sie zu.

»Frau Voss? Ich nehme an, wir haben vorhin miteinander gesprochen? Mein Name ist Frederikson, willkommen bei uns im *Kro.*« Er streckte ihr seine Hand entgegen.

Ihre Mutter wirkte beschwingt und freudig, als sie sich selbst und Klara vorstellte und sich lobend über die schönen Blumen im Garten äußerte. So mochte ihre Mutter es, so wurde sie gerne empfangen. Es war mehr als erstaunlich, dass sie in der Lage war, die letzten Tage einfach auszublenden, und niemand ihr anmerken konnte, dass etwas mit ihr vielleicht nicht stimmte.

»Darf ich Ihnen Ihr Zimmer zeigen?«, fragte Frederikson. »Es ist oben, von dort haben Sie um diese Jahreszeit noch einen guten Blick auf das Watt, später sind die Bäume zu dicht bewachsen.«

Er lachte ihre Mutter an, nahm Klara das Gepäck ab und deutete in die Richtung, aus der sie gekommen waren. Wahrscheinlich befand sich in der Diele die Treppe nach oben.

»Klara, willst du im Garten warten? Ich mache mich kurz ein bisschen frisch und komme dann gleich zu dir. Du kannst uns ja schon einen Kaffee bestellen.«

Sie wartete nicht auf die Antwort, sondern folgte Herrn Frederikson, und dann war von beiden nichts mehr zu hören oder zu sehen.

Klara sah sich flüchtig um und überlegte, ob die Zeit reichen würde, um kurz zu Mads hinüberzulaufen, die Waschmaschine auszuleeren und ihre Sachen zum Trocknen aufzuhängen. Doch was, wenn ihre Mutter schon nach unten käme, bevor sie zurück wäre?

Sie dachte nicht weiter nach, holte, während sie lief, den Schlüssel aus ihrer Hosentasche und stand keine zwei Minuten später in dem Wohnzimmer, das durch die Mittagssonne, die durch die großen bodentiefen Fenster auf den hellgrau lackierten Holzboden schien, ganz anders auf sie wirkte als am Morgen.

Mads schien Leinenstoff zu mögen. Auf dem hellgrauen Sofa, das eine ungewöhnlich tiefe Sitzfläche besaß, lagen farblich abgestimmte Kissen in unterschiedlichen Größen über- und nebeneinander, sie alle waren, wie für das Material typisch, leicht zerknittert. Rau und trotzdem nicht hart, ein wenig kühl, aber einladend.

Sie hätte sich jetzt gerne darauf niedergelassen und ein

paar Minuten verschnauft, es war so viel passiert in den letzten Tagen.

Aber dafür hatte sie jetzt keine Zeit. Im Bad fand sie keinen Wäscheständer. Also suchte sie im Flur und öffnete einen Wandschrank nach dem anderen. Ein schief stehender Besen fiel ihr entgegen und sie erschrak so sehr über den Gegenstand, der auf sie zuflog und den sie im ersten Moment nicht erkannte, dass sie fast gestolpert und an die Wand hinter sich gestoßen wäre.

Bei der dritten Tür hatte sie Glück. Hastig zerrte sie das Metallgestänge in den Garten, stellte es auf und hängte ihre nassen Kleidungsstücke über die gummierten Schnüre. Auf Wäscheklammern verzichtete sie, nicht nur weil sie es eilig hatte, sondern auch weil sie auf die Schnelle keine fand.

Der Garten im *Kro* war so gut wie leer. Hinten an der Hecke saß eine Frau, vielleicht im Alter ihrer Mutter, und las ein Buch. Zu ihren Füßen lag ein Labrador, der wenig Notiz von ihr nahm und nur kurz seinen Kopf anhob, als Klara durch die Pforte trat. Ihre Mutter war noch nicht wieder unten, Klara atmete erleichtert auf und fragte sich, was so schlimm daran wäre, wenn ihre Mutter erfahren würde, wo und mit wem sie hier ihre Zeit verbrachte.

Sie suchte sich einen Tisch aus, von dem aus sie das Haus gut im Blick hatte. Eine junge Kellnerin kam und brachte ihr die Karte. Sie bestellte Kaffee und schon wenige Minuten später wurden ihr eine große Thermoskanne in einer Rattanhülle sowie zwei Becher auf den Tisch gestellt. Hier trank man noch frisch aufgebrühten Kaffee. Keinen Latte macchiato, keinen Cortado. Hatte sie nicht neulich erst gelesen, dass Filterkaffee aus einem mundgeblasenen Glasfilter das absolute Hipster-Getränk in der Schanze war?

»Wunderbar, der Kaffee ist schon da.« Ihre Mutter eilte freudestrahlend auf sie zu. Sie hatte sich umgezogen. Über einem knielangen, leicht ausgestellten Jeansrock trug sie ein lockeres weißes T-Shirt, darüber einen dunkelblauen Strickmantel mit Zopfmuster. Die Haare hatte sie sich hochgesteckt, so sah sie viel jünger aus, als sie eigentlich war, vor allem, wenn sie lachte.

»Alles in Ordnung mit deinem Zimmer?« Klara ging davon aus, sonst wäre ihre Mutter nicht so gut gelaunt.

»Sehr süß. Es ist nicht sehr groß, aber sogar mit Sofa und ordentlichem Schreibtisch.« Sie zog eine kleine Broschüre aus ihrer Tasche, die sie wohl mitgenommen hatte, schlug sie auf und legte sie so hin, dass Klara die Fotos der Zimmer sehen konnte, die darin abgebildet waren.

»Sieht doch hübsch aus, oder? Hier brauche ich meine Matratzen aus Hamburg sicher nicht. Das war übrigens auch das Einzige, was gut war im Krankenhaus. Die Betten.« Ihre Mutter schob es mit Nachdruck hinterher und steckte sich eine Haarsträhne wieder fest, die sich aus der Spange gelöst hatte.

»Was meinst du, wie lange Papa nach Horsens braucht?« Klara wollte rasch das Thema wechseln. Die Einrichtung der Hotelzimmer und die Matratzen ihrer Mutter erschienen ihr in diesem Moment ziemlich unwichtig. Wie war es möglich, dass ihre Mutter darüber nachdenken konnte? Dass sie diese Dinge überhaupt wahrnahm? Aber vielleicht war das die Art von Ablenkung, die sie sich über viele Jahre hinweg antrainiert hatte. Klara kannte sie nicht anders, deshalb war ihr Verhalten auch nicht wirklich verwunderlich.

»Zwei Stunden vielleicht? So weit ist es ja nicht. Aber ich habe keine Ahnung, wie der Verkehr in die Richtung ist.«

»Bereust du es, Papa nicht schon viel früher von dem Brief erzählt zu haben?« Sie sah ihre Mutter an, die ihr gegenübersaß und etwas umständlich versuchte, ihre Sonnenbrille aus dem Etui zu ziehen.

»Was soll ich denn jetzt darüber nachdenken, wie es gewesen wäre, wenn ich etwas anders gemacht hätte? Die Zeit lässt sich nicht zurückdrehen. Das solltest auch du langsam mal begriffen haben.«

Ihre Mutter schien in gewisser Hinsicht ein hoffnungsloser Fall zu sein. Sie hatte auf alles sofort eine Antwort, auch wenn es eigentlich keine war.

Klara versuchte es mit einer unverfänglicheren Frage.

»Und dein Laden? Machst du den übermorgen wieder auf?«

Ihre Mutter hatte sich die Sonnenbrille aufgesetzt und lehnte sich scheinbar entspannt in ihrem Sessel zurück.

»Sybille hat ihn heute schon aufgemacht. Ist ja gerade nicht so viel los. Nach Ostern haben wir meistens ein paar Wochen Ruhe. Aber ich muss bald nach Kopenhagen zu einer Messe. Siehst du, da muss ich auch unbedingt noch ein Zimmer reservieren, nicht dass ich das vergesse …«

Sie kramte ein kleines blaues *Moleskine*-Notizbuch mit karierten Seiten hervor und Klara fiel auf, dass sie genau das gleiche in ihrer Tasche hatte.

»Ich habe Hunger. Du auch?«

Das Frühstück bei Mads lag schon eine Weile zurück und da sie nicht wusste, wann sie das nächste Mal die Gelegenheit haben würde, etwas zu essen, bejahte sie die Frage ihrer Mutter, obwohl sie wieder keinen großen Appetit hatte.

Neben hochpreisigen Fischgerichten, die mitunter französische Namen trugen, gab es eine Rubrik *Lunch* mit kleinen Gerichten auf der Speisekarte. Ihre Mutter war schneller, aber sie kannte sich in der dänischen Küche auch besser aus.

»Nehmen wir doch einfach eine Frokostplatte für zwei Personen. Das ist jetzt genau das Richtige.«

Kurz darauf wurde das Essen serviert. Die große ovale Platte aus weißem Porzellan war reichlich belegt mit eingelegtem Hering, Leberpastete, Käse, ein paar Gurken, in hauchdünne Scheiben geschnittener Roter Bete sowie einigen wenigen Salatblättern, die der Dekoration dienten.

Der Brotkorb war üppig gefüllt, wenig Baguette, dafür umso mehr dunkles Brot in allen erdenklichen Varianten.

Die Bedienung kam ein zweites Mal, brachte Besteck, Servietten und drei Schälchen mit Butter, eine gesalzen, eine normal und eine mit rosa Pfeffer und Schnittlauch, wie sie erklärte.

»Mmh, das sieht gut aus. Endlich mal was Vernünftiges.«

Ihre Mutter schien komplett vergessen zu haben, warum sie im Krankenhaus gewesen war.

»Mama, du bist gerade entlassen worden und kannst wirklich froh sein, dass alles so gut verlaufen ist. Meinst du nicht, dass es Wichtigeres gibt als das schlechte Essen in der Klinik?« Sie fragte es vielleicht einen Hauch zu energisch, denn ihre Mutter sah erschrocken von ihrem Teller hoch, auf den sie sich gerade ein dickes Stück Leberpastete gelegt und ein kleines Gürkchen daneben drapiert hatte.

»Worüber möchtest du denn jetzt sprechen? Klara, hör mal, du musst dir wirklich keine unnötigen Sorgen machen. Ich habe eine chronisch lymphatische Leukämie. Das Krankheitsbild ist äußerst heterogen. Es gibt Patienten, bei denen die Erkrankung absolut unproblematisch verläuft und über mehrere Jahre oder Jahrzehnte gar nicht behandelt werden muss. Falls es bei mir anders kommen sollte, können wir uns immer noch Gedanken machen, oder?«

Die Stimme ihrer Mutter entwickelte sich von leicht genervt bis mild. Sie schien tatsächlich nicht zu wollen, dass Klara sich Sorgen machte. Aber konnte man wirklich so unbekümmert sein?

»Und der Unfall? Die Amnesie?« Sie versuchte noch einmal auf diesem Weg herauszufinden, ob ihre Mutter alles nur herunterspielte oder ob sie die Dinge tatsächlich so leichtnahm, wie sie vorgab. Der scharfe Blick, der ihr entgegengebracht wurde, war vorerst Antwort genug.

Ihre Mutter wollte ausweichen, das Thema beenden. Darin war sie gut. Und auch wenn es Klara schwerfiel, das zu verstehen, blieb ihr in diesem Moment nichts anderes übrig, als es zu akzeptieren.

»Ich habe die Klinik gerade hinter mir. Wir sitzen bei herrlichem Wetter hier im *Kro*, es gibt fantastisches Essen und ich würde jetzt gerne an nichts anderes denken … wenn du gestattest.« Ein kleines Lächeln, das ernst gemeint wirkte, huschte über ihr Gesicht. Dann zog sie fragend die Augenbrauen hoch. »Erzähl mir doch lieber mal von dir. Hast du in den letzten Tagen trotz der Besuche bei mir ein bisschen was erledigt? Bist du mit deinen Manuskripten fertig geworden?«

Sie hatte keine große Lust, über ihre Arbeit zu sprechen, andererseits freute sie sich, dass ihre Mutter sich danach erkundigte und nicht nach Johann fragte.

»Ein bisschen habe ich geschafft. Den Rest machen die im Verlag fertig. Aber ich muss mir jetzt langsam darüber Gedanken machen, ob ich die Programmleitung für das Taschenbuch wirklich annehmen will …«

»Ich dachte, das hattest du schon längst entschieden! Neulich klang es zumindest so.« Ihre Mutter hatte sie unterbrochen und sah sie erstaunt an.

Die Dinge hatten sich verändert. In welche Richtung, würde sie selbst noch genauer herausfinden müssen. Der Verlag kam ihr weit weg vor. Ihre Wohnung in Hamburg, in der Johann saß und ja vielleicht auf sie wartete, noch weiter.

»Ja, das stimmt. Aber so richtig sicher bin ich mir nicht.«

Ihre Mutter setzte an, etwas zu sagen, steckte sich dann aber ein Stück Brot, dick bestrichen mit gesalzener Butter, in den Mund und schien sich an dem Geschmack zu erfreuen.

»Lass dir Zeit. So etwas sollte man nicht überstürzen.«

Sie lächelte Klara an, die sich fragte, was der Krankenhausaufenthalt wohl alles mit ihrer Mutter gemacht hatte. Sie war anders geworden, nicht ganz und gar, aber ein wenig, und es fühlte sich wie ein guter Anfang an.

Die Luft war mild und je höher die Sonne stieg, umso wärmer wurde es. Der Garten hatte sich langsam, aber stetig gefüllt, nun gab es kaum noch leere Plätze.

Sie hatte lange nicht so viel wie ihre Mutter gegessen, aber das lag wahrscheinlich an deren Nachholbedarf nach dem Krankenhaus.

Als ihre Mutter endlich die Gabel auf den Teller gelegt und ihre Serviette zusammengefaltet hatte, lehnte sie sich mit einem zufriedenen Seufzer zurück. Die Korbsessel seien mit ihren dick gepolsterten Auflagen gemütlich, stellte sie fest, und sie betonte, dass es kein Zufall sei, dass der *Kro* als eins der besten Restaurants Dänemarks gelte und selbst aus Kopenhagen Gäste zum Essen hierherkämen.

»So, und was machen wir nun mit der Hochzeit deines Bruders?« Der Gedanke an gutes Essen hatte sie offensichtlich an ihr Lieblingsthema erinnert, und auch wenn Klara verstand, dass ihre Mutter weder hier noch jetzt über ihre Ehe oder ihre Krankheit nachdenken wollte, fiel es ihr schwer, diese Gedanken aus ihrem eigenen Kopf zu verbannen.

Sie atmete tief ein. Sie hatte nicht die geringste Lust, wieder genau dort einzusteigen, wo sie vor ein paar Tagen aufgehört hatten. Sie versuchte es mit Direktheit.

»Mama, du musst das einfach klären. So weit waren wir doch schon. Sprich mit Nina oder notfalls mit ihren Eltern.«

»Und welche Torte sollen wir bestellen?« Ihre Mutter ließ nicht locker. Sie sah verzweifelt zu ihr herüber.

»Ben mag doch nichts Süßes.«

»Das spielt überhaupt keine Rolle. So eine Torte gehört nun mal dazu. Nicht dass die nachher so eine grauenhafte Sahnepampe in Herzform servieren. Dann bekomme ich die Krise.«

»Du bekommst doch jetzt schon die Krise.« Sie konnte sich ein Lächeln nicht verkneifen, und zu ihrer Überraschung schien es ihrer Mutter ähnlich zu gehen. Das Zucken um ihre Mundwinkel war nicht zu übersehen.

»Mama, versprochen, ich sorge für eine ordentliche Hochzeitstorte. Aber du versprichst mir, dass du mit Ben und Nina redest, in Ordnung?«

Ihr Handy klingelte. Als sie es aus ihrer Tasche zog, hatte der Anrufer bereits aufgelegt, es war Johann gewesen. Wie oft hatte es geklingelt? Sie hatte es zu spät gehört.

»Wer war das?« Ihre Mutter schaute interessiert.

»Johann.«

»Darüber scheinst du dich ja überhaupt nicht zu freuen.«

Sie war aufmerksamer, als Klara es bisher vermutet hatte.

»Ist gerade nicht so einfach. Ich rufe ihn gleich mal zurück.« Sie steckte das Telefon wieder in die dafür vorgesehene Innentasche, die sie selten benutzte, und vermied es, ihre Mutter anzusehen.

»Klara? Wenn du heute schon zurück nach Hamburg willst, ist das okay. Du musst meinetwegen nicht hierbleiben …«

»Ist schon in Ordnung, Mama. Ich gehe mal eben um die Ecke und rufe ihn an.«

»Mach das. Schöne Grüße.« Ihre Mutter griff nach der Broschüre, die sie, als das Essen gekommen war, neben sich gelegt hatte, und blätterte darin herum.

Was sollte sie ihm sagen? Spätestens morgen war auch ihre Mutter nicht mehr hier. Wie lange konnte sie die Rückfahrt noch hinauszögern? Und was sollte es bringen, weiter hierzubleiben? Nur weil sie sich ein bisschen verliebt hatte? Ein bisschen?

Sie tippte auf die Rückruftaste und hörte die sich monoton aneinanderreihenden Töne, bis das Freizeichen erklang.

»Klara, warum meldest du dich nicht? Ist alles in Ordnung bei euch? Wie geht es deiner Mutter?« Johann wirkte ein wenig außer Atem. »Sorry, ich bin gerade die Treppen nach oben gerannt. Der Fahrstuhl spinnt.«

»Kein Problem. Meiner Mutter geht es besser. Sie ist vorhin entlassen worden. Aber mein Vater …« Sie unterbrach sich für einen Moment und überlegte, wie viel sie Johann am Telefon erzählen wollte. Sie sagte, es sei eine lange Geschichte, kompliziert, für sie selbst noch nicht wirklich verständlich. Morgen wisse sie mehr, sie bleibe vielleicht noch ein oder zwei Tage.

Sie atmete tief aus, nachdem sie aufgelegt und ihn vertröstet hatte. Er bekam Besuch, einer seiner Freunde, dessen Namen sie sich nie merken konnte, er hatte noch etwas vorzubereiten, das war ihr Glück, so fragte er nicht weiter nach. Vielleicht war er ja auch froh, sie ein paar Tage mehr nicht sehen zu müssen.

Sie fühlte sich schlecht dabei, ihm etwas zu verheimlichen, aber sie brachte es im Augenblick nicht fertig, ihm die Wahrheit zu sagen.

Ein lauer Wind wehte vom Watt herüber, die Dünen waren keine zwanzig Meter von ihr entfernt. Sie stellte sich auf die Zehenspitzen, so konnte sie ein wenig vom Wasser sehen, es war Flut.

»Mama, hast du Lust, einen kleinen Spaziergang zu machen?«

Ihre Mutter saß noch an ihrem Tisch und schien jetzt vertieft in ihr Notizheft.

»Ah, da bist du ja. Wie geht es Johann?« Schnell steckte sie Stift und Heft in ihre Tasche, stand auf und schob ihren Sessel unter den Tisch. »Ich hab schon bezahlt. Wir können gerne ein paar Schritte gehen.«

Als sie auf den Weg traten, der auf die Düne führte,

holte ihre Mutter ein Wolltuch aus ihrer Tasche und schlang es sich um den Hals. Nicht nötig, dachte Klara, es war ja nicht kalt.

»Also? Was sagt Johann?« Ihre Mutter machte keine Anstalten, sich in Bewegung zu setzen, sondern sah sie fragend an, während sie versuchte, die Tuchenden unter ihrer Jacke festzustecken.

»Alles okay. Er hat nicht viel gesagt, er bekommt gleich Besuch und hat ein bisschen Stress … Komm, lass uns mal losgehen.«

»Na, den haben Männer doch immer, wenn sie mal was alleine im Haushalt machen sollen, oder?«

Sie schaute zu ihrer Mutter, die hinter ihr herkam und sich offenbar nicht darüber wunderte, dass sie nichts darauf erwiderte.

Die Gräser, die rechts und links wuchsen, ragten über den sandigen Weg, manche waren platt getreten und es knackte hin und wieder unter ihren Füßen. Sie war froh, dass sie Turnschuhe angezogen hatte, in die konnte der feine Sand nicht allzu schnell eindringen. Ihre Mutter blieb ab und an stehen und schüttelte ihre Ballerinas aus.

Sie überlegte, ob ihr Vater wohl schon angekommen war. Ob er Henrik bereits getroffen hatte. Ob ihre Mutter auch daran dachte? Es musste sie doch beschäftigen, was da gerade passierte. Oder war nun, nachdem die Dinge ausgesprochen waren, so etwas wie Ruhe für sie eingekehrt?

Sie waren nicht die Einzigen, die hier oben einen Spaziergang machten. Der Weg war so schmal, dass sie einen Schritt nach rechts auf die Wiese machen mussten, wenn jemand an ihnen vorbeiwollte. Sie gingen an den hübschen alten Häusern und Gärten vorbei, die am Rand von Sønderho wie versenkt hinter den Dünen lagen, über die sie und ihre Mutter nun liefen. Von oben hatte man zuweilen eine gute Sicht auf die Terrassen, manchmal ließ sich sogar ein Blick in das Innere der Häuser erhaschen, wenn Fenster oder Türen offen standen.

»In manchen davon will man aber keinen Urlaub machen müssen.« Ihre Mutter schnaubte verächtlich und Klara folgte ihrem Blick, der in einen Garten mit wenig ansprechenden weißen Plastikmöbeln führte. Die Tischdecke, die deutlich zu groß war und fast auf den Boden reichte, hatte einen Sonnenblumenaufdruck, und ihre Abneigung war leicht zu verstehen, denn ihre Mutter mochte kein Gelb.

Die Häuser standen nun in größeren Abständen voneinander entfernt und vor ihnen ragte ein riesiges Holzgebilde auf. Wie ein mächtiges Dreieck stand es auf Pfählen an der höchsten Stelle der Düne. Auf dem Seezeichen war eine dänische Flagge oben angebracht, die von unten wie eins dieser Fähnchen wirkte, die an einem Zahnstocher befestigt waren und bei Kindergeburtstagen in Schokoladenmuffins steckten.

Ein Hase, der in einigen Metern Entfernung zwischen zwei kleinen Hügeln saß und an etwas kaute, das sie nicht erkennen konnte, suchte das Weite, als er sie und ihre Mutter bemerkte. Sofort verschwand er in seiner Höhle, das kleine Loch im Sand war nun nicht mehr zu übersehen.

Sie gingen über den Spielplatz, der sich hinter dem einzigen Haus befand, das hier stand. Es war erkennbar eine Schule. Jetzt sah sie den großen Sportplatz, der daran angrenzte, ebenso ein paar fest verankerte Holzbänke und Tische, wie sie an Autobahnraststätten für ein schnelles Picknick zu finden waren.

Das wortlose Nebeneinanderhergehen strengte sie an. Nicht über das Geschehene zu sprechen, ihren Vater, dem es sicher nicht gut ging, nicht zu erwähnen, keine Fragen zu stellen, weil sie akzeptieren musste, dass ihre Mutter für diesen Tag bestimmt hatte, dass er schön zu sein hatte.

»Wollen wir zurück zum *Kro* gehen?« Sie sah zu ihrer Mutter, die interessiert in eines der Fenster lugte, indem sie ihre Nase an die Scheibe drückte.

»Scheint leer zu stehen. Oder vielleicht renovieren sie auch gerade. Aber sind hier jetzt nicht Ferien?«

Klara wusste es nicht und es war ihr auch egal. Sie wollte zurück, so langsam brach der Nachmittag an und was sollte das hier noch bringen? An diesem Tag waren wohl keine offenen Gespräche zwischen ihnen möglich. Aber war es nach allem, was zwischen ihnen war, nicht auch wichtig, sich die Zeit zu geben, neu aufeinander zuzugehen?

Sie kamen auf die Straße, die zum Parkplatz von Sønderho führte. Am Wochenende fand dort immer ein Flohmarkt statt.

Außer ein paar wenigen Fahrzeugen, die hier standen, war der Platz leer, jemand lief mit zwei großen vollen Tüten zu den Glascontainern, die am Rand aufgestellt worden waren und ziemlich neu aussahen. Bei jedem Schritt klirrten die leeren Flaschen laut aneinander.

Man konnte sich hier nicht verlaufen. Alle Wege führten zurück in den kleinen Ortskern.

Beim *Nanas Stue,* dem kleinen einfachen Lokal an der

Ecke des nur für Fußgänger zugelassenen Weges, wurde ein Grillbuffet vorbereitet.

»*Fünfunddreißig Kronen pro Person*« stand auf einer großen schwarzen Tafel, die vor dem Eingang zur Terrasse an einem Stuhl lehnte und den Weg versperrte. Auf den Tischen stapelten sich Schüsseln und Teller, mehrere Kisten Wein wurden gerade von einem graublauen kleinen Transporter geladen, der den Schriftzug des Restaurants trug und sie sofort an Italien denken ließ.

»Hej!« Jemand strich ihr leicht über den Rücken und hielt sie an der Schulter zurück.

Mads! Er war wie aus dem Nichts aufgetaucht und das Aufeinandertreffen überforderte sie derart, dass sie nicht wusste, wie sie sich verhalten, geschweige denn, was sie sagen sollte.

»Mads Olsen. Freut mich, Sie kennenzulernen.« Wie selbstverständlich reichte er ihrer Mutter die Hand. Sie stellte sich ebenfalls vor und schien sofort zu wissen, wer er war. Hatte Klara ihrer Mutter etwa seinen Namen genannt? Sie konnte sich nicht entsinnen, aber das hatte nichts zu bedeuten.

»Vielen Dank für Ihre Hilfe. Das war sehr nett, dass Sie mich und meine Tochter ins Krankenhaus gebracht haben. Ich hoffe, Klara hat sich anständig bei Ihnen bedankt?«

Es war der typische Ton, in dem ihre Mutter schon früher über sie gesprochen hatte, wenn Freundinnen da waren und sie ihr unmissverständlich klarmachen wollte, was sie von ihr erwartete.

»Ja, das hat sie.« Er schaute Klara strahlend an und sie wusste, was er dachte. Schnell sah sie zur Seite, um dem Blick ihrer Mutter zu entgehen.

»Wie schön, dass es Ihnen besser geht. Bleiben Sie noch ein bisschen auf Fanø?«

Ihre Mutter schien ihn zu mögen. Ihre Antwort fiel länger als üblich aus, sie bedankte sich ein zweites Mal, fragte ihn, seit wann er auf der Insel lebe, und schielte hin und wieder zu ihr herüber, wohl ahnend, dass Mads Olsen ihr nicht ganz gleichgültig war.

Es war ihr unangenehm, sie fühlte sich ertappt und ärgerte sich, dass sie nicht so unbefangen mit der Situation umgehen konnte wie Mads.

»Ich muss noch einkaufen.« Er setzte an, sich zu verabschieden, lächelte ihre Mutter freundlich an und beugte sich zu Klara herunter.

»Willst du mich einfach anrufen?« Er fragte so leise, dass sie nicht wusste, ob ihre Mutter es gehört hatte. Diese hatte sich bereits abgewandt und beobachtete den Betrieb beim *Nanas Stue.*

Wie gerne hätte sie ihn geküsst, wäre gleich mit ihm mitgegangen. »Mache ich. Oder ich komm rüber. Bist du zu Hause? Ist es denn schon fünf?«

»Nein, ich war nur ein bisschen früher fertig. Ich bin da. Mach einfach, wie es bei euch passt. Bis später.«

Er ging Richtung *Brugsen.* Auf halber Strecke drehte er sich noch einmal um. Wie schaffte er es nur, sie so durcheinanderzubringen?

»Klara? Kommst du?« Ihre Mutter wartete und deutete auf den kleinen Laden mit Bernsteinschmuck und Postkarten, Klara erkannte auch ein paar antike Haushaltsgegenstände im Schaufenster. »Warst du da schon drin? Die hatten früher immer ganz schöne Sachen. Hier hat sich ja wirklich kaum was verändert.«

Sie war froh, dass sie Mads nicht weiter erwähnte.

»Kommst du noch mal mit in den *Kro?* Oder möchtest du lieber gehen?«

Die Frage überraschte sie. Sie zögerte einen Moment, ehe sie antwortete. »Ist das okay für dich, wenn ich gleich gehe?« Sie versuchte am Gesichtsausdruck ihrer Mutter zu erkennen, was in ihr vorging, aber sie konnte ihn nicht deuten.

»Für mich ist das in Ordnung. Wichtig ist, dass du weißt, was du willst.«

Hatte ihre Mutter sie tatsächlich gerade zu Mads geschickt? Sie konnte es fast nicht glauben, beschloss aber, vorerst nicht weiter darüber nachzudenken.

»Danke, Mama.« Sie gab ihrer Mutter einen Kuss auf die Wange. »Ich rufe dich nachher noch mal an, ja? Vielleicht hat sich dann auch Papa schon gemeldet.«

»Ja, warten wir mal ab. Du weißt ja, wo ich bin. Ich bin ein bisschen müde und in meinem Zimmer habe ich eine Badewanne. Wir können ja morgen gemeinsam frühstücken. Ist bestimmt lecker im *Kro.*« Sie klang jetzt tatsächlich etwas angeschlagen. Lag es nur an der Müdigkeit oder machte sie sich Sorgen, was ihren Vater betraf?

»Machen wir, Mama.«

Ihre Mutter wandte sich ab und ging den Weg entlang, der zum Gasthaus führte. Ja, es war wichtig, dass sie wusste, was sie wollte. Wenn es nur so einfach wäre.

Klara machte kehrt und folgte Mads zu dem Supermarkt, an dessen Eingang jede Menge Wasserspielzeug in einem extra dafür vorgesehenen Ständer, Sandspielzeug und bunte Bademode neben einer Schütte mit Grillkohle standen. Es war klar, wer hier einkaufte.

Der Laden war nicht allzu groß, die Regale nicht hoch

und sie entdeckte ihn gleich in der Gemüseabteilung, wo er ein paar Avocados auf ihren Reifegrad prüfte.

Sie legte ihm von hinten einen Arm auf die Schulter. »Hej. Da bin ich schon!«

»Das ging ja schnell …« Er küsste sie auf den Mund, fast ein wenig zu stürmisch in Anbetracht der Tatsache, dass sie sich in einem Supermarkt befanden.

»Was hältst du von einem Picknick? Ich kenne eine schöne Stelle. Hast du Lust?« Er sah sie fragend an.

»Ja, tolle Idee. Was brauchen wir alles?«

»Meine Mutter hat mir einen Kranzkuchen mitgegeben. Ansonsten vielleicht ein bisschen Käse? Oder magst du Salami?«

Sie griff nach einer Packung Cherrytomaten und nahm ihm die Avocado ab, die er noch immer in den Händen hielt.

»Das mag ich beides. Brot? Oliven?«

»Hab ich noch zu Hause. Und Wein habe ich auch noch genug.«

Er lachte sie an und die Unbeschwertheit, mit der er alles zu nehmen schien, machte es ihr leicht, für einen Moment alles um sie herum zu vergessen.

Sie fuhren ein Stück mit seinem Auto. Kurz bevor es weiter nach Rindby ging, bog er auf einen kleinen Waldweg ab, der so schmal war, dass sie hoffte, ihnen würde keiner entgegenkommen. Eine Ausweichmöglichkeit gab es nicht, rechts und links ein kleiner Graben, dahinter schon die ersten dünnen Baumstämme, die sich dicht an dicht drängten. Schließlich endete der Weg und Mads hielt neben einem großen Strauch im Schatten, zog die Handbremse und beugte sich zu ihr herüber, um sie zu küssen. Seine Hand wanderte ihren Oberschenkel hoch, was ein wenig kitzelte und sie dazu veranlasste, zu lachen und ihn aufzuhalten.

»Wo machen wir jetzt Picknick?« Sie lachte noch immer.

»Du denkst ja schon wieder ans Essen.«

»Und du nur an dein Vergnügen.«

»Ich hatte nicht den Eindruck, dass du keinen Spaß hattest.«

Er kniff sie leicht in den Oberschenkel und sprang mit einem Satz aus dem Wagen.

Sie gingen an einer kleinen Feuerstelle vorbei, wo ein paar Jugendliche saßen und Stockbrotteig über die Flammen hielten. Auf dem Boden standen mehrere Flaschen Bier, aus einer Tasche lugten diverse Tüten Chips.

Mads hatte ihre Hand genommen, über dem anderen Arm hing die Tasche, die sie bei ihm zu Hause mit allem Möglichen gefüllt hatten, während sie sich gefragt hatte, wie sie auch nur einen Bruchteil davon würden essen können. Aber das schien eine seiner Schwächen zu sein, vielleicht hatte er Angst, sie könnten unterwegs verhungern.

Sie trug eine große karierte Decke sowie zwei Pullover, auf die er bestanden hatte. Den einen hatte sie schon einmal an ihm gesehen.

»Gleich sind wir da.« Er zeigte auf einen schmalen Sandweg, der eine struppige Düne hochführte. Was dahinter war, konnte sie von unten nicht erkennen. Auch das Meer war noch nicht zu sehen, es lagen noch einige Hügel vor der Küste.

»Es ist wunderschön hier.« Die weite Sicht, die sich ihnen bot, als sie oben angekommen waren, hatte in diesem Licht etwas Surreales.

»Gib mir mal die Decke.« Er stellte die Tasche ab und kam einen Schritt auf sie zu. Seine Grübchen zuckten listig, als er sie ansah, dann breitete er das Plaid in der kleinen fast kreisrunden Mulde aus hellem feinkörnigem Sand aus, in der sie standen. Sie waren umgeben von Dünen und damit von außen nicht sichtbar. Ein geschützter Ort und groß genug für zwei.

Sie streckte einen Arm nach ihm aus und er zog sie nah zu sich heran. Seine Hände vergruben sich in ihren Locken, mit einem Griff löste er ihr Haargummi und ließ es in seiner Hosentasche verschwinden.

»Du bist schön.« Er küsste sie lange und intensiv, sie hätte ewig so weitermachen können.

Doch er ließ von ihr ab und lachte sie an. »Aber du hattest ja Hunger, richtig?«

»Sehr großen Hunger. Soll ich den Wein aufmachen?«

»Gute Idee.« Er holte einen einfachen Korkenzieher aus einer kleinen Seitentasche und reichte ihn ihr zusammen mit der Flasche Rotwein, den sie aus seinem Regal gezogen hatte.

»Den habe ich letztes Jahr aus Frankreich mitgebracht. Ich war in Bordeaux, kennst du die Stadt?«

»Ja, wunderschön, nicht? Es ist allerdings schon fast zehn Jahre her, dass ich da war.« Sie dachte an die kleine Reise, die sie damals mit Maja gemacht hatte. Von Paris über Bordeaux nach Toulouse. Sie hatte sich selten in einem Land so wohlgefühlt.

»Ja, da hätte ich direkt bleiben können.« Er riss sie aus ihren Gedanken, gab ihr die in ein Geschirrtuch gewickelten Gläser und verteilte den Käse auf einem kleinen Holzbrett, das er mitten auf die Decke stellte.

Als sie eingeschenkt hatte, war er mit den Vorbereitungen fertig.

Sie setzte sich auf die weiche Decke, reichte ihm sein Glas und sah ihn an, ohne etwas zu sagen. Er erwiderte ihren Blick und es dauerte eine ganze Weile, bis er sich vorbeugte und ihr einen Kuss auf ihr rechtes Ohrläppchen drückte.

»Du riechst gut.« Sie legte ihm ihre Hand an die Wange und küsste ihn auf den Mund. Sein Oberkörper schmiegte sich an ihren und sie spürte den leichten Druck der kleinen Knöpfe an der Tasche seines Hemdes.

Sie wusste nicht, wohin mit ihrem Glas, und bugsierte es ein wenig umständlich neben ihre Knie, griff mit der freien Hand nach einer Olive und steckte sie ihm zwischen die Lippen.

Mads kaute, ohne sie dabei aus den Augen zu lassen, er zog seine Brauen ein wenig nach oben und sie fragte sich, was er wohl gerade dachte.

Dann lehnte er sich zurück, nahm einen Schluck von dem Wein und reichte ihr ein Stück Brot.

Klara lachte ihn herausfordernd an. »Sag, was an dir stimmt nicht? Du kannst ja wohl kaum so toll sein, wie du immer daherkommst.«

Er sah aus, als hätte sie ihn bei irgendetwas erwischt.

»Soso, das kann ich also nicht? Dann finde es heraus.«

Sie konnte sich ein Grinsen nicht verkneifen, stand auf und ging um die Decke zu ihm herum. »Pass mal auf, das werde ich auch.«

Dann beugte sie sich zu ihm hinunter und legte sich neben ihn, den Kopf an seine Schulter gelehnt.

»Hattest du schon mal eine Beziehung?« Sie überlegte, ob die Formulierung gut war, aber wie stellte man eine solche Frage richtig?

»Ja.« Es dauerte eine Weile, bis er noch etwas hinzufügte. »Ich hatte eine Freundin, in Kopenhagen. Ich wollte zurück nach Fanø, sie zu ihren Eltern nach London. Sie kam anfangs immer wieder …«

Er setzte sich auf und zog sie zwischen seine Beine. Von hinten legte er beide Arme um sie und fühlte sich so nah an, dass sie sich kaum vorstellen konnte, wie es wäre, ihn hier zurückzulassen.

»Wir waren fast fünf Jahre zusammen. Wir hatten eine gute Zeit. Aber auch eine schwierige. Letztendlich waren unsere Umzugswünsche nur der Tropfen, der das Fass zum Überlaufen brachte. Es war richtig, dass wir uns getrennt haben.«

Er drehte ihren Kopf leicht zu sich nach hinten und küsste sie. »Und, hey, das ist zwei Jahre her. Ich denke nicht an sie.«

Sie wollte nicht von Johann sprechen, noch nicht, denn was sollte sie ihm schon sagen? Dass sie seit Langem nicht mehr glücklich war? Dass sie sich vielleicht von ihm trennen würde? War das noch zu früh? Sie kannten sich kaum. Oder hatte sie nur Angst, sich selbst falsche Hoffnungen zu machen?

Sie drehte sich ganz zu ihm um und drückte ihn nach hinten, so dass er im Sand lag. Er hätte sich wehren können, aber er tat es nicht. Mit beiden Händen umfasste er ihr Gesicht und zog sie zu sich herunter.

Die nächtliche feuchte Luft hatte die Steine, die zu Mads' Wagen führten, leicht glitschig werden lassen.

Sie versuchte nicht auszurutschen, was ihr barfuß, ihre Schuhe in der einen Hand, die Decke und die leere Flasche Wein in der anderen, nicht leichtfiel. Dass es mittlerweile dunkel war, erschwerte den Rückweg durch die Dünen zusätzlich.

Er hatte sein Hemd nicht zugemacht und das Unterhemd gar nicht erst wieder angezogen. Über seiner Schulter hing die immer noch schwere Tasche, denn, wie sie schon vorher vermutet hatte, war noch fast alles darin, was sie mitgebracht hatten. Nur die Oliven und ein Stück Käse mussten noch irgendwo oben im Sand liegen, sie hatten sie nicht mehr finden können. Die Jugendlichen waren verschwunden, auch sonst war niemand zu sehen.

Wortlos stiegen sie ins Auto. Bevor er den Motor anließ, beugte sie sich zu ihm hinüber und gab ihm einen Kuss, erst einen, dann einen zweiten. Er lächelte sie an, schließlich fuhren sie los.

KAPITEL 14

Als sie aufwachte, musste sie sich erst einen Augenblick orientieren, bis sie merkte, dass es noch Nacht war. Die Dunkelheit erfüllte jede Ecke des Zimmers. Mads schlief und sein leiser Atem ging gleichmäßig. Ihre Decke war vom Bett gerutscht und sie tastete über den Boden, um einen Zipfel zu erwischen. Sie hatte keine Vorstellung davon, wie spät es war. Ihr Handy lag in ihrer Tasche, die in der Küche auf der Ablage stand, sie hätte das Licht anknipsen müssen, um auf seinen Wecker sehen zu können.

Wie lange würde sie noch hierbleiben? Ein Bild reihte sich an das nächste, ihre Wohnung in Hamburg, Johann, rauchend auf der Terrasse, Johann, der lieber essen ging, als selbst zu kochen, ihr kleines Büro im Verlag mit Blick auf den hübschen Park vor dem großen Backsteingebäude aus den dreißiger Jahren, sie hatte Glück gehabt, dass sie dieses Zimmer bekommen hatte. Maja, die sich sicher fragte, wie es ihr ging, und die sie längst hätte anrufen sollen. Sie war völlig absorbiert von dem, was hier mit ihr passierte. Ihre Mutter, ihre Familie, Mads. Sie fühlte sich unfähig, an das zu denken, was in Hamburg auf sie zukommen würde.

Langsam gewöhnten sich ihre Augen an das Licht, es schien draußen schon hell zu werden. Mads' Umrisse wurden schärfer, sein rechtes Bein lag nackt über der Decke, die glatte Haut auf seinem Oberarm glänzte leicht.

Sie drehte sich zur Seite, schloss die Augen und hoffte,

noch einmal einzuschlafen. Aber sie ahnte, dass es ihr nicht mehr gelingen würde.

Wie viel Zeit war vergangen? Sie hatte jeden Winkel und jede Ecke im Zimmer eingehend betrachtet, sie hatte sich im Kopf Dinge zurechtgelegt, die sie Johann würde sagen können, um sie dann doch wieder zu verwerfen. Sie hatte sich überlegt, die Programmleitung tatsächlich anzunehmen, aber wollte sie das wirklich? Sie kam zu keinem Entschluss und zu keiner anderen Idee.

»Guten Morgen, Schöne!« Er sah sie an und wirkte nicht so, als wäre er gerade erst aufgewacht. Wie lange hatte er wohl schon so dagelegen und sie beobachtet?

Sie beugte sich zu ihm hinüber und küsste ihn, ein wenig flüchtig. Nach diesen letzten Stunden, die sie schlaflos neben ihm verbracht hatte und die ihr endlos vorgekommen waren, fühlte sie sich jetzt anders, wie, das wusste sie noch nicht genau. Aber vermutlich hatte die Zeit auf der Insel noch weitaus mehr mit ihr gemacht, als es ihr jetzt schon bewusst war. Wie lange würde es dauern, die Dinge in ihrem Kopf zu ordnen? Und was ihr viel wichtiger schien: Was für Konsequenzen würde sie daraus ziehen?

»Ist alles in Ordnung?«

Ihr Arm lag auf seiner Decke und er griff nach ihrer Hand, die er festhielt. Es hatte nicht den Anschein, als ob er sie bald loslassen wollte. Sein Blick war fest und dennoch sanft, er wartete auf eine Antwort. Aber hatte sie eine?

»Ich werde nicht ewig hierbleiben können. Meine Eltern fahren heute zurück nach Hamburg, ich muss nachdenken …« Sie stockte und fragte sich, was er dazu dachte.

»Klara …« Er fuhr ihr mit der Hand über den Kopf,

nahm eine Strähne ihrer Haare und strich sie ihr aus dem Gesicht. »Wir müssen jetzt keine Entscheidung treffen. Ich würde mir wünschen, dich noch besser kennenzulernen, ich finde es toll mit dir. Mehr als das …« Er lächelte sie an und sie griff nach seiner Hand, die nun auf ihrem Arm ruhte.

»Ja, du hast recht. Diese Woche hier hat so viel für mich verändert. Ich habe das Gefühl, überhaupt nicht hinterherzukommen. Aber so, wie es war, geht es nicht weiter.« Sie rutschte ein wenig näher zu ihm und legte ihren Kopf auf seine Brust, die noch ganz warm von der Bettdecke war, die er ein Stück zur Seite geschoben hatte.

»Meinst du, du kannst noch eine Nacht bleiben? Ich würde dir gerne heute Abend etwas zeigen.«

Seine Stimme durchdrang seinen Brustkorb, der sich beim Sprechen leicht anhob.

»Ja, das kann ich machen.« Sie drehte sich zu ihm herum und küsste ihn. Seine Arme umschlangen ihre Taille und er hielt sie einen Augenblick ganz fest. Es würde nicht einfach werden, sich von ihm zu verabschieden.

Der Wäscheständer mit ihren Kleidern stand im hinteren kleinen Flur vor dem Badezimmer und blockierte die halbe Tür. Sie griff nach Unterwäsche, ihrer Jeans und einem weißen T-Shirt, legte alles auf den Hocker neben dem Waschbecken und stellte sich unter die Dusche.

Es war halb zehn und sie vermutete ihre Mutter schon im Frühstücksraum des *Kro*.

Als sie aus dem Bad kam, stand Mads vor dem schmalen langen Esstisch aus altem, abgebeiztem Holz und sortierte ein paar Schriftstücke, die er darauf verteilt hatte.

»Ich muss gleich los zu meinem Onkel.« Er hatte sie kommen hören und sich daraufhin zu ihr umgedreht.

»Ja klar. Kein Problem. Ich gehe jetzt auch rüber zu meiner Mutter. Wir wollten zusammen frühstücken.«

»Oh du Glückliche, das Frühstück im *Kro* ist das beste auf der ganzen Insel.« Er strahlte sie an und es war schön zu sehen, wie sehr er sich freuen konnte.

»Bei dir ist das Frühstück aber auch nicht schlecht.«

»Nicht schlecht? Na hör mal!« Er nahm sie in den Arm und küsste sie so stürmisch, dass sie nicht mehr ans Essen denken konnte.

»Sehen wir uns heute Abend?« Die Frage kam etwas zögerlich, vielleicht hatte er Sorge, sie hätte es sich noch anders überlegt.

»Ja, sehr gerne.«

Sie griff nach ihrem Strickmantel, den sie über den Sessel neben dem Sofa gelegt hatte, und zog ihn schnell über. Es war bedeckt draußen. Die Terrassentür war geschlossen, aber sie hörte den Wind durch die alten Fensterrahmen pfeifen.

Sie verließen gemeinsam das Haus. Er ging zu seinem Auto, nachdem er sie noch einmal fest umarmt hatte.

Er sah sich um und lächelte sie an, dann stieg er ein und fuhr los. Sie freute sich schon jetzt auf den Abend.

»Guten Morgen, Mama.«

Ihre Mutter saß mit dem Rücken zur Tür und hatte sie nicht bemerkt. Ein wenig erschrocken fuhr sie herum und sah zu Klara auf. Offensichtlich hatte sie noch nicht mit dem Frühstück begonnen. Ihr Teller stand unangetastet vor ihr. Die Serviette lag fein säuberlich gefaltet daneben. »Guten Morgen, Klara.«

Klara beugte sich zu ihrer Mutter hinunter und gab ihr einen Kuss auf die Wange. »Hast du gut geschlafen?«

Sie antwortete nicht sofort, sondern sah gedankenverloren an ihr vorbei. Die Bedienung stellte eine Kanne Tee auf den Tisch, lächelte Klara freundlich an und fragte, was sie ihr bringen könne. Sie bestellte Kaffee.

»Seit wann trinkst du Tee zum Frühstück?«

»Ich habe die halbe Nacht kein Auge zugetan. Und das lag nicht an den Betten …« Sie stockte und wartete offenbar, ob Klara etwas dazu sagen wollte. Erst als sie schwieg, fing sie wieder an zu sprechen. »Dein Vater rief gestern Nacht noch an. Ich war schon eingeschlafen, es war vielleicht halb eins. Keine Ahnung, ich habe nicht auf die Uhr geschaut. Das Treffen mit Henrik muss furchtbar gewesen sein. Es ist dem Jungen ja nicht zu verübeln, aber er hat Georg wohl extreme Vorwürfe gemacht. Es war ein Fehler, ihm den Brief nicht sofort zu zeigen …«

Ihre Mutter sah von ihrer Tasse auf, in der sich nun etwas grüner Tee befand, den sie unaufhörlich umrührte, obwohl sie keinen Zucker dazugetan hatte.

»Ja, das war sicher ein Fehler. Aber hätte es etwas geändert für Henrik? Außer dass Papa sich vielleicht ein paar Wochen früher bei ihm gemeldet hätte? Das muss schlimm sein, auf einmal dem leiblichen Vater gegenüberzusitzen, den man noch nie im Leben gesehen hat und der die heimliche große Liebe der eigenen Mutter war.«

»Ja, das muss befremdlich sein. Da hast du sicher recht. Aber mal abgesehen von Henrik, habe ich mich Georg gegenüber nicht richtig verhalten. Er hatte keine Zeit, darüber nachzudenken, was er sagen sollte. Er hätte vielleicht doch erst mit Hannah sprechen müssen …«

Klara schien nicht die Einzige zu sein, bei der die schlaflosen Stunden der vergangenen Nacht etwas bewirkt hatten. Auch wenn es sicher ganz unterschiedliche Erkenntnisse waren. An dieser Stelle lief die Geschichte von Mutter und Tochter zusammen.

»Habt ihr euch gestritten?«

»Ja, das haben wir. Es zeigt, wie wenig wir uns vertrauen. Da lebt man jahrelang zusammen … oder vielleicht eher nebeneinanderher.«

Ihre Mutter zögerte. Klara konnte sich nicht an ähnlich offene Worte von ihr erinnern.

»Wir brauchen Zeit. Mehr Zeit zu zweit. Das ist wahrscheinlich das, was uns in den letzten zwanzig Jahren am meisten gefehlt hat.«

»Mama. Ich weiß, du möchtest nicht darüber sprechen, aber hat deine Krankheit auch etwas mit dieser Reise zu tun?«

Es dauerte eine ganze Weile, bis ihre Mutter antwortete. Klara war es warm geworden. Sie zog ihren Wollmantel aus und hängte ihn hinter sich auf die Stuhllehne, ohne dabei ihre Mutter aus den Augen zu lassen.

»Nein … ja. Ich weiß es nicht. Diese Reise war eine Idee, die mich plötzlich überfiel, von der ich nicht mehr loskam. Ich wollte eine Woche nach Fanø fahren, alles war genau geplant, niemand würde mich vermissen. Ich wollte Hannah sehen. Ich wollte wissen, was dein Vater damals so an ihr geliebt hat. Ob sie heute noch eine tolle Frau ist. Ob sie eine Gefahr für mich bedeutet. Ich wusste, wenn Georg von einem gemeinsamen Sohn erfährt, wird er Hannah wiedersehen wollen …« Sie fuhr sich nervös durchs Haar und steckte ihre Haarklammer zum wiederholten Mal fest, ohne dass sich an ihrer Frisur etwas änderte.

»Aber warum hast du mich hierher mitgenommen? Du musst dir doch irgendetwas dabei gedacht haben!«

»Ja, das stimmt. Ich habe mir gewünscht, dass du dabei bist. Aber ich war auch unsicher. Nachdem ich dich gefragt hatte, dachte ich, dass es vielleicht doch keine gute Idee war. Dann habe ich fast gehofft, du würdest absagen …«

War sie ihrer Mutter vielleicht gar nicht so fern, wie sie immer geglaubt hatte? Sie war davon ausgegangen, dass ihre Gefühle füreinander auf Gegenseitigkeit beruhten. Und nun stellte sich heraus, dass ihre Mutter sie brauchte.

Ihr Kaffee war gekommen und sie schenkte sich eine Tasse ein, von der sie zwei Schlucke nahm. Ihre Mutter schien froh zu sein über die kleine Pause.

»Schmeckt gut hier, nicht?«

Klara überging die Frage, indem sie einen weiteren Schluck trank und fragend zu ihrer Mutter auf der anderen Seite des Tisches sah.

»Ich dachte, wir haben hier auf der Insel ein bisschen Zeit zusammen«, fuhr sie fort. »Ich dachte, wenn es schiefgeht mit Hannah, bin ich nicht allein, und ich habe auch auf ein wenig Ablenkung gehofft. Vielleicht, indem wir gemeinsam Bens Hochzeit planen. Du weißt ja besser als ich, was ihm gefällt …«

Sie spürte eine gewisse Enttäuschung in sich aufkommen.

»Mama, du kannst doch nicht ernsthaft daran gedacht haben, hier mit mir Bens Hochzeit zu organisieren! Und was meinst du mit *wenn es schiefgeht mit Hannah?*« Sie konnte sich nicht vorstellen, was in ihrer Mutter vorgegangen war. Ihr Magen knurrte, aber sie versuchte, es zu ignorieren.

»Ich wusste doch nicht, was mich hier erwartet, Klara. Ich hatte keine Ahnung.« Die Stimme ihrer Mutter wurde lauter, was sie selbst wohl nicht bemerkte. Erst als sich die Frau am Nachbartisch zu ihnen umdrehte, wurde sie etwas ruhiger.

»Es tut mir leid, dass ich dich in diese Geschichte mit hineingezogen habe.« Sie sah Klara auf eine merkwürdige Weise an. War das etwa eine Entschuldigung? Meinte sie das ernst?

»Und die Leukämie?«

»Ich habe geahnt, dass etwas nicht in Ordnung ist. Ich hatte Angst, es könnte schlimm sein. Vielleicht war das der eigentliche Grund, warum ich wollte, dass du mitkommst.«

Ein Handy klingelte und es dauerte einen Moment, bis ihre Mutter begriff, dass es ihr Telefon war, das ihr Gespräch unterbrochen hatte.

Es war Klaras Vater. Ihre Mutter antwortete mit wenigen Worten, denen Klara nicht genau entnehmen konnte, worum es ging. Sie sah sich um. Einige Tische waren besetzt. Viele Paare, an zwei Tischen saß jeweils eine einzelne Person. Es war erstaunlich ruhig. Kaum einer redete. Hatte man ihnen etwa zugehört? Die leise klassische Musik im Hintergrund fiel ihr erst jetzt auf.

Es wurde gerade neues Rührei in einer Schüssel auf den Tresen gestellt. Die Käseplatte sah verlockend aus.

»Ja, gut. Dann treffen wir uns da. Klara wird mich sicher fahren. Tschüss, Georg.«

Ihre Mutter legte das Handy neben sich auf den Tisch und sah zu ihr herüber. »Kannst du mich zur Fähre bringen?«

»Ja, natürlich, wann denn? Was sagt Papa?« Klara fiel

auf, wie müde ihre Mutter auf einmal aussah. Vielleicht lag es an dem kräftigen Sonnenlicht, das durch das Fenster zu ihrer Linken ins Zimmer schien.

»Er klang nicht gut. Ich muss mit ihm reden, heute Abend, auf der Fahrt … Jetzt ist er auf dem Weg nach Esbjerg. Er ist in einer guten Stunde da. Ich werde dann die passende Fähre nehmen.«

»Ja, Mama, ihr solltet wirklich in Ruhe reden.«

Sie fragte sich, was ihre Mutter wohl erwartete. Wie redeten ihre Eltern miteinander? Sie hatte lange keine Gespräche zwischen den beiden mehr mitbekommen. Würde sie diese Geschichte näher zusammenbringen? Wer wusste das schon.

»Und du? Wann willst du zurück nach Hamburg?« Ihre Mutter riss sie aus den Gedanken und sie spürte, wie sich ihre Kehle zusammenschnürte. Die Rückfahrt war irgendwann unumgänglich.

»Ich denke, ich fahre morgen.«

»Du *denkst?*« Ihre Mutter zog die Augenbrauen hoch.

»Ja, ich fahre morgen, Mama.«

»Er ist nett.« Ihre Mutter lächelte, und auch wenn sie nichts weiter hinzufügte, hatte Klara den Eindruck, sie würde sie verstehen.

Ganz plötzlich stand ihre Mutter auf, schob ihren Stuhl nach hinten und nahm ihren Teller.

»Wir sollten etwas essen, bevor alles abgeräumt wird. War ja nicht gerade günstig, die Übernachtung, da dürfen wir das Frühstück nicht verpassen. Es wird ja überall nur gelobt.« Sie drehte sich um, ohne auf Klara zu warten, und ging zügig zum Buffet.

Auf ihrem Teller lagen noch ein kleiner Rest Lachs und etwas Brot, von dem sie sich zu reichlich genommen hatte.

Sie trank den letzten Schluck ihres Orangensaftes und stellte das Glas zurück auf den Tisch.

Sie hatten während des Essens nicht viel miteinander gesprochen. Die plötzliche Nähe fühlte sich gut an, wenn auch auf unbestimmte Art und Weise befremdlich.

»Wir sollten langsam los, Klara. Ich gehe nach oben und hole meine Tasche.«

Ihre Mutter legte ihre Serviette ordentlich über den leeren Teller. Von ihrem Tee hatte sie keinen einzigen Schluck getrunken. Klara wunderte sich nicht darüber, ihre Mutter hatte Tee noch nie gemocht.

»Hast du alles?« Das Auto war fast so voll wie auf dem Weg von Hamburg hierher. Klara zeigte in den Kofferraum und ihre Mutter wies auf eine weiße Papiertüte, in der ein paar Flaschen Wein standen, die sie aus Hamburg auf die Insel mitgebracht hatte.

»Der ist gut. Du kannst dir gerne etwas davon nehmen.«

Ihre Mutter lächelte sie an und sie fragte sich, was sie wohl dachte. Würde sie irgendwann genauer nachfragen?

»Danke. Dann lass uns mal losfahren.«

Sie stiegen ein und wie selbstverständlich setzte sich ihre Mutter wieder auf den Beifahrersitz. Auch das hatte sich geändert. Vor einer Woche wäre diese Verteilung undenkbar gewesen.

Die Straße nach Nordby war leer, ein Traktor fuhr eine Weile vor ihnen her, was Klara nicht wirklich wahrnahm. Erst als ihre Mutter sie darauf aufmerksam machte, dass sie doch überholen könne, wurde ihr bewusst, dass sie nicht schneller als dreißig fuhr.

Der Himmel war jetzt eintönig grau, die Heide wirkte struppig und farblos, die Insel konnte auch blass und spröde sein.

Stumm saßen sie nebeneinander, sie umklammerte fest das Lenkrad, und das Lederimitat wurde unter ihren Fingern leicht klebrig. Zehn Minuten Fahrt, die ihr vorkamen wie eine Ewigkeit.

Es war Ebbe. Die Sandbänke vor dem kleinen Hafen lugten wieder aus dem flachen Wasser hervor, Esbjerg verschwand halb im Nebel und weiter hinten am Himmel hing eine große dunkle Wolke. In welche Richtung sie ziehen würde, war nicht zu erkennen.

Die Fähre war gerade eingelaufen und die ersten Passagiere kamen von Bord, nur vier Autos fuhren vom Schiff und an ihnen vorbei. An einem Dienstag reisten keine neuen Touristen an.

Sie hatte den Wagen nah am Anleger geparkt und wollte sich gerade daran machen, den Kofferraum zu öffnen, als ihre Mutter sie am Arm festhielt.

»Lass alles drin. Ich brauche das heute nicht mehr. Willst du morgen oder übermorgen vorbeikommen und mir das Auto bringen?«

Sie sah ihre Mutter an, die sich ihr Tuch um den Hals legte und ihre Tasche so eng an sich drückte, als ob sie die Hoffnung hätte, sie könnte sie wärmen. Ihr Mantel lag über ihrem Arm, aber den schien sie vergessen zu haben.

»Mache ich. Ich wünsche dir und Papa eine gute Rückfahrt.«

Sie ging einen Schritt auf ihre Mutter zu und umarmte sie.

»Danke, Klara.«

Sie hätte gerne noch etwas gesagt, aber ihr fiel nicht ein, was. Ihre Mutter löste sich aus der Umarmung.

»Bis morgen.« Sie lächelte Klara an und es sah aus, als zögerte sie, sich zum Gehen abzuwenden.

»Bis morgen, Mama.«

Während ihre Mutter mit schnellen Schritten auf die Fähre zuging, fielen die ersten Tropfen auf die grauen matten Steine.

Klara sah, wie sie die Stufen zur Kabine auf dem Oberdeck hochstieg und immer kleiner wurde. Kurz bevor sie im Inneren des Schiffes verschwand, drehte sie sich noch einmal um und winkte kurz, ihr Gesicht war von unten nicht zu erkennen.

Klara lehnte sich an die Autotür und sah über das Meer. Ein paar Möwen kreisten kreischend über das dunkle Wasser und der Wind wehte ihr aus einer nicht definierbaren Richtung gegen die Stirn.

Es war kalt. Viel kälter als an den Tagen zuvor.

Die Fähre würde bald am Festland anlegen, sie war nur noch als kleiner weißer Punkt in der Ferne zu sehen.

Klara hörte, wie ihr Handy, das in ihrer Tasche auf der Rückbank steckte, klingelte. Wie durch Watte drangen die Töne zu ihr.

Sie würde zurückfahren. Wann, wenn nicht morgen.